———— 阅读之前 没有真相

午 夜 文 库

溶于雾中

[日] 笹泽左保 著

飞翔 译

新 星 出 版 社　NEW STAR PRESS

目 录

1	杀意渐起（幽会者之章）
33	黑影（美女如云之章）
75	死亡与死亡（巡查一课特搜小组之章）
199	危险的立场（被追踪者之章）
219	崩溃（独臂男子之章）
273	溶于雾中（终局之章）
287	后记

杀意渐起（幽会者之章）

1

时而拂过的风,带来了回忆中那种大都市的夜晚所独有的喧嚣。

停泊在港口内的船只上亮起了灯光。客船自然是五光十色,货船则是略显破败的暗褐色。此刻它们都飘摇在雾霭之中,让人心底不禁泛起阵阵乡愁。

一个没有右臂的男人和一个身着白衬衫的女人——也就是小牧和我,正坐在位于岸边的长椅上,有一眼没一眼地眺望着已经融入雾中的港口。

尽管脚下的地面还释放着白天的酷暑残留下来的余温,但在潮湿海风的吹拂下,还是令人倍感凉爽。

"真舒服呀……"

我不自觉地举起双臂,舒展身体去感受海风。

小牧没有说话。他的脸上甚至看不到哪怕一丝开心的影子。明明是每星期只有一次的幽会,却摆出这么一张臭脸给人家看——我盯着他的侧脸,用眼神表达无声的抗议。

小牧的肩膀和胸膛都很宽,个子也很高,但因为失去了一条手臂,使他看起来有种颓废和靠不住的感觉。那张棱角分明的黝黑脸庞,如同冰凌一般锋利。

"是觉得不放心吗？"

我偷瞄着他的脸轻声问道。

"唔……不是……"

小牧像要掩饰自己的表情一样迅速移开视线，然后有气无力地咳嗽了几声，无精打采地趴在额头上的头发也随之摇晃了起来。

"就是今天出门之前，我妻子特意叮嘱我，让我晚上早点儿回去……"

他像是硬逼着自己说什么违心话似的，小声挤出这么一句来。

"原来是这样……她该不会是觉察到咱们的事情了吧？"

"怎么可能？"

"但迄今为止，这是她头一次对你说这种话吧？"

"确实。"

"不对劲……"

不过，我们的关系，也就是暗中幽会的事情，应该不会轻易被外人发现。更别说被小牧家里的那些人抓到把柄了，简直无法想象。

毕竟我们每周只见一次面，而且从来没把见面地点定在东京过。约定好日子后，我们会分头前往横滨，在山下公园的入口处会合，像这样在海边眺望一会儿横滨港，再动身前往本牧的旅馆。享受过两个小时的缠绵之后，一同去南京町吃个饭，最后在樱木町告别。接下来小牧跟我会分别乘坐东横线和国电（现在的JR）返回东京，以上就是我们每次幽会的固定行程。小牧每个星期都会以去围棋会馆下棋为借口，来与我幽会。这一年来，我们之间的关系一直安安稳稳，从未受到过任何怀疑。

那么，他家里那位为什么会偏偏挑在今天，特意叮嘱小牧晚上下班之后直接回家呢？想到这里，我的心中突然闪过一阵阴霾。该不会"这件事肯定没人发现"只是我们两个的一厢情愿，实际上早就被别人看在眼里了吧……

"咱们今天是不是就这样散了比较好……"

小牧用那双毫无生机的眼睛向我无言地哀求着，他的心明显已经因为恐惧而麻痹了。热衷于猜忌和嫉妒的妻子，明明一无是处却总是蔑视他的岳母，还有那个自以为无所不知的女佣，而他完全无法抑制自己心中对于那几双眼睛的恐惧。至于我，对他内心的真实想法自然是再清楚不过。

那时我真的太寂寞了。所以我们一拍即合，开始了有悖道德的恋爱，甚至暗中通奸。男女之间的爱情，真的可以阴暗到这个地步吗？

幽会——所特有的那份虚幻、不安，还有凄凉，在我心底刮起了一阵寂寞的风。

京滨地区无数忽明忽暗的灯光，在我们两人眼中映出点点忽明忽暗的哀愁。

"对不起……咱们难得见一次面……可我却……"小牧轻声嘟囔道。

"你可真怪，居然为这种事道歉。"

我像在哄小孩一样，试着强行挤出一个笑容给他看，然而到头来却没能如愿以偿。

"我怎么就这么没出息呢？"

"哪儿的话，也是没有办法的事呀，才会变成现在这样。"

"真要下手就该爷们儿些，而不是成天乱琢磨那些有的没的。"

"拜托，不要再抱怨了。"

"反正我撑死也只是个满足于上门女婿身份的没用男人罢了……"他边说边垂下了头。

"没有的事。让你变脆弱的是那严重的伤，那可是男人的右臂呀。"我靠在一脸鄙夷扭过头去的他的身旁，大声喊道。

小牧的右臂从紧贴肩膀的地方截掉了。尽管空荡荡的衬衫袖子被别在了腰带下，但还是会在海风稍强时随风狂舞，发出哗啦哗啦的声响。

好想变成他失去的那条右臂。

我在心里默默这样想着，只要是能温暖地包容这个背对着阳光的可怜男人，我什么都愿意做，甚至有自信为他承受任何事情。这就是身为一个女人的我活在这世上的意义。

但我真的好怕，怕已经习惯屈服的他在被逆境击垮后放弃一切，从我的生活中彻底消失。

"不可以放弃哦。"

我推了推他的膝盖，他的身体也跟着晃了晃。

"我绝不会让这件事就这样结束。我明白过程会很痛苦，但请再等一等吧，好吗？"

"等？等什么……"

"等、等我变得有钱，有钱到可以让身体不方便的你过上无忧无虑的生活。"

"弄得好像你是男人，我是女人一样……"

"那也好，这样并不改变你我是一男一女的事实。等我有了养家的能力，就去把你从现在的那个家里夺过来，帮你永远摆脱那个害你迷失自我的环境，从此融入我的世界。"

"然后我就归你养活了，对吗……"

"不能因为这种小事闹别扭哦,这在你我之间不是理所当然的事情吗?"

话音刚落,小牧就抬起头来打量我。

"嗯?怎么了吗?"

"你……你真美。"

他像是在自言自语般小声嘟囔了这么一句。那一本正经的口气反倒令我的心跳骤然加速,紧接着就是一阵甜蜜的恍惚。随后我就像受到了某种吸引一样,将脸深深地埋进了他的胸膛,双腿也斜着搭在了长椅的边上。

"好干净的味道,你身上的这股味道总是让我想到我的母亲。"

他的声音从我的头顶上方传来。

这时突然响起了汽笛声,尾音被刻意拖得很长很长。我闭上了双眼。

从我冒出想和他幸福地合而为一这种想法那一刻起,已经过去多少年了呢?

稍微一数就知道已经八年了。第一次隐隐产生"将来要是能跟他结婚该多好呀"这种意识还是在八年前,我才十四岁的时候。那甚至连初恋都算不上,只能算是一个十四岁少女淡薄而模糊的梦,是对身材高大、性格开朗,还恰巧与自己同住一个屋檐下的异性怀揣的朦胧憧憬。他比我大了整整十二岁,当时是一名二十六岁的青年。

我跟妈妈和姨妈一起住在位于后乐园的一幢二层独栋里。那时候姨妈在一家建筑公司工作,虽然她的工资足以负担绝大部分日常支出,我们仍然选择把二楼的一个房间租了出去,以补贴家用。而当时入住的租客,就是小牧。

那时的他举目无亲，父母和兄弟姐妹全在"二战"中丧生。在战争中担任地勤人员的他，复员之后从位于厚木的海军基地回到了东京。这之后的三四年，他为了生计而辗转，先后尝试过许多工作。

总之，租住在我家二楼时，他供职于关东精密机械公司的设计部，是个货真价实的制图师。那时我常会赖着他带我去看电影，以及写作业时让他答疑解惑，那是我整个少女时代中最为充实的一段时光。

然而让人伤心的离别之时还是来了，一场意想不到的悲剧降临在了他的身上。那是他租住在我家的第二年春天，当时他二十八岁、我十六岁。一辆小型卡车车轮打滑，撞到了正在水道桥附近人行道上的他，他那珍贵的右臂被夹在车体和金属电线杆之间，整条胳膊像石榴一样被挤得稀烂。手臂粉碎性骨折，医生实在无法帮他挽回，最终不得不沿肩膀截肢。

对于一名制图师而言，这足以影响他今后的生计。面对这样的现实，小牧欲哭无泪。

驾驶那辆小型卡车的司机，是制造真空管的小牧工厂的董事长。因酒驾而面临重判的小牧工厂董事长提出了一套诡异的赔偿方案，他强调受害者已经丧失独立生活的能力，所以愿意将其接回家中，像对待自己的亲生儿子一样照顾他一辈子。

事后再回头看他当时提出的条件，应该有两重考虑在里面。其一是明确向警方表现出自己想要亡羊补牢的诚意，其二是为了给他那个因为脊髓问题而长年卧床不起，这辈子应该都没希望嫁出去的独生女儿波江，安排一个哪怕仅限于形式上的丈夫。

因为失去惯用手的打击而深陷于绝望之中，仿佛痴呆症患者一般萎靡不振的他，默默接受了对方的提议。

在他前去入赘小牧家而从我家搬走的那天晚上，我独自躺在二楼房间的榻榻米上，一直哭到天亮。

那之后又过了四年，我二十岁了，也许是因为长得还可以吧，先后有几家人前来说媒。尽管每次对方都表现得很积极，我还是都婉拒了。真不能说对方哪里不好，只能说我没有要结婚的意思。也许……是因为他的身影还存在于我心中的某个角落吧，虽然我本人当时对此并无自觉。

也就是在差不多这个时候，姨妈突然罹患急性肺炎去世了。尽管我早已有外出找工作的打算，但仅凭我一个人的工资，实在负担不起和妈妈两人的花销。最后是以"转让房屋归属权"为条件，让姐姐姐夫揽下了伺候我妈妈生活起居的差事。随着姐夫一家搬过来，我自然就成了多余的人。于是我在正式入职的那天离开家，搬进了在青山租的房子，从此开始自食其力。

我就职于生产电视机、半导体收音机和无线电收音机的双叶电机总公司，初来乍到就被安排到了名为总务科物资管理员的岗位上。所谓物资管理员，实际上并没有什么正经事情可做，每天赶在中午之前将各个部门申请配发的墨水、钢笔头、信封之类的办公消耗品总数与账簿对照，之后再亲自把东西送到各个部门去，就是这个岗位的全部工作。整个科只有股长和管理员两个人，估计上面是想让刚刚入职的我在这个岗位稍微待上一段时间，熟悉一下公司内部的氛围吧。

上班第一天，自然要先找物资股长打个招呼问候一下。结果我不得不把自己的嘴唇咬得生疼，才压抑下因内心狂喜而想大声尖叫的冲动。

毕竟谁能想到，物资股长竟然会是他呢！一个星期之后，我亲手把信交到他手中，邀请他同去横滨。虽然他已不再用

"小静"称呼我,我也不太敢相信眼前这个寡言少语、空虚寂寞的男人,跟当年那个四肢健全的他居然是同一个人。但我们还是有说不完的话,听过他的讲述,我才知道他正处于无可救药的不幸深渊之中。

他说刚成为小牧家的入赘女婿时,岳父岳母对他还算照顾,妻子也因为身边突然多出一位异性(即便只是形式上的丈夫)而表现得很开心。然而随着时间的流逝,他们逐渐明白,这个在家里吃白食的残废,到头来终究是个麻烦。回过味儿来的一家三口对他的态度顿时变得冷漠起来。谁知更糟的还在后面,小牧工厂刚好搭上了经济繁荣的便车,仅仅四年的高速发展就让它摇身一变,成了无论厂房规模还是员工总数,都在中小型企业中居于中上游的双叶电机股份有限公司,这无疑使小牧在家中的地位变得更加岌岌可危。

金钱与地位会让人变得越发冷酷,小牧家已经直接把"碍事的家伙"几个字深深烙在了他的身上。然而无论遭受多少白眼,他都绝对没有勇气或者能力逃离小牧家。觉察到这一点的岳父岳母和妻子开始称呼他为"混吃等死的猪",骂他是"废物"。就连家里的女佣也不把他当一个男人来看待了。他如同一具行尸走肉,上班下班,待在公司里这个可有可无、名为物资股长的位置上,默默地接受来自他人的怜悯。

得知这一切我当场就哭了,同时也在心中暗暗发誓,就算要花上整整一辈子,也一定要用自己的力量让这个人得到幸福。

我们的秘密关系就这样开始了。他明明身为公司董事长的女婿,却没有一名员工肯正眼看他,只好卑微地夹起尾巴做人。而失去容身之所后孤身一人的我,也在寻找可供灵魂歇息的港湾。发生在他身上的一切，更是不断刺激着我的母性本能。

那整整四年的空白就好像从未存在过一样。我甚至觉得这宿命般的重逢不仅仅是一次单纯的再会，而是发过誓要相守一生的男女，为了兑现诺言而做出的行动。

第五次共赴横滨时，在一家偶然路过的旅馆"NEW本牧"里，我把自己交给了他。

"现在几点了？"

他的话把我从回忆中拉回到现实。汽笛声再次响起，我睁开了紧闭着的双眼。

"还差二十分钟八点。"抬起手看了看表之后，我回答道。

"那还是去旅馆吧……"小牧放下跷着的腿对我说道。

"嗯，正巧我今天有个好消息要告诉你，能去旅馆说自然最好。"

我因为高兴而稍稍提高了一点声调。

"既然咱们已经身在横滨……就不要为那些无聊的事情而烦心了。"

他站了起来，我也撒娇似的拽着他的左手站了起来。我偶尔会因为心中的欢喜而像现在这样小恶作剧一下。

山下公园有一部分紧贴着长长的海岸线延伸开去，将漆黑的大海与夜晚的陆地区分开来。这里随处可见纳凉的男女，或是满头银发、悠然散步的外国夫妻。大家都默不作声，也许是被眼前这幅由夜雾与船灯描绘而成的充满异域风情的立体画拨动了心弦吧。

一条小狗从身旁走过，我轻抚了几下它的脑袋，然后用手臂环住了小牧的腰。走出几步之后回过头，发现狗狗居然呆站在原地目送着我们。

沿着紧贴海岸的道路右转之后，视野豁然开朗。高级住宅区的照明仿佛夜景灯光秀，将夜晚点缀得华贵富丽。

我们背对着大海，向公园的出口走去。

就在这时——

右前方黑漆漆的树丛中有什么突然闪了一下。

是照相机的闪光灯！

我本能地抬起手臂遮挡自己的脸，但这道迎面而来的闪光还是让我感到一阵目眩，由此可以推断镜头瞄准的目标就是我们。

事发太过突然，就算我们动作再快也赶不上相机的快门。对方已经精准地抓拍到了我们紧紧依偎在一起、用眼神互相倾诉爱意的画面。

惊魂未定的我透过缝隙观察那片树丛，但偷拍者似乎早就溜得无影无踪了。

我们两个面面相觑，他的眉头已被不安笼罩，连嘴唇都隐隐有些发抖。

"咱们还是尽快离开这里为妙……"

于是我们小跑了起来，脚步声的回音让我产生了有什么人正在后面追赶的错觉。

离开公园之后我们很快就打到了出租车，随着引擎的发动才总算放下心来，长长地呼出一口气。

"那人为什么要拍我们？该不会是你家里的人……"我轻声说道。

"这不可能。"

"就算不是你家里的人，也有可能是受你家人之托才……"

"这世上就没有第三个人知道咱们之间的关系。"

"如果对方是从东京一路跟踪过来的呢？"

"你的意思是,他们打算拍下咱们两个私通的铁证,然后逼我跟波江离婚?"

"没错。"

"有没有可能只是某家杂志为了制作'海滨情侣'之类的专栏而收集素材?"

"杂志绝不会在那么近的距离,从正面拍咱们的长相,更不至于得手之后转身就跑,做出这种缺德事来。"

"那会不会是住在附近的摄影爱好者,以半开玩笑的心态搞的恶作剧?"

"但愿是这样吧,总之只要对方别把这张照片公之于众就好……"

我不禁深深地叹了一口气。

出租车离开隧道之后重新开上了中间跑着有轨电车的道路,平凡的街景在后视镜中快速地向后方离我们而去。

他摸出香烟,我像平常那样立刻从烟盒里抽出一根放到他嘴边,然后点着了打火机。

"我有些担心,在正式行动的那天之前,必须想方设法隐藏好咱们的关系才行。"

"我知道……"

他沉重地点了点头。一旦我们的秘密关系被人揭穿,可就大事不妙了。只要稍微动动脑子,就能想到公司里的那些同事会如何看待一个敢跟董事长家上门女婿搞婚外恋的女职员。不过在被公司宣布开除之前,我应该已经主动离职走人了。至于小牧,势必会被早就看他不顺眼的那个家扫地出门,从此告别不用为温饱发愁的生活。

所以,摆在我们面前的现实很清楚,一旦东窗事发,我就会当场失业，他也将失去容身之所。然而现在的我并没有能力养活他，到时候恐怕只能靠出卖自己的肉体赚钱，这也能算是让他得到幸福的一种方式吗？

不，如果他直接被小牧家赶出来，我们也还有希望。可是他那个妻子，会就这样乖乖跟他离婚吗？恐怕会想方设法把他困在自己的势力范围内，然后穷尽各种残忍的手段来报复他吧……即便被人以五马分尸的酷刑相要挟，我也绝不忍心让他承受那种痛苦。

总之，只要我们的关系被曝光，就一定会招来对方发起的致命报复。

究竟会是谁呢？

那个偷拍的人做了我们内心最恐惧的事情，再加上他妻子今天那句听起来话里有话的叮嘱，这两者之间会不会存在什么联系呢？

他像枯萎的植物似的蜷起身子，可见心里肯定也正想着一样的事情。

"我觉得还是忘掉这件事吧。至少在咱们独处的时候……就当它没发生过吧！"

我将脸颊紧紧地靠在他的肩上，故作轻松地说道。然而这之后我们之间的对话却一次又一次地戛然而止。

私情可能会暴露的预兆，就像一道不知从何处而来的黑影，在慢慢逼近。我们像被硬逼着走上一条前途未卜的道路，心情变得无比沉重。

2

旅馆"NEW 本牧"坐落在海边的一座丘陵上，无论选址还是景致皆投外籍人士所好，就连室内装潢也是纯粹的西洋风。唯一还算日式的地方就是用女佣代替了男服务员，所提供的服务也与普通旅馆没什么实质性区别。

幸运的是一楼的七号房空着，我们每次都会选这间房。倒也不是看上了它的什么优点，只是因为我们第一次结合就是在这个房间。

房间里有标配的西式浴室和卫生间，卧室里有两面装饰玻璃墙，另一面粉色的墙壁边摆放着略显低矮的小双人床，蕾丝材质的床幔将它整个罩了起来。

"和上个星期没有任何变化呢。"

我环视房间一周后说道，无论是装饰在墙壁上的帆船模型，还是摆放在床头柜上的朱红色花瓶，都是那么熟悉。变了的，只有插在花瓶里的百合花，和若干对同样入住过这个房间的男女们那跌宕起伏的情史。

我们在朝向大海的窗户旁摆放的藤椅上面对面坐下，先用女佣送来的热毛巾把手擦干净，然后吃起了冰激凌。

通过敞开的窗户，可以看到漆黑的海面上有忽明忽暗的光点，估计是灯塔或者渔船吧。

"还是暂时忘掉偷拍的事情，享受属于咱们的快活时光吧，好不好？"

我真的好想与他缠绵，于是尝试宽慰此刻正面色凝重、一言不发的他。能与他共度的时光是如此短暂，所以才显得弥足珍贵。只要一想到过不了多久就必须与他再次分别，我就更想把每分每秒都有效地利用起来。

他似乎也终于放松了下来，

"那就先来点啤酒吧……"

说罢他抬起了头，我用座机跟前台点了啤酒，然后迫不及待地冲到他面前。

"抱我……！"

我试着直截了当地说了出来，然而话刚出口就感觉脸上烫得厉害。小牧明显没想到我会说得如此露骨，他怔了一下，随后微微苦笑着让我坐在了他的腿上。

"你的腿真长啊。"独臂的他有些吃力地抱住我，如此说道，"说实话，我真的无论如何都想象不到，当年那个缠着我讲题的少女，居然会变成这么漂亮的大美人。"

我轻轻地亲吻他的额头。

"对了，你刚才提到的好消息，指的是什么啊？"

"是没准能让咱们过上好日子的事情。"

"是个什么样的计划？"

"不是计划，而是一个机会。"

说罢我把手伸向跟提包放在一起的杂志《周刊上班族》，封面上是一群男女，站在成排的高楼大厦前，露出健康而阳光的微笑。

我半害羞、半使坏地看着小牧的脸，把手上的杂志翻到最后一页，然后摊在了桌面上。

"全国白领丽人选美大赛最后一轮海选已于近日结束，入围最终决赛的十位佳丽脱颖而出……"

小牧扫了两眼，随即把文章的标题念了出来。

这场全国白领丽人选美大赛，早在今年五月就开始进行大规模宣传了。最终荣获白领小姐宝座的人将获得巨额现金奖励，还有一些附加礼品，该赛事很快就在全国范围内引发了热烈的讨论。

人们都说，在各种选美比赛正火爆的当下，一旦在大型比赛中夺得桂冠，就能即刻实现一夜暴富的美梦。丰富的奖品自然不用多说，同时还能获得包括奖金、代言费、摄影模特费、差旅费和版权费在内的一大笔现金奖励。如果赛后又从事了能够充分利用选美冠军这一头衔的职业，收入甚至能直接翻个十几甚至二十几倍。与此同时还将获得踏足影视圈，以及嫁入豪门的机会。

光是这些，就足以让女性们为了争夺选美冠军宝座而赌上一切。而这次全国白领丽人选美大赛明显不同于那些以时装模特为主要参赛者的普通选美比赛，主办方表示所有在职场上的女性皆可报名参赛，以至于在地区海选阶段就爆发了相当激烈的角逐。

不过这场由 First Lady 化妆品总店主办，周刊杂志《周刊上班族》、某影视公司和某航空公司协办的选美大赛，对于应征者的要求还是很严格的。具体的参赛要求如下。

参赛要求

1.年龄在十八到二十三周岁的女性

2. 未婚且无婚史（包含同居关系在内）

3. 在同一单位工作时间达一年以上的上班族（请注意，本赛事并非仅限从事内勤工作的女性参加。公交车乘务员、公司里的外勤人员，以及销售人员均可报名参赛。）

4. 业务能力强，品行端正

5. 必须有公司内部十名以上的同事推荐

当选白领小姐的奖金及奖品

奖金三百万日元，外加价值一百万日元的实物奖品

First Lady公司赞助代言费一百万日元，并以品牌宣传大使身份赴海外旅游二十天

等等

当选准白领小姐（两名）的奖金及奖品

奖金二百万日元，外加价值一百万日元的实物奖品

First Lady公司赞助代言费五十万日元，并以品牌宣传大使身份赴海外旅游二十天

等等

耗时两个月的地区海选结束后，来自全国各地的地区代表于八月一日齐聚东京都会馆第一大厅。通过最后一轮海选，决出了入围决赛的十位候选人。东京地区果然人才济济，成功晋级决赛的十人中竟有半数来自东京，还有传闻说白领小姐和准白领小姐都将从这五位之中产生。目前她们都以特邀嘉宾的身份出席过座谈会，并在由First Lady赞助的电视节目中露过脸，但仍要等到九月二日决赛那天，才能知道谁笑到最后。

"我怕太早把这件事告诉你，会害你因为我突然跑去参加选

美大赛而胡思乱想,所以才一直瞒到今天见面才说。"

我打开电风扇的开关,同时说道。不过我由双叶电机推荐参加选美比赛的事情,小牧他应该已经知道了。

"……嗯。"

他有些困惑地看着杂志上的报道,十位白领小姐候选人都登了照片,我的照片自然也赫然在列。那张照片下面是这样介绍我的:

> 杉静子,二十二岁,来自东京都。就职于双叶电机公司总务科,工龄两年。身高一百六十六厘米,体重五十五公斤。胸围九十厘米,腰围五十六厘米,臀围九十四厘米。

"杀进决赛的几位都是万里挑一的大美女,虽然我没什么自信,但还是无论如何都想拿下白领小姐大奖,再不济准白领小姐也行。这样咱们就可以在一起了。我没想过以后当演员的事,我只是想要那笔奖金而已。有了这笔钱,咱们就能开始第二段人生了。"

说罢我冲动地用力吻着他的嘴唇,但他却像在故意使坏一样冷漠地应付着我的热吻。回过神来我才发现,接吻时他没有闭上双眼,而是居高临下地俯视着我。

我晋级了最终决赛的事情就这么让他吃惊吗?

想到这里,我移开了双唇。

每位候选人都表现得趾高气扬,仿佛自己已经成了影视巨星。不过旁人确实就是这样看待她们的,所以会有这种想法也情有可原吧。对于女人而言,自己美貌能得到大众的认可,那自然是再开心不过的事情。假如又击败了来自全国各地的竞争者而成为选美比赛冠军，竞争心理和自尊心又能得到极大的满足。何况夺冠所带来的绝非只有知名度，还有让人震惊的巨额现金与物质奖励。前途更是会像夏天的积雨云一样，被数不清的幸福塞得满满当当。甚至可以说只要她们愿意，余生就肯定能过得安稳且令人羡慕。我完全可以理解其他候选人此时此刻的心情，毕竟我自己也并不讨厌这种感觉。

不过这个星期被拉着参加了好多场宴会和座谈会，并与另外四位来自东京赛区的美女候选人有过一定的接触之后，我才意识到原来只有我心里想着完全不同的事情。

五个人中，只有我没有堪称华丽的梦想。我之所以报名参加选美大赛，纯粹是为了谋生——这场比赛对我而言，只是为了实现"让小牧幸福地生活下去"而采取的手段罢了。

我掀开蕾丝床幔，倒在双人床上。

"从最后一轮海选的总评分来看，身为东京赛区代表的我们五个排名都很靠前。如此看来，准白领小姐头衔应该有希望。如果真的成了，我就辞掉工作去当时装模特，到时候你也可以去做自己喜欢的事情了。当然也不是让你就此放飞自我，而是说你可以去做些类似绘画、园艺这种，一只手也能完成的工作。我相信假以时日，你一定可以重新找回迷失的'自我'。"我看着头顶粉红色的天花板，说道。

真希望这事儿能早日成真呀！

梦想与期待让我兴奋得胸口发紧。当觉察到小牧的态度与我截然相反，只是无精打采地陷在躺椅里时，我着实吃了一惊。

"你怎么啦？咱们的夙愿说不定就要实现了，你怎么一点儿都不高兴呢？"

"我只是觉得，你好像正在逐渐离我而去……"他表情痛苦地小声嘟囔道。

"为什么这么想？"

"如此优秀的你，为什么如此在意我这样的一个残废呢……"

我想不通事到如今他怎么还能说出这种话来，甚至觉得双眼似乎有那么一瞬间都看不见东西了。我赶忙撑着上半身坐起来。

"我是个不具备独立生活的能力，并且时时刻刻都在自卑中挣扎的残废。而你全身上下洋溢着青春活力，还拥有能从选美大赛最终海选中脱颖而出的美貌与身材。咱们之间的差距实在太大了，我哪里配得上你，这根本是美女与野兽啊……"

说罢他表情痛苦地灌了一口前台刚送来的啤酒。

"说这些干什么……难道你不相信我吗？"

我彻底坐了起来，床垫的弹簧像我此刻的内心一样发出了痛苦的嘎吱声。

"人总是要适应环境的，一旦抓住了机会，心境就会随之发生改变。总有一天，我会成为已经出人头地的你眼中的绊脚石。"

为什么会这样？为什么我这么拼命，他却这样看我呢——我感觉自己全身上下的血液都瞬间凝固了。

"你这么说也太过分了……"

"现在的你还不清楚什么才是男人真正的魅力，等你被一群成功人士围在中间，被捧得飘飘然时，肯定分分钟就被那些人迷得神魂颠倒。"

"我才不是那么随便的女人。"

"不，全天下的女人都一个德行。"

我明白这偏执的妄想和猜忌是由他已经被生活扭曲了的人格所催生出来的，而非他的本意。但坚信他一定会因为这则好消息而高兴的我，在听到这些伤人的话之后，还是难过得失控了。

"你实在……太过分了。"

我哽咽着，连一句话都说不完整。虽然紧咬嘴唇，双手使劲儿地抓住膝盖，尽力不哭出来，眼泪却还是不断地沿着脸颊滑落，用手去擦都擦不过来。

"我、我回去了……"

我翻身下床，抓起包就想走。看到我这样他明显慌了神，赶忙起身，像一阵风似的冲到我身边。

"我不许你走！"

他是觉得如果今天就这么让我走掉，今后就再也无法占有我了吧。一定是由独占欲和嫉妒形成的巨浪冲垮了他的心理防线，才让他做出这种举动。

"不要！别想以这种方式敷衍我！"

尽管我奋力抵抗，却还是被他用坚实的胸膛和左臂粗暴地压制住了。争执就这样转移到了双人床上，我的包被他抢走，拖鞋也不知飞到了什么地方。

然而没过几秒，面对情人时的习惯就拖慢了我反抗的节奏。他那急促的呼吸让已疲于抵抗的我生出了一股与现状完全相悖的欲望。在无意中紧紧抱住他脖颈的我，转眼就被卷入到了情欲的旋涡之中。

这种扭曲的激情会让陷于其中的男女瞬间丧失思考的能力，我们自然也不免俗。甚至将灯和窗户还开着，床幔也还没拉上这些本应多加留意的细节统统抛在了脑后。

但突然钻入眼皮的白色闪光,还有那轻微的快门声,提醒我们此刻有人正躲在窗外。于是我们就像触电了一样,猛地推开了对方的身体。

偷拍——!

这绝对不能再用偶然和恶作剧来解释了,山下公园一张,刚刚又来一张——而且第二张精准地抓拍到了我们两个在床上忘情热吻的样子。假如偷拍者动机不纯,这张照片就将成为决定性的证据。

我撩起刚刚被弄乱的头发,用力咽下了一口唾液。此刻死死压在我心头的并非羞耻,而是恐惧与愤怒。

我探头到窗外朝下看,那里有一个不知从哪儿搬来的木箱。毕竟窗户的下沿离地面有足足两米高,不踩在这个木箱上面,只怕拍不到室内的情况吧。

即便如此,想成功偷拍到屋内的情况也绝非易事。对方必须制订周密的计划,还要对我们进行长期监视,然后在千载难逢的机会出现时毫不犹豫地出手。由此看来,此人不仅在山下公园偷听了我们的对话,还一早就知道我们肯定会来这家旅馆幽会。因此才能提前把车停在山下公园外面,以确保对我们的跟踪行动万无一失。

漆黑的庭院里连一棵树都没有,我赶忙关上窗户,顺便把窗帘也拉了起来。

"我感觉现在马上离开这里可能会有危险,依我看,咱们今天就留在这里过夜吧。明天你正常去上班,我把上午的时间打发过去之后再回自由之丘的家里去。就算真有什么变故,也要之后再议了。"

他的嗓音因为紧张而变得干涩。连嘴唇都在发抖的我用点头回应。

这应该是"某个人"为了达到某个目的而有意布下的陷阱，而且此人绝非"等闲之辈"。意识到这一点后，我们俩的脸上都没有了血色。

刚刚达到激情的沸点就被人用一盆冰水浇了个透心凉的我们，仿佛两株生长在岸边的海草，萧索地伫立在窗边。弹奏着外国民谣的吉他声传来，八月十日的夜更深了。

3

随着发工资的日子临近,总务科变得忙碌了起来,而我只能惴惴不安地设法熬过这段手忙脚乱的时间。

我一早从本牧的旅馆出发,掐着时间按平时打卡的点抵达公司。随后时刻留意着有没有同事拿奇怪的眼神偷看自己。然而公司里一切如常,也并没有觉察到不对劲的视线。

如果昨晚偷拍事件的幕后指使真的是小牧家的人,那董事长或者人事科科长应该早就把我叫去谈话了。即便是出自其他公司内部人士之手,按理说也该有些新的进展,比如直接以某种方式与我联系。

办公室窗外是日本桥一带的繁华街景,每当被同事叫到名字,或是电话铃声响起的时候,我都会在臀部微微离开座椅的同时,短暂地陷入仿佛被千刀万剐般的痛苦之中。

现在的他,会不会比我还要绝望……?

挂念他安危的想法不断在我的脑海中闪过。

面前的电话响了,我下意识地伸出手,却仿佛碰到了毛毛虫一般突然缩回并停在半空。最终我还是下定决心接起了电话,然后屏住呼吸把听筒贴到耳边。

谁知从听筒里传来的竟然是小牧的声音。放心与不安的感觉瞬间同时穿透了我。

"怎么样？"

我用力握住听筒，他也几乎在同一时间问出了相同的问题。

"没什么变化，你那边呢？"

"我这边也没什么异样，就是很担心你，所以就借口香烟抽完了，溜出来给你打个电话。"

"真的没问题吗？给我讲讲你家那边的情况吧……"

于是小牧简短向我描述了一下他在横滨消磨完整个上午之后，回到自由之丘时家里人的反应，大体上是这种感觉——

进入大门后，他甚至觉得花岗岩石门、门柱、雪松，乃至踏脚石和车库之类的死物都仿佛在齐刷刷地对他冷笑。

即便如此，他仍然昂首挺胸走到了便门前。然而，在看到映在门上的窗户中的倒影时，他瞬间感受到一股与炎热的气温相去甚远的恶寒。

这是他住进小牧家之后第一次夜不归宿，而且还被不知谁目击到与静子幽会的样子。无论哪一件，都非同小可——想到这里，他握住门把手的左手停住了。

做了亏心事的负罪感可以尝试用强装镇定蒙混过关，但万一对方拿出昨晚偷拍的那两张照片甩在自己脸上，可就彻底没法解释了。

他轻轻地推开门，一片死寂的院子里弥漫着肃杀的气息，仿佛并不欢迎他的归来。

在走廊上与女佣和代擦肩而过时，对方默默地朝他笑了一下。这个人的脸上总是挂着笑容，既像是期待着即将发生的混乱，又像是在可怜被迫屈服于现实的独臂男人。和代的父亲是双叶电机总公司的保安，她于四年前进入小牧家做女佣。她干起活来要比乡下姑娘利索得多，而且脑子转得快，虽然身材上怎么看都不像个已经二十三岁的成年女性，却有一手出色的厨艺和裁剪衣服的功夫，因此颇受妻子波江与岳母的喜爱。

唯独小牧从一开始就与和代处得不怎么融洽，他很厌恶这个阴险、沉默寡言、老爱耍些小聪明、让人猜不透她心里到底在想些什么的女人。

小牧蹑手蹑脚地走进作为他们夫妻俩的起居室的和式房间，妻子波江和平常一样，躺在位于房间正中央的床垫上。波江盯着小牧看，双眼既如山鹰般锐利，又像鱼眼般冷漠。

"昨天晚上是我不对……"

被长年打压的小牧主动低头向妻子道歉。

"在哪儿过的夜呀？"

甚至看不出波江那张蜡黄的脸上有哪条肌肉在动。

"碰巧遇到做机场地勤时的战友了，那家伙硬是把我拽到他家去做客……"

"那也该打个电话回来呀。"

"我喝的有点儿多，就忘了这码事。抱歉让你担心了。"

"我其实也没怎么担心你，关键是爸爸妈妈那里说不过去。"

说罢波江把放在一边的杂志重新拿了起来。

这事儿绝对不会就这么算了的……

小牧心想，这该不会就像猫玩弄逮到的老鼠那样，只是后续盘问的准备活动吧。

"公司那边你是怎么说的？"

突然从背后传来声音，吓得小牧跳了起来，回过头才看到岳母站在走廊上。

"我……我请假了。"

"瞧给你能耐的，明明没什么本事，居然还敢在外边买醉夜不归宿……不知道的还以为你是个能独当一面的男人呢。"

"抱歉……是我不对。"

"你的这个朋友家住在什么地方？"

"在、在池袋附近。"

"胡说！你明明是从横滨回来的！"

"呃……"

小牧顿时浑身僵硬，"糟了，昨晚那个人果然是——"的想法，让他的虚张声势从脚下开始迅速崩溃。他直接双膝一软，瘫坐在地。

"我刚好有事去了一趟多摩川园前，返程时在东横线的车厢里看到了你，难道池袋在神奈川县不成？"

岳母体型丰满，从穿着打扮上看绝对是个如假包换的董事长夫人模样，但粗鄙的谈吐与那卑劣的黝黑脸庞无时不在向旁人透露她只是个暴发户的真相。

什么啊，只是偶然坐了同一趟电车吗……

小牧压抑着胸中的愤怒，松了口气。

"妈妈，不要再说了！"

波江大声喊道。岳母这才住了嘴，用鄙夷的目光瞥了小牧一眼之后，打了个大呵欠转身离去了。

"你啊，还是好好想想自己的立场吧。"波江像男人一样不耐烦地咋着舌抱怨道，"我父母可是正想方设法让我跟你离婚呢，你这不是等于自己主动朝二老的枪口上撞吗？"

"我知道错了。"

"我可没有要护着你的意思，毕竟咱们只是形式上的夫妻而已，我又不是没了你就活不下去。如果爸爸妈妈执意要把你赶出这个家，我肯定不会跟他们对着干。但你我之间毕竟有夫妻的名分在，而且我好歹是个女人，所以绝不接受因你背叛了我而分手。说白了，你要是敢跟其他女人搞到一起，我就算死也不会同意跟你离婚！"

"哪里会有什么女人能看上我这种残废呢。"

"这可不好说，没准儿就有人专门好这一口呢。"

如果你外边没有女人，我就眼睁睁看着你被父母扫地出门。但如果你外面有女人，我就把你彻底拴死在自己身边——这就是内心冷酷，喜欢恶意刁难他人排遣空虚的波江想出来的绝佳主意。

还真被静子说中了。

一旦静子的存在被她发现，波江是绝不会还小牧以自由之身的。看来必须按照静子所计划的那样，在"恰当的时机"到来前，绝对不能让其他人知道我与她之间的关系。

"我尤其讨厌那些漂亮又年轻的女人，只要你跟她们有过哪怕一点儿接触，我保证马上就能觉察！"

波江讲这话的时候双眼充血，对于男女之情的渴望，与厌恶和嫉妒合而为一，让明明已经三十七岁却还是处子之身的她陷入了极度的疯狂。

她五岁时的那个春天从屋顶跌落，从此成了半身不遂的可怜人，这也并不全是她的错。如此不幸的遭遇甚至可以说十分招人同情，然而波江展现在他人面前的，却只有现在这副丑恶的嘴脸……

"你要是敢趁我住院的时候跟年轻的女人乱搞，我就找人把你仅存的那条胳膊也拧下来，听见没有？"

"住院……意思是已经定下来了吗？"

"说是十四号住院，三十一号前后做手术。"

都这个年纪了，就算动手术应该也没法解决她半身不遂的问题。不过毕竟不需要为手术的费用发愁，而且还是波江自己提出来的，岳父为了让她暂时安心也就帮她联系了医院。这已是波江第二次住院了，两年前那次，波江在动手术之前萌生退意，最终只在医院待了一个星期就出院了。这次可能是最近通过杂志得知整形外科技术飞速发展，让波江再次生出了接受手术的想法。

十四号住院……已经近在眼前了。

如果波江去住院，肯定是女佣和代负责陪床看护，到时候这个家住起来也能稍微舒心一点——小牧在把视线转向地面的同时心中想到。

"看给你高兴的！就那么想我去住院吗？"

和波江咬牙切齿的咒骂声一起朝小牧脸上飞来的还有一本杂志，虽说只是区区一本杂志，造成的冲击也足以让他那残缺的身躯因为失去平衡而歪向一边。小牧紧紧咬住嘴唇，强忍着想要反驳对方的冲动，默默在心中高声喊道——

静子！

我挂断了小牧打来的电话，他说那边没出什么大问题。如果真是这样，昨晚偷拍我们的人又会是谁呢？

工作完全没效率，明明需要尽快把每位职员的当月应发工资和到岗天数整理出来交给财务部门，可我却因为心里太乱，导致用计算器的时候反复出了好几次差错。毕竟昨晚光顾着聊偷拍的事情和关于未来的计划了，共处一夜的机会对我们而言实在太过宝贵，根本就没时间用来休息。

偷拍会不会是某个与这次选美大赛有关的人所采取的计策呢……

随着脑中灵光一闪，我忽地抬起了头。很有可能！如果能让五名呼声最高的入围者中的一位消失，势必会有人因此而获利。尽管并未违反"未婚且无婚史（包含同居关系在内）"的规定，但只要把昨晚我在床上的照片当作黑料散播出去，应该就足以让主办方取消我的参赛资格。毕竟照片并不能向观众讲述事情的前因后果，所以看到这张偷拍照的审查委员们，势必会认为我当时做出了一些品行端正的白领小姐候选人所不应该有的行为。

如果只是这样还可以接受。

我这样想着，仅仅只是被剥夺参赛资格都算是好的了。虽然这会导致进行中的计划彻底破产，但至少我们还可以寻找其他出路摆脱当下的窘境。

然而，事情真的会这么简单就结束吗？

不安在对我轻声耳语，一旦我真的被大赛除名，就会有好事者跑去追查原因，到时候我和小牧的事很容易就会败露。没准哪天就会被媒体以"白领小姐候选人乱搞男女关系"为题大肆宣扬，最终会发酵到什么地步，就更是让人连想都不敢想了。

无论如何都得防止事情发展到那一步。

我不再摆弄计算器，抬头看向天花板。就算用我剩余的人生去交换，也绝不能让这件事伤害到可怜的小牧。这既是我曾经许下的誓言，也是我的行为准则。

"杉小姐，杉静子小姐，有你的电话。"

不远处工位上的同事在叫我，我被瞬间拉回现实，旋即不顾一切地扑向同事桌上的电话。

"我是杉静子,请问你是……?"

然而我很快就变得面无血色、肌肉僵硬,脉搏加速到仿佛心脏下一秒就要爆炸的地步。

我一言不发地听着对方把话说完,随后挂断了电话。

"是白领小姐候选人杉静子小姐对吧……"对方问道。

也就是说……昨晚的偷拍果然是某人为了成为白领小姐而策划的行动,该来的还是来了——尽管之前已经想到事情可能会变成这样,但在实际听到对方声音的那一刻,我还是被不安与苦恼压得喘不过气来。一时间不知该如何是好的我,脑海中只得出了一个结论,那就是无论如何都不能让自己与小牧的关系曝光。这也就意味着,摆在我面前的只剩下听从对方"不接受我的条件……就把照片散播到所有与你有关的人手上"这一无礼要求,以及想方设法把对方揪出来并使其乖乖闭嘴这两个选项。但我似乎在哪里听到过电话中的这个声音,应该还是我认识的人。既然对方这么想让我从候选人名单中消失,这个人就一定也在白领小姐最终决赛的入围者之中吧。于是我开始在脑海中回想除了自己之外,另外四位白领小姐有力候选人的模样。

穗积里子——

小河内惠美——

川俣优美子——

新洞京子——

黑影（美女如云之章）

1

穗积里子,二十岁,来自东京都,就职于日南贸易公司涉外部,工龄一年。身高一百六十三厘米,体重五十三公斤。胸围九十厘米,腰围五十七厘米,臀围九十厘米。

小河内惠美,二十岁,来自东京都,就职于日南贸易公司采购部,工龄一年。身高一百六十二厘米,体重五十四公斤。胸围九十厘米,腰围五十六厘米,臀围九十二厘米。

看到刊登在《周刊上班族》最后几页的这篇报道时,日南贸易公司的职员们个个大吃一惊,面面相觑,甚至忘了自己就是当初推荐这两位女同事参赛的人。

其实日南贸易这家商务公司本就以美女职员众多而闻名于业界,但大家无论如何都想不到,当初自己怀着半开玩笑的心情联名推荐去参赛的这两位女同事,竟然双双杀进了这场全国白领小姐选美大赛的决赛。

不过,在公司里,穗积里子与小河内惠美的关系实在是没法用"要好"二字来形容。里子就职于总公司的涉外部,惠美则是品川采购部的仓库管理员。按照她们自己的说法,"毕竟又不是每天都会见面,关系自然也不会多亲近"。正常情况下,两位在容貌上难分高下的美女碰到一起,本就容易因为自负和竞争心理而彼此生出敌意。再加上这次她们同时杀进了白领小姐决赛，无形中为两人间本就存在的对立意识又添了一把火。所以别看她们嘴上说得如此轻描淡写，实际上心底那股指向对方的敌意早就达到一触即发的临界点了。

因此，同为日南公司职员的有志，为两人的成功入围举办了一场庆祝会，希望借此尽可能地缓解一下她们之间日趋紧张的关系。

但这也只是在白费力气罢了，他的这两位女同事早已因为获得了实现女性至高梦想及君临世界的最佳机会而兴奋得忘乎所以。而她们此时此刻有多兴奋，内心看对方就有多不顺眼。这样一对仇敌同席而坐，自然是不可能和平相处的。

即便如此，宴会在刚开始时也进行得很和谐。在日南贸易经常光顾的"月岛"饭馆举行，和稀松平常的庆祝会没两样，充满欢声笑语。

可后来一个奇怪的话题激怒了小河内惠美。宴席上绝大部分话题都集中在穗积里子身上，大家一会儿说什么里子很适合做电影女明星，一会儿又说什么要创建穗积里子处女保护委员会，哄里子开心的话题那是一个接着一个，惠美却几乎全程被晾在一边。之所以会这样其实是有原因的，毕竟惠美的上司并没有出席这场庆祝会，而里子身边却有为活动埋单的涉外部部长坐镇。常言道吃人嘴短，年轻职员们自然把话题集中到涉外部部长与里子身上了。惠美当然不可能参不透这其中的奥妙，但正敏感的敌对意识还是化为名为嫉妒的毒针，狠狠地刺了她一下。

"身为处女这点对里子你而言，从各种意义上讲都是一大优势啊。"

"这可足以影响到一个人的气质啊。"

"扮演公主类型的角色那肯定是一绝。"

同事们接二连三的赞美之词更是将惠美对里子的反感推向了最高潮。里子凭自己的处女之身在公司内部收获了清一色的好评,但在惠美看来这只是她故作姿态的自我标榜。要说为什么惠美在这件事上如此看不惯里子,则完全是"对方可能拥有某些自己已经失去的东西"这一事实所引发的羡慕和不安在作祟。

就算平时再怎么大肆宣扬处女无用论,一旦到了被人拿去与处女相比较的时候,非处女依旧会品尝到无法言喻的挫败感。

在其他人看来,自己的肉体会不会给人以一种很疲惫的感觉?在皮肤的纹理和光泽,以及眼神的清澈程度等各个方面,里子与自己会不会拉开了明显的差距?类似的种种,都让她感到忧心忡忡。

怎么会有如此荒唐的事情呢?

惠美尝试着去否定自己的胡思乱想,然而那股空虚的挫败感,还是在她心中开出了一朵针对席上同事里子的憎恶之花。

谁知道她究竟是不是处女啊……

惠美巴不得立刻把自己灌醉,于是一杯接着一杯地拿起桌上的啤酒一饮而尽。啤酒的泡沫沿着她的嘴角滑下,滴落在她的裙子上。看到这一幕的几个男职员偷偷碰了碰手肘,之后开始交头接耳。

"我看惠美姐差不多又快开始了。"

他们会这么说,当然是因为惠美嗜酒如命和酒品之差早就在公司内部声名远扬了。

惠美家曾经在京都的伏见地区经营一家酒厂,家里人一直在极力向她传授酒的奥妙，直到三年前酒厂因为火灾倒闭。无论什么时候，只要一看到酒，惠美就会面露喜色。然而她的酒量却与其对酒的喜爱不太相配，每年的公司跨年宴会上，她都是最先喝多的那一个，以至于每次宴会结束后都要有人把她送回家。就连她喝醉之后的狼狈样，也已经成为公司内部的奇景之一了。

放到以前，酒劲儿一上来口音就变回京都腔的惠美，会让人觉得多了几分性感与可爱。然而今天却与往常不太一样，那些平日里被理智压抑在心底的不满，在酒精的催化下，化作针对里子的敌意，直接爆发了出来。

"处女来处女去的，算什么东西。你上个月不是刚跟奥提兹先生去伊豆日光那边旅游过一趟吗？"

双眼迷离的惠美脸上浮现出戏谑笑容，嘴里吐出这么一句话来。只见里子听了这话之后表情瞬间凝固，那张由知性双眸、挺拔鼻梁与轻薄双唇所构成的冷峻脸庞，刹那之间就被愤怒染得通红。

"请不要把话说得那么难听！"

"我说的是事实，这种事没必要瞒着大家吧？"

"但你这明显是话里有话好吗！"

随着里子的高声回呛，尴尬的沉默瞬间支配了整个酒席。惠美则把装啤酒的杯子捧在眼前，笑着继续说道："奥提兹先生说这次是为了谈生意才来公司的，至于是什么生意，恐怕就没人知道了吧？"

"你简直低级，下流！"

里子狠狠攥紧了手中的手帕。

两人对话中提到的奥提兹先生，是一位在美国长大的菲律宾人,是与日南贸易公司有生意往来的一家外国公司的驻日特派专员。此人与里子的亲密关系在一定程度上已是公司内部众所周知的事实,甚至还流传着两人私下里已经订婚的传闻,所以对于在座的各位而言,这也算不上什么新鲜事。不过惠美刚刚那通含沙射影的发言,明显是在暗示奥提兹与里子存在不正当的男女关系,这对于打算通过标榜处女身份,来进一步抬高自己白领小姐候选人身价的里子而言,就是无法置若罔闻的"攻击"了。

"你什么意思,打算只靠动嘴皮子自抬身价吗?有种等咱们到了决赛现场再堂堂正正的一决胜负啊。"

"明明在床上都已经身经百战了,居然还好意思说出如此冠冕堂皇的话来。"

"你说什么!"

里子唰地站了起来。

"哎哟喂,这可怎么像话,看来我今天怕是又要喝多喽。"惠美侧着脸趴在桌面上,若无其事地笑着嘟囔道。

"你这个醉鬼!"里子愤怒地大吼,紧张的情绪反而显得她更美了。轻薄衬衫下的丰满双峰随着呼吸剧烈地起伏,仿佛在强调她曼妙身形的紧身裙的腰线也在微微颤抖。

惠美缓缓撑起上半身,淡然地直视里子的双眼。这两位的美刚好是两个极端,如果说里子的美是水,那惠美的美就是火。相对于里子那仿佛雕像般整洁的五官,惠美则是有一种不修边幅的美。她那热情洋溢的双眸,厚实性感的下唇,简直与意大利女星一模一样。

还有那相较于里子更加丰满的身材,无不让人感受到她身上那股成熟的风韵。而且,在这种美之中,似乎还能窥到她因为太过单纯，而在与男性的交往中饱尝苦头的过往。

在座的同事们被两位针锋相对的美女所散发出的奇妙魅力与压迫感所控制，全都目瞪口呆地待在原位。

"请问……"就在这时，包间的拉门被打开一道缝，紧接着从门外传来了女服务员的声音，"穗积小姐在吗？有她的电话。"

里子像在泄愤似的狠狠地跺了一脚惠美正坐着的那片榻榻米，之后走出了包间。女服务员的手正指向位于走廊尽头的电话。里子强压着胸中正熊熊燃烧的怒火与翻江倒海的争斗之心，拿起了电话听筒。

"里子吗？是我。"

是一个口音极其特殊的男士的声音，里子听了不禁一惊，赶忙环视四周。这声音的主人，正是引发刚才那场激烈冲突的导火索——奥提兹。

"你干吗往这里打电话呀？"

里子的语气中稍微带点责怪对方的意思。奥提兹这时打来电话，就像是在配合惠美中伤自己一样，还有他那悠然自得的语气，都让里子感到十分不快。

"咱们不是约好了今天见面的吗？这次就去箱根吧，我七点过去。"

"七点？可庆祝会还没结束啊。"

时钟显示现在是六点半。

"另外，要是去箱根的话，今晚不就得在那边过夜了吗？"

"按咱们的老规矩来就是，你放心，我会好好遵守那个约定，直到咱们正式结婚。"

所谓的老规矩，是指在酒店留宿的时候不住同一间房。至于那个约定，则是在双方结为夫妻之前，奥提兹不要对里子的肉体有任何非分之想。里子是在让奥提兹对这两点发过毒誓之后，才同意开始与他交往的。

结婚——

对方的话让里子心中一惊。毕竟她在接到这个电话之前，早已经把奥提兹还想着跟自己结婚的事情给忘得一干二净了。

现在的里子，是通过了最后一轮海选并成为白领小姐候选人的她，跟奥提兹谈婚论嫁的打算已然不存在了。

对了，得把自己不想结婚的想法告诉奥提兹才行。

毕竟吊着一个并不想与之步入婚姻殿堂的男人根本毫无意义，万一再像刚才那样被别人当作黑料曝光，导致自己的白领小姐候选人身份蒙上污点可就得不偿失了。尽快断绝与奥提兹的来往才是明智的做法，里子立刻暗暗下了决心。

"那你能开车过来接我吗？我等你。"简短作答之后，里子挂断了电话。

2

在盛夏之夜兜风真是别提多舒服了。驶出拥堵的市中心地区后，由奥提兹驾驶的斯蒂庞克轿车开始在京滨国道上尽情飞驰。

奥提兹对于未婚妻其实是为了与自己分手才前来赴约一事毫不知情，他那张黝黑的脸上神采奕奕，还不停用英语讲着各种笑话。然而坐在他旁边的里子却仿佛冷血动物一般无动于衷，看她的样子，已完全感觉不到哪怕一丝对奥提兹的留恋与怜悯。

因为被上过床的男人抛弃而痛哭流涕，是陷入爱情中的女人最大的失败。只要不越过那条红线，随便什么样的男人都可以两三天就忘掉。所以女人必须足够薄情，才能将迷失在爱情之中的自己拯救出来。

里子就是践行着这样的信念一路走到今天的。她之所以一直守身如玉，既不是为了维护自身的纯洁，也不是为了日后向未来的丈夫强调自己的贞洁。而是出于对一旦发生了肉体关系，自己说不定就会对男方动真情这种可能性的恐惧。

奥提兹则把这当成了清纯少女的美好心愿，便顺从里子的意思，发誓在结婚之前绝不对她的身体有非分之想。这也许是因为他心里是真的深爱着里子，而非只想和这位异国女郎玩玩而已吧。

但里子却是无比现实的,为了在身价更高的男性追求者出现时,自己可以毫不犹豫地将奥提兹抛弃,她从未与奥提兹同床共枕过。

眼下,"分手的时刻"已经到来。她的人生迎来了一个区区奥提兹根本无法与之比拟的巨大转机,除非自己脑子进水了,才会愿意跟身为外国公司驻日特派员的奥提兹去过老婆孩子热炕头的平凡生活。毕竟谁也说不准,今后会不会有世界级富豪或者国际著名影星主动找上门来,向自己求婚。

对于现在的里子来说,奥提兹已经成了百无一用的负担,她必须尽快将对方抛弃。但对于分手的要求,这个菲律宾人会做出怎样的反应呢——

"我可以跟你说件事吗?"里子盯着被车头灯照亮的平坦柏油马路说道。

"说呗,什么事?"奥提兹叼着烟点了点头。

"我不能再跟你交往了,当然也不可能跟你结婚,总之咱们的关系就到此为止了。"

"你到底在说什么啊,是在跟我开玩笑吗?"

"不,我是认真的。现在情况有变,不这样做我会很难办。"

菲律宾人脸上露出迷惘而难过的神情,目光在前方的道路和美丽的未婚妻之间来回游移。

"会很难办……是指钱吗?如果是因为钱,我可以想办法去赚。"

听到满脑子美国式思维,一听说对方不想结婚就往钱上联想的奥提兹的反应,里子在心底冷冷笑道,谁看得上你那点儿钱啊,我想要的可是无穷无尽的荣华富贵。

奥提兹好像突然想到了什么似的，眼神锐利地瞥了里子一下。

"你该不会是喜欢上别的人了吧？"

"怎么会呢，你误会我的意思了。"

里子以一种委屈中带着些许献媚的眼神回望着奥提兹的侧脸。

"不对，肯定是。我昨天接到了一个奇怪的电话，现在回头想想，肯定跟你的新欢脱不了干系。"

"奇怪的电话？是什么人打给你的？"

"我也不知道，对方没报名字，不过能听出来是个年轻的女性……"

"那她在电话里都跟你说什么了？"

"打听咱们俩的事情，尤其是最近的交往，翻来覆去地问了好多。"

究竟会是谁呢——里子心中顿时生出莫名的恐惧，这同时也是一种不祥的预感。不管这个打听自己与奥提兹交往细节的年轻女人究竟是何方神圣，都肯定是冲着自己来的。而且还特意跳过她这个当事人，匿名给有可能无意中将真相和盘托出的奥提兹打电话。由此可以推断出，这位来电者肯定不是自己的"朋友"。

小河内惠美的名字第一时间出现在了里子的脑海中，但她很快就否定了这一猜想。毕竟以惠美对自己的了解，根本就用不着给奥提兹打这种电话。

一定是什么人正策划着某些事情。

眼下能肯定的就只有这一点，这个打算匿名从别人口中问出些什么来的家伙，绝不是一盏省油的灯。此人对里子而言，是一个正悄悄靠近的黑影,是在黑暗中不时响起的脚步声。尽管眼下还没有半点头绪,但也足以令她感到不安了。

此时此刻的奥提兹正悲愤交加地对里子说着什么,然而她一个字都没听进去。

"我想说的是,我已经下定决心,要跟里子小姐你一起去死了!"

奥提兹那近乎哀号的声音终于把里子从思绪中拉回了现实。她这才注意到,奥提兹已经满脸通红,嘴唇剧烈颤抖,鼻翼两侧都渗出了一层薄薄的油脂。

"你说去死……?"

"没错,这样咱们就再也不会分开了。"

话音刚落,车窗外的风声就突然变得尖锐了起来。里子顿时被吓得目瞪口呆,这辆斯蒂庞克轿车仿佛要从马路上起飞一般,撕裂周围的黑暗,高速疾驰在国道上。车速表上的指针以肉眼可见的速度向表盘的右侧移动着,六十、六十五、七十、七十五千米……

车已经呼啸着经过了平塚市,斯蒂庞克开始在车流中的缝隙间闪转腾挪,随着轮胎与地面摩擦时发出的悲鸣声时而超车,时而紧贴着其他车辆呼啸而过。里子整个人仿佛巨浪中的水手一般,在车门与奥提兹的肩膀之间摇来晃去。慌乱中猛打方向盘的司机那惊恐的神情,独栋住宅的墙壁和路边松树的枝干等,都瞬间就冲到她的眼前,紧接着又飞快消失在身后。

每重复一次这个过程,里子都会把脸扭向一旁,紧紧闭上双眼。剧烈的心跳声在大脑中轰轰作响,攥成拳头的双手手心早已被汗水浸湿。

我才不会屈服于这种威胁!

里子咬紧嘴唇，不停在心中默默重复这句话。奥提兹肯定正在等我因为害怕而放声尖叫，与其带着这个累赘拿下白领小姐的桂冠，还不如现在直接撞个粉身碎骨来得干脆。你敢死我就敢埋，但我绝对不会就这样屈服——里子瞪着已经严重充血的双眼，嘴上却仍旧一声都没出。于是这场疯狂的暴走就这么继续了下去——

这场无言的争斗，最终还是以精力消耗更剧烈的司机主动认输为结局落下了帷幕。奥提兹的面庞狼狈地扭曲，他甩了甩早已大汗淋漓、仿佛被水冲过的脑袋，不少汗珠飞溅到了里子的身上。接着车子沿国道左转，很快就驶入了鲜有人经过的岔道，随着一阵砂石飞溅，车停在了一片松树林里。

紧接着是一阵暴风雨刚过般的寂静，奥提兹一脸憔悴地趴在方向盘上，里子则瘫坐在副驾驶席，好一会儿都动弹不得。从高度紧张中解放出来的倦怠感随着血液循环扩散至全身的各个部位，她感觉四肢好像灌了铅一样沉重。随着呼吸渐渐平稳下来，里子长长地呼出一口气，听到了从远处传来的海浪声。

这样就算彻底结束了。

箱根也不用去了，那就走到最近的车站坐轻轨回东京吧。里子缓缓起身，打开车门之后下了车。

如此一来我就自由了……

抬头一看已是满天星斗，她笑了笑，豪爽地猛吸了一口盛夏夜晚略显潮湿的空气，步履蹒跚地尝试着离开。

"里子小姐！"

奥提兹高喊她的名字，可里子连头都没有回。

"你太无耻了！这跟用手枪逼着女人就范的无赖有什么区别！既然你想要我的命，咱们之间就再也没有什么好说的了！"

里子头也不回地喊道。

"可这样一来,我就不能再去你的办公室了。"

"生意是生意,工作上的事情可以一切照旧,去公司谈就好。"

"那我之前送你的礼物怎么办?"

都这种时候了……还好意思提礼物,哼!

正在气头上的里子,回过头来狠狠瞪了一眼刚跳下车的奥提兹。

他口中的礼物,指的基本就是电器。像电视机、留声机、暖炉、电风扇之类的家用电器,几乎塞满了里子的公寓,它们无一例外都是奥提兹为了满足里子对电器化的向往而买来的"礼物"。而且奥提兹最近刚刚答应过里子,要为她再添置一台电冰箱。

"你要是心疼钱,大可现在收回之前说要给我买电冰箱的话。至于已经送给我的那些东西,只要你想,也可以随时开车过来拉走!"

里子丢下这些话之后,加快了离开的脚步。穿过松树林走上砂石路之后四周明显亮堂了许多,她并未理会听起来像是奥提兹追赶的脚步声,只顾着埋头走路。里子天真地认为对方再怎么也不至于动用暴力手段,然而事实证明她想错了。

追赶上来的奥提兹突然从后面猛扑向里子,穿着高跟鞋的里子在砂石路上本身就站不太稳,身高将近两米的奥提兹轻而易举就把她抱到了胸前。

奥提兹那接近野生动物的体臭熏得里子喘不过气来。再加上对方野蛮的动作与沉默,都让里子感到无比恐惧。奥提兹粗壮的双手死死地掐住里子的脖子,将她朝着松树林的方向拖去。

高跟鞋从她的脚上滑落,脚趾和脚后跟被沙石地面磨得生疼。里子忍着脚下传来的疼痛拼命挣扎，在挣扎的同时心中想着——

他想杀了我！

"绞杀"二字在脑海中一闪而过，仿佛黑夜劈头盖脸向着她压来，里子感到不寒而栗。

奥提兹加重了一只手上的力道，从后面掐住里子的脖子，另外一只手野蛮地扯烂了她的衬衫。就在他的手碰到胸部的瞬间，里子发出了一声泣血般凄厉的惨叫。

两个身穿白色衣服的人影出现在不远处的黑暗中，接着是一阵凌乱的脚步声。有人正快速接近这里。

奥提兹刚一松开手，里子就拼了命地朝着人影的方向狂奔。

"出什么事了？！"

一个年轻男人问道，他身后不远处跟着一个头发扎起来的女孩，两人应该是情侣。尽管里子现在光着双脚，上半身只剩胸罩，却也已经顾不得什么体面和羞耻了，她直接跟跄着扑进了那名年轻男子的怀里。没过几秒，身后就传来了渐行渐远的汽车引擎声。

"我没事，请不要去追。"

话刚说完，里子就瘫坐在了地上。

3

穗积里子一离席，失去攻击目标的小河内惠美很快也没了兴致。反正留在这扫兴的饭局上也怪没劲的，惠美便在依次拒绝了那些自告奋勇说要送她回去的男同事之后，一个人离开了"月岛"饭馆。现在的她只想回家一个人喝个痛快。说是"回家"，实际上也只是回到日南贸易品川办事处罢了。她暂住在那里。只要把位于办事处后方的仓库门锁死，再把正面的卷帘门放下来，办公室就成了一个三十多平方米的单间。而位于最内侧的墙角处，有一个据说是以往仓库管理员用过的"房间"。说白了就是用一圈木隔板圈起来，再往地上铺六张榻榻米而已，惠美眼下就暂住在这里。

采购部的工作极其忙碌，常会连续几天加班到很晚，这让惠美有了"如果能直接住在单位岂不正好"的想法，于是就找到总公司的采购部部长商量了一下。结果公司认为这样做也符合公司利益，便批准了她的请求。对惠美而言，不仅可以省下一笔租房的费用，还能带来不少生活上的便利。毕竟办事处不仅通煤气，还备有自来水管道跟洗手池。虽然小是小了点，但添置完床、梳妆台、衣柜和小号餐柜之后，住起来也还是蛮舒服的。这无拘无束的仓库生活对随性的惠美而言简直就如同置身于天堂一般。

在办事处门前下了出租车，推开没上锁的玻璃门，惠美这才觉察到自己甜蜜小窝里的灯正亮着。是来客人了吗？惠美边想着边快步穿过办事处大厅，躲在拉门的阴影里朝隔间内偷瞄了一眼。只见一个面色苍白、身着夏威夷衫的年轻男人正孤零零地坐在里面。看到这一幕，惠美顿时倒吸了一口凉气，与此同时男人也把目光投向了惠美。

"哟，有日子没见了……"

男人表情复杂，眼神羞涩，扭扭捏捏地调整了一下坐姿。

"怎么趁我不在的时候摸进来，跟小偷似的。"

刚刚的惊讶迅速从惠美的脸上消失，取而代之的是仿佛要无视对方的冷漠。

"门没上锁嘛，我寻思着你应该很快就会回来，于是就自作主张进来等了。另外我可是费了九牛二虎之力，才总算打听到你住在这里的事啊。"

男人解释着，惠美看都没看他一眼，径自从餐柜里拿出瓶装威士忌跟杯子，坐到床边一个人喝了起来。

"我看过杂志了，上面说你通过了白领小姐选美大赛的最后一轮海选。"男人用一种像在打探什么的语气说道。

"你就是因为看到了这则报道才来找我的，对吧？"惠美撑起沉重的眼皮，瞪着对方。

"你这话说得未免太难听了吧？"

"明明就是被我说到心坎儿里去了吧。你们这些男人心里面，除了女人就只剩下钱了。"

"女人不也一样吗？再说轮得着你在我面前高谈阔论吗。你这个人啊，就是——"

"住口！不许你用这种口气跟我说话！"

"哼……之前说出'只要我还活着就永远只属于你'这种话来的，究竟是哪位啊？"

"连说出这种话的女人都能狠心抛弃的，又是哪个负心汉呢？"

男人顿时词穷了。清醒状态下的惠美肯定辩不过这种油嘴滑舌的男人，她能变得如此聪慧而善辩，其实是多亏了酒精的力量。

"就算只有短短三个月，咱们同居过也是不争的事实，这明确违反选美大赛关于候选人不能有与异性同居经验的规定了。"

"你这是想威胁我？一个随心所欲地玩弄了我整整三个月，玩够了就编瞎话直接失踪的男人，换成谁都不会给他好脸色看吧？"

"我知道自己有做得不对的地方，你要是不满意，我道歉还不行吗？"

"快别耍嘴皮子了，说吧，你到底想怎么样？"

"我想和你订婚，然后从头开始。"

"你是认真的？"

"当然，我敢对天地神明发誓！"

男人边信誓旦旦地说着，边凑到惠美身边，主动往她手上的杯子里倒威士忌。

"省省力气吧，以为只要把我灌醉了，我就会答应你吗……"

惠美轻蔑地笑了，但也感到一丝悲凉。此时男人昭然若揭的龌龊想法，不也恰恰说明了之前对他爱得死心塌地的自己有多么愚蠢吗？

"你也真够惨的了，居然沦落到这个地步。"惠美盯着对方，懒洋洋地说道,"事到如今,就算我再怎么傻,也不会只因为你的一句花言巧语,就像情窦初开的少女一样乐不可支了。"

"我也是在跟你分开之后,才意识到自己其实根本离不开你啊。"

"可别再用这种肉麻话恶心我了。还什么分开?说得可真好听,明明就是你自作主张从我的生活里消失了!你该不会是想说用了一年多的时间才总算觉察到我的魅力了吧?"

男人无言以对,默默地看着地面。

"你不辞而别之后,我就再没跟任何男人有超越朋友程度的关系。与你相处的那三个月时间里,我已经把心中所有的爱都燃烧殆尽了。我也是挺佩服自己的,居然每次看上的都是你这样的男人……"

惠美放下了已送到嘴边的威士忌,脸上浮现出颓废的笑容。

"不过那三个月真的很开心,你在咖啡店打零工,还要去教英语打字的学校上课。那是我人生中最风光的一段了。"

男人边说边端详起自己修长而白皙的手指来。

"开始忆往昔了?千万别过于自恋地认为所有女人都忘不掉自己的第一个男人。在我这些年的感情经历里,早就找不到你的名字了。"

男人似乎很无奈地叹了一口气。

"惠美,你变了。"

"变的究竟是谁呢?——放弃吧,咱们俩已经彻底沦为过去式了。"

惠美的语气十分平静,心底却不禁为自己的变化吃了一惊。

看到他出现,我心里居然毫无波澜。

成为白领小姐候选人之后,我竟然可以在面对前男友时表现得滴水不漏。一个不再需要依赖任何男人的女人，原来可以变得如此强大？

大约两年前，因为京都老家发生火灾而几乎家破人亡的惠美只身来到东京闯荡。一直赖在亲戚朋友家里吃白食肯定不是个办法，惠美很快就找了一份咖啡店的零工。当时恰逢咖啡店利用"揽客女郎"增加客流的全盛时期，各个店家还为了有更优秀的女郎而展开了激烈的挖角大战。

惠美很快就被从涩谷小店挖到了位于新桥的大型爵士咖啡店担任揽客女郎。当时有一支三流乐队会定期来这家店里表演，乐队的鼓手名叫相泽昌。对早已征战情场多年的相泽而言，要搞定未经世事的惠美简直易如反掌。这个道德败坏的鼓手没用几天就把女孩骗得五迷三道，令其毫无保留地把一切都献给了他。之后相泽像个小白脸一样搬进了惠美的公寓，同居了三个月后，某天突然半句话都没留，就从惠美的生活中消失得无影无踪。事发后惠美曾想尽一切办法打听相泽的去向，终于从某位夜总会经理口中得知了相泽的真面目：一个臭名昭著的淫棍。有机会就欺骗女人，一旦发现对方可能要缠上自己就立刻卷铺盖跑路。所谓"跑路"，就是以临时成员的身份加入正在全国巡演的乐队，可能半年都不会回东京一趟。这是他的惯用伎俩了。面对残酷的真相，惠美只得无奈地选择放弃。

之后她很快就来日南贸易工作了，心绪也渐渐平复下来。但还是哭了一个星期左右吧，几乎把眼泪都流干了……

烈酒带来的醉意还是为回忆增添了几分伤感。

"你哭了吗？"

相泽凑过来，凝视惠美的脸庞。

"最近一喝醉了就容易掉眼泪。"

惠美感觉到本应干涸的泪水又久违的滑过脸颊，于是轻轻抬起手，小心翼翼地用指尖将它抹去。

"话说，我都能大概猜到你这次的剧本是如何编排的了，干脆点，说说你究竟想从我这儿得到些什么如何？"

"剧本……你什么意思？"

"别装傻了，依我看，你想娶的根本就不是我小河内惠美，而是白领小姐吧？如果进展顺利，就能一辈子吃穿不愁。再不济也能以'白领小姐的鼓手老公'做噱头，在音乐圈子里打响知名度。怎么样，我应该没冤枉你吧？"

看到相泽似乎还想抵赖，惠美又跟上一句——

"但是很遗憾，我现在可是半点儿跟你结婚的意思都没有。而且还打算借今晚这个机会，与你彻底划清界限。"

"你以为我会就此收手吗？！"

相泽像是被逼入绝境的罪犯一般，表情狰狞地冲着惠美大吼道。

"怎么，一年没见，搞起敲诈勒索来了？还想从我这儿搞钱？开什么玩笑！想当初我为了你，可是把自己值钱的东西从戒指到大衣卖了个遍，事到如今还想让我掏钱给你？简直岂有此理！"

"也就是说，随便我干什么你都无所谓了？"

"你这是打算给主办方写匿名信举报我吗？"

"我可有咱们俩的合照作为证据哦，这样你也无所谓吗？"

"照片这种东西，就不足以成为证据。更何况你说的照片就那么一张，而且还在我手上。"

"还有底片呢。"

"得了吧！得知你的真面目之后，我到家就把底片给烧了！"

这下相泽彻底无话可说了，他觉得眼前的这个人已经不再是他所认识的那个惠美了。刚到这里时他还有绝对的自信，认为凭自己阅女无数的经验，只要把惠美灌醉之后与她云雨一番，她就百分之百会把之前自己无故失踪一年的事忘到九霄云外，瞬间陷入与爱人重逢的狂喜之中。结果惠美已经把那段感情当成一场虚无缥缈的梦，这让相泽追悔莫及，那种看着就要咬钩的大鱼突然调头离去而产生的焦躁与不甘，让他仿佛浑身上下生满了脓疮一般痛苦不堪。

"没话说了？那咱们就到此为止吧。你要是再敢耍什么花招，那我也有我的办法。来，拉个钩当作道别吧……"

惠美伸出小拇指，相泽只能无可奈何地同样伸出小指与她拉钩。

"再见……"

从床边站起身来的惠美带有一种妖艳，与一年前判若两人。雪白的后颈、丹凤眼、温润的双唇、只有一侧的酒窝，还有凹凸有致又浑然天成的曼妙曲线。意识到自己再也触碰不到这具胴体的瞬间，相泽心中的懊悔开始变为对惠美的憎恨。

"好了，快点走吧！"

脚下蹬着拖鞋的惠美从后面轻轻推着因心有不甘而穿个鞋都磨磨蹭蹭的相泽，她明显是打算等对方走后把办事处正面的卷帘门放下来。

"今后可千万记得锁好门窗啊。"

穿好了鞋的相泽嘟囔道。这可乐坏了惠美，她弯着腰大声笑道——

"你这句狠话都老掉牙了……"

"我可没跟你开玩笑，刚到你这儿的时候我就觉得仓库里面好像有人。一开始我还以为是你,但刚一打开通往屋里的玻璃门,那个人影就嗖地一下从后门冲出去了。"

惠美疑惑地歪了歪头。这间仓库里存放的是机械零件和打印纸,无论哪一样都是大件货物,仅凭一人之力肯定搬不动,按理说应该不会被小偷盯上才对。

"谢谢你的忠告,我会加倍小心的。"

惠美像在撵相泽离开一样,把手放在墙边的电动卷帘门开关上说道。相泽站在原地盯着惠美看了那么一小会儿,但似乎很快就改变了想法,一言不发地走出卷帘门外。

"再见。"

对着相泽的背影轻声道别后,惠美拨动开关,卷帘门徐徐降下。

回到自己的小窝后,惠美侧身躺在床上又喝起了威士忌。也就在这时,她突然想到了穗积里子。

这次比赛,我唯独不能输给她……

睡意一阵阵向惠美袭来,在梦幻与现实的交界处徘徊的她回味着发生在自己身上的变化。为了争夺白领小姐的宝座,自己居然像变了一个人似的,对曾经深爱过的男人表现得如此决绝,还对同事里子燃起无比旺盛的竞争意识……

4

　　银座丸一百货公司六点准时打烊,一旦穿过工作人员专用出口来到室外,就将步入几乎媲美桑拿房的闷热之中。也许是因为在开着空调的店里待了一整天的缘故吧,这温差让人很快就连半步路都不想走了。

　　落日的余晖洒在高层建筑煞白的外墙上,导致平时沐浴不到多少阳光的低层区域又被笼罩在一片不利于人体健康的强光之中。但同时也是这道光线,把川俣优美子那白皙的肌肤染成了优美的玫瑰色。

　　就算是对美女习以为常的银座路人,在与优美子擦肩而过时也会忍不住回头多看几眼。

　　她的两腮略带那么一点婴儿肥,五官整体呈现出一种平易近人的美。加上呈现优雅角度的香肩、洋溢着青春活力的傲人双峰、凹凸有致的腰臀曲线以及修长的双腿,无不标榜着川俣优美子是一位无可挑剔的美女。

　　但优美子还是有缺点的,那就是她非常清楚自己长得有多漂亮。这让她成了世人口中的那种"自命不凡的女人"。总是冷着一张脸,没几句话,还常用似乎带着几分蔑视的眼神看人。

　　就连她因为近视而需要戴眼镜这点,也导致别人误会她只是在装腔作势了。

刚刚走出并木街，优美子就向一辆停在路左边的崭新蓝鸟轿车靠了过去。似乎已等候多时的车门适时打开，她便悠然自得地坐进了副驾驶席。开车来接她的青年穿一件布满黑色英文字母的红底夏威夷衫。

此人正是五天前刚刚与优美子订婚的东京第一汽车公司董事长的独子内藤邦利。

订婚这两个字说起来很轻巧，但对于优美子而言，可意味着长达两年的漫长等待。

她是两年前与内藤邦利正式交往的，而且是以结婚为前提才开始的这段感情。然而内藤的父亲却一直死活不肯同意这桩婚事，他的想法非常单纯，那就是男女双方不够门当户对。这其实也不难理解，不管优美子长得再怎么漂亮，她也是大森海岸花匠之女、百货公司的普通职员。即便放在这个提倡自由恋爱的新时代，以她的身份也几乎不可能与日本顶级财阀内藤家的公子结为夫妻。

然而随着优美子从最后一轮海选脱颖而出，成为白领小姐的有力竞争者之一，内藤的父亲马上改了口，立刻同意了两人的婚事。这就是白领小姐候选人这块金字招牌的威力，同时也意味着优美子已成功跻身社会名流之列。

然而优美子并没有因为对方的势利而愤慨，毕竟她对自己是否真心爱着内藤邦利这一点还怀有疑问。而且她的目标自始至终都非常明确，那就是嫁入豪门，成为内藤家的独生子之妻。

只需等来年春天内藤从正在就读的大学毕业，两人就将成婚，届时优美子的愿望将成为现实。至于做内藤家的儿媳需要承受多大的压力，又要吃多少苦，就不是优美子能想象得到的了。

"去哪儿？"内藤问道，"去看电影怎么样？"

"不行。"

优美子轻轻地摇了摇头。

"因为没戴眼镜对吧？近视眼还真是不方便啊。"

"就算眼镜在身上，我也不会在工作日去看电影的。"

"为什么？"

"看电影就没法在九点之前到家了。"

"这样啊。"

优美子给自己定下了九点必须到家的规矩，这是为了保证能在九点半睡下。这个习惯她已经保持了很多年，除非是工作方面实在有推不掉的应酬，否则她肯定会在晚上九点之前到家，并在九点半准时睡下。

优美子是睡眠美容法的信徒，事实证明这套方法也的确行之有效。并让她切身体会到自己的美是靠自己成就的——除了乳液和口红以外不使用任何化妆品，作息规律加适当的运动，每天按摩且保证十个小时以上的睡眠。她坚信，只要持之以恒，就可以长久地维持这份美貌。

"那来趟长距离的兜风怎么样？"

"恐怕会拖到很晚吧？"

"那你说怎么办吧？"

"直接送我回去好了。"

"咱们难得见上一面……这未免太没劲了吧。"

从语气上可以听出来内藤是不太满意的。

"那……去我家坐坐呢？"

为了尽量不扫这位任性又肤浅的公子哥的兴，优美子做出了让步。尽管内藤的脸上仍旧带着些许不快，却还是慢悠悠地抬起手来握住了方向盘。优美子无视对方的反应,只等着车子启动。就在这时,从车载广播里传出了乡村摇滚乐的旋律。

"成了白领小姐候选人之后你这派头可大了不少啊,百货公司对你的态度和给你的待遇想必也变化很大吧?"内藤单手把着方向盘问道。

"跟你爸挺像的,据说要把我从家具柜台调到前台了。"优美子的脸上没有半点笑意,干巴巴地答道。

"毕竟能帮百货公司招揽更多客人嘛。另外,我听说老爸的公司里好像也有个女员工通过了最后一轮海选呢。"

优美子转过脸盯着内藤,就差把"不感兴趣"四个字直接写在自己脸上了。

"你是说新洞京子小姐吧?我们挺熟的,她的身材相当性感呢。"

"连我老爸都说她是个生来就有勾魂摄魄之才的美女呢。"

"这要是你,还不得瞬间就缴枪投降啊。"

"我没有你说的那么经不起诱惑。"

"万一最后她夺得桂冠,我只拿到第二名,你肯定转头就跟人家结婚去了。"

"怎么可能呢——放心,优美,你可是我心目中绝对的第一名啊。"

优美子迅速意识到自己刚刚的危险假设其实有相当高的可能性在日后化为现实,于是心底迅速闪过一丝对新洞京子的敌意。

新洞京子是第一汽车公司的销售员,身为公司董事长的内藤之父夸赞自己的员工是天经地义的事情。再加上这是扩大公司知名度的绝佳机会,自然会对京子高看一眼,这其实与百货公司管理层最近对优美子的态度转变完全是一码事。万一白领小姐的宝座落入京子之手，无论内藤的父亲，还是喜新厌旧的内藤，肯定都会把注意力转移到她的身上。即便没到这种程度，优美子"董事长儿媳"的地位也必将随着京子的成功上位而变得岌岌可危。

要是拿不到白领小姐的头衔可就危险了！

这个已经深深迷上富贵阶层那种纸醉金迷与虚荣浮夸的二十岁女人，在心里扯着嗓子高声喊道。

半个小时后，内藤的蓝鸟轿车停在了一条通往河边的小巷巷口。

二人下了车，走进小巷，河沟的异味与潮湿的海风混在一起，刺激着两人的鼻腔。几个光着膀子的男人和身着浴衣的女人正坐在河边的长凳上，身后是沿河而建的房子。他们边聊天边用好奇的目光打量着内藤与优美子。屋里还有几个扯着袖子交头接耳的女孩。

尽管沐浴在众多并不友好的视线中，优美子却依旧走得精神抖擞。巷子明明那么窄，路面上还胡乱堆放着晾衣竿和用来装垃圾的破桶，她居然能在躲避杂物的同时始终保持优雅的步态。

走过成排的长屋后，是一家小型船厂的作坊。再往前走个二十米左右，就是孤零零地坐落于海边的优美子的家。

差不多十米宽的河面上漂着小渔船和出租用的小艇，优美子的家就建在这条小河的河口附近。准确来说她家西侧的墙壁垂直于小河的石堤，南侧的墙壁则与靠海的堤岸垂直。

门一开，优美子的母亲和弟弟妹妹就迎了上来，连父亲也从起居室里送来问候。

近年来大型私宅迅速减少，导致身为花匠的父亲收入锐减，优美子就成了大森海岸这个五口之家唯一的指望。现在这个搞不好就要麻雀变凤凰的宝贝疙瘩回来了，自然要全家集体出动好好慰劳才是。

母亲一看到跟在优美子身后的内藤，就赶忙用夸张的声音呼唤丈夫过来见客。

"哎哟喂，怎么好意思让你到这种破地方来呢……"

花匠夫妇面对能让优美子成为富家太太的金龟婿内藤，言语中顿时失去了冷静，只顾着不停地点头哈腰讨好对方。

来的又不是什么皇亲国戚，至于吗……

优美子这样想着，很不愉快地俯视着自己的父母。

这位有钱人家的公子哥其实思想特别单纯，只要一顿烤肉和几句甜言蜜语就能让他心满意足。今晚也是因为内藤耍性子，才临时决定把他带回来的——

看给你们激动的，不知道的还以为是咱们家的救命恩人来了呢。

优美子骄傲地站在一边，毕竟在她看来，被富家子弟内藤相中，接着嫁入豪门，这一切绝非偶然，而是自己这些年来付出的那些努力所换来的结果。

她甚至有自信吼出"二十年来我从没输给过任何人，所以才能钓到这只金龟婿，这就是优胜劣汰的真理！"这样的话来，因此在看到父母那副极力讨好对方的样子后，她才会觉得气不打一处来。

"我说你们两位，差不多得了。"

丢下这句气话之后，优美子沿着木质楼梯上了二楼，内藤见状也赶忙跟了上去。

二楼是属于优美子的房间，不到十平方米大。尽管一走动地板就会嘎吱作响，但论房间的整洁程度和生活用品的多寡，可比一楼那两个房间要强太多了。

而密密麻麻堆放在两面墙边的大量挂碟，更是足以让每个进入这个房间的人都目瞪口呆。

"我的天，这数量可真是惊人。"

内藤环顾室内一周后，眼睛瞪得老大。

"连壁橱里也塞满了呢。"

优美子的脸上终于露出了开心的微笑。屋里的大量陶瓷器具，有她自掏腰包购入的，也有她缠着内藤让他买给自己的。上了年代的土器则绝大部分是从祖父那里继承下来的。至于总数为什么会如此惊人，则是拜优美子那异于常人的收集癖所赐。

她的祖父曾是人送外号"植富"的著名花匠师傅，但后来因为酷爱搜集各种古玩器具而荒废了手艺。优美子的收集癖是否是从他身上继承而来的就不得而知了。而她的梦想之一，就是跟内藤结婚之后，让他出钱给自己在银座开一家麻雀虽小、五脏俱全的"挂碟专卖店"。

"不过，那个棚子看起来可挺吓人的啊。"内藤指着位于窗户所在的那面墙上的吊棚说道。

这吊棚的搁板有近五十厘米宽，高度离顶棚没差多少，上头密密麻麻地摆着各种瓷器。地上确实已经放不下了，角落还有一台因为出了故障而被束之高阁的十四寸电视机。

"万一那个吊棚塌了岂不是要出大事？"

"确实，要是晚上睡觉的时候吊架断了，我很可能会当场没命。不过没关系，那个吊棚结实得很，除非发生大地震，否则是绝对不会出问题的。"

优美子平时睡觉的时候，头就在这个吊棚的正下方。毕竟房间本来就小，又硬塞了那么多挂碟，所以要想朝着有窗户的那面墙铺被褥，睡下时头部就肯定会在这个位置。长此以往，她也就习惯了头朝着窗户睡。夏天夜里，这扇窗一向是开着的，窗刚好冲着大海，既能有效防止歹徒闯入，还能让海上的清新空气进入室内。对信奉睡眠美容法的优美子而言，再也没有比它更加合适的窗户了。

"怎么样，很棒对不对？连我也是头一次看到带作者署名的物件呢。"

优美子戴上眼镜，从桌面上拿起一件绘有漫山红叶的日式清水陶器。

然而下个瞬间，她脸上的表情突然僵住了。转过头就对刚刚端着茶上来的母亲厉声说道："妈妈，是不是有谁动过我屋里的东西了！"

"应、应该没有吧？"

面对一脸怒意的女儿，母亲怯生生地回答道。

"我记得很清楚，之前把这件清水陶器放在靠窗的吊棚上面了，它难道是自己长脚跑到这张桌子上来的吗？"

优美子从来不让家人碰自己的收藏品，弟弟妹妹也害怕惹她生气，所以根本就不敢靠近这个房间。

"啊，会不会是那个女人干的呢……"

母亲诚惶诚恐地抬起头，看向自己的女儿说道。

"那个女人？你这话什么意思……"

"今天傍晚，我出过一趟门去买东西，当时家里没人在。要买的东西不多，不到一个小时我就回来了。走到前头那家船厂的工坊时，刚好看见一个人从咱们家的正门出来。当时天色已经暗下来了,具体长相实在是看不清,但从身材上看应该是个年轻女人,我想着没准儿是你的朋友,就追上去想试着把她留下来。不知那人是不是没听见我喊她,一个转身,就沿着岸边快步走掉了。我当时就想到不好,可能是家里遭贼了,赶忙进到屋里看。不过家里东西一样没少,连被翻过的痕迹都没有……"

"你的意思是,那个女人进过我的房间吗?"

"当时我真没往这方面想,纯粹以为是朋友过来找你,喊了几声发现家里没人就回去了。你刚刚问我是不是有人动过你的东西,我才突然想到。"

"她要不是小偷,才不会稀里糊涂地跑到没人的二楼来呢。"

"可万一真是你的朋友呢?现在也不能一口咬定她百分百是小偷吧?"

"我可没有这么缺乏常识的朋友。"

优美子很不高兴地转过身去,走到窗边站定。

看到那个平时少言寡语、吹毛求疵的女儿竟突然变得如此多话,这位母亲被吓得蜷起身子,逃也似的离开了房间。

那个人究竟是谁,又有什么目的呢?

优美子眺望着黑漆漆的海面,陷入了沉思。毫无疑问,这件原本放在吊棚上的清水陶器肯定被人移动过。如果不是自己家里人动的,就意味着妈妈看到的那个身份不明的年轻女人确实进过这个房间。然而家里一件东西都没少,而且除了清水陶器的位置有所变化以外,再没有其他不对劲的地方。潜入空无一人的房中,偷偷摸摸爬上二楼的房间,然后几乎什么都没做就直接打道回府……这世上当真会有如此无聊的人吗?

不过既然没造成什么实质上的损失,应该也就没必要再多想了吧？优美子在心中这样宽慰自己。

从窗户朝下看，是立于海边堤岸的灰浆墙壁，再往下五米就是海面了。露出海面没多高的木质船墩子上拴着一条拖网船，可能因为太过老旧而早已被人遗忘了。

"话说优美，应该差不多可以了吧？"

耳边突然响起内藤的声音，优美子回过头，发现内藤那张憋红了的脸就近在眼前。

"你想干什么……"

呼吸急促的内藤并没有回答优美子，而是径直扑上来吻住了她的双唇。

这可是优美子的初吻，她认为触不可及的新鲜感才是让面前这个富豪之子对自己欲罢不能的魅力之源。一旦让他从自己这儿得到些什么，她就会像装冰激凌的纸杯一样被对方抛弃，所以优美子至今都没让内藤碰过自己一下。

反正都已经正式订婚了，不过是接吻而已，就随了他吧……

优美子像触了电一般，意识逐渐麻痹，一边想着这些，一边贪婪地享受着这一吻所带来的美梦成真般的成就感。

似乎是退潮的时候到了，拍打在堤岸上的海浪声渐渐地弱了下去。

5

这喷薄而出的性感究竟是从哪儿来的呢——滨部越发感到啧啧称奇。

作为一名已经五十四岁的实业家,各种各样的女人滨部可见得太多了,他甚至一度认为自己已经对女人失去了兴趣。但只要新洞京子一出现在附近,就能让滨部仿佛回到了少年时代,重新体会到那种心跳加速的感觉。

身为First Lady化妆品总店宣发主管的滨部,被安排进了白领小姐选美大赛的审查委员会。从初选到最后一轮海选,层层选拔中每当看到新洞京子杀出重围,他都会有种心头大石落地的感觉。虽说他对这个女孩并没有特殊的偏爱,但心里就是不想看到她被淘汰,还总希望她脸上能够绽放出开心的笑容。

刚开始时他认为这可能是一种只有男人才能感受到的魅力,但翻看过评委的评分记录后,他才发现连女性评委也给予了她很高的评价。

从最后一轮海选中脱颖而出的十位候选人里,要数十八岁的新洞京子个子最矮,年纪也最小。然而她身上却散发出一种其他候选人都不具备的独特气场,那是一种纯洁到不可思议的性魅力。在滨部看来,新洞京子的上司肯定就是因为这一点,才把年仅十八岁的她安排在了汽车销售这个特殊的职位上。

据说新洞京子原本是为第一汽车公司职员提供洗衣服务的洗衣公司外勤人员，她在招揽客户时展现出的谈判技巧很快就吸引了公司销售部部长的注意，于是主动邀请她以临时雇员的身份进入销售部实习。没想到刚把她带在身边跑了两三趟业务，这姑娘居然就谈成了自己的第一单生意。于是销售部部长亲自做担保人，让新洞京子以销售员身份正式入职了第一汽车公司。

"您这是有什么心事吗？"京子用有些沙哑的声音问道。

"没、没什么……"

滨部急忙避开她的眼神，很不自然地朝嘴里塞了几勺冰激凌。

"怎么样，您下定决心了吗？"

京子面带微笑，仰视着滨部，她的眼神和笑容里都带着让男人无法拒绝的妖艳。

"嗯，我再想想看……"

"其实之前那辆豪华版的天际线轿车就很不错，您觉得呢？"

"今天这辆……"

"这辆是豪华版皇冠轿车。"

"对对，皇冠。这辆坐着也很舒服，但也可能是因为有你在车上，我才会这样认为吧。"

"瞧您这话说的，我是为了帮助您深入了解车辆的性能，才为您提供试驾服务的呀……"

京子说话时句尾带着鼻音和笑意，这令人心情舒畅的声音让滨部的耳垂都痒了起来。

近在眼前的由比滨海滩正被周末的喧闹笼罩，沙滩上开出一大堆五颜六色的遮阳伞之花。盛夏时分的刺眼阳光洒在海面上,同时也炙烤着雪白的沙滩。

"那咱们出发?"京子问道。

"也是,就去镰仓兜一圈儿吧。"丢掉冰激凌的空盒子之后,滨部边用手帕擦嘴边回答道。

他驾驶着试驾车缓缓从树荫下驶出,逐渐加速后在被暴晒过的马路上飞驰了起来。

"对了,顺便给令爱购置一辆丰田光冠如何?只要您有这个意思,可以随时打我的电话,我保证立刻带着合同赶过去。"

这位营业额在东京第一汽车公司独占鳌头的明星女销售,已经开始着手运营她的下一单生意了。

依我看,恐怕就没几个人能扛得住魅力无限的京子所发起的连环攻势,想必大家都是不知不觉中就把自己的名字签在了购车合同上吧……滨部一边心里这样想着,一边嘴上说道:"女儿那边我可以替你问一句,另外这辆皇冠我要了。"

"谢谢您的购买,陪着您试驾果然是值得的呀。"

京子毫不吝惜地向滨部展露出价值百万美元的性感笑容。她的嘴不算小,笑起来时下唇兜着上唇,并恶作剧般地稍稍嘟起,左眼微微眯着,饱含笑意,细密的上下睫毛交错着偏向一侧。

单是看到这个笑容,滨部就心满意足了。

"话说,再过二十天就要决出白领小姐了呢。"

"是这样啊,没错。"

"你现在是什么心情?"

"这个嘛……"

"看起来你好像不太想聊这个?"

"也不是,应该说是还没从刚签下一单的狂喜中缓过劲儿来吧。"

"要我说，你今后肯定能成为大明星。现在的电影，最需要的就是像你这样极富个性的女演员了。"

"谁知道呢，电影圈子里，不管是只演过路人角色的女演员，还是享有各种选美比赛冠军头衔的漂亮女人，都多得是呢。"

"但是，像你这样有独特魅力的女孩，恐怕一百万人里也找不出一个吧。"

"讨厌，快别说了。"

天真无邪的嬉笑让她的身体微微颤抖起来，反倒为她又增添了一丝妩媚。

好个小妖精……滨部喃喃自语道。

说来也怪，你越是想和某个人多待一会儿，时间就会流逝得越快。随着皇冠轿车经过横滨重新回到东京都内，滨部情不自禁地"啧"了一声。

"真想找个地方休息一下啊。"

他拐弯抹角地发出暗示，然而京子扫了手腕上的表一眼。"接下来我还有事，必须尽快赶回去。下次吧……"

轻描淡写的一句话，便化解了对方的攻势。

"这样啊，那我开车送你回去？"

"不用，我的车还停在公司，所以得先回那边一趟。"

"哦，原来你也买车了啊。"

"其实只是辆二手的尼桑王子而已啦，浑身上下各种毛病。当初是十五万谈下来的，不过直到今天也才刚付给车行五万。破是破了些，但开着上下班还是蛮方便的。"

滨部加快了车速，既然已遭到婉拒，那还是尽快分开为妙。

不然像这样并排坐在同一辆车里,只会因为感受着京子无意中透过肌肤、声音和体香散发出的吸引力,又不得不强行压抑自己内心的原始冲动,而饱受煎熬。

新洞京子在虎之门与滨部告别,之后又接待了三位客户,等她开着自己那辆二手王子回到位于秋叶原的公寓,已经是晚上九点多了。

刚刚到家,京子就把藏在床垫下面的存折抽了出来。

看到加上今天的成果后存款总额已经突破五十万,她偷偷地笑了起来。

享受完储蓄带来的快感后,京子开始刷牙。

她时而凑近墙上随便贴着的凯迪拉克、林肯、名爵、奔驰、雷鸟等名车的照片细细端详,时而仰起头来哼上几声。她刷得很仔细,拿着牙刷的手一刻都没有停顿过。

然而京子脑袋里正想着的,却是与这一切毫不相干的其他事情。

成为白领小姐就有三百万奖金……到时候的存款就是五十万再加上三百万……

要是真当上了白领小姐,就换个白领小姐能做的最赚钱的职业试试看。要是还不如销售赚钱,就再做回老本行。反正只要自食其力加油赚使劲攒,应该用不了多长时间就能成为真正的富婆。

"就算这样,我也绝对不会结婚!"

她吐出漱口水,恨恨地嘟囔出这么一句话来。

婚姻这东西是为了男人而存在的,让我伺候那帮臭男人?休想!我可不会巴结他们,也不会向他们低头,更不会欠他们哪怕一点人情——京子在很久以前就有了这样的决心。

男人这种东西，我想要多少就能得到多少。等我成了大富婆，所有人都得向我低头。到时候，每一个倾慕我的人，管你是男是女，都得成为我的奴隶。我会尽情地耀武扬威，大声嘲笑他们，对他们颐指气使。让每个男人都哀求我，每个女人都畏惧我。等什么时候玩腻了，就干脆利落地将他们抛弃！

京子一边在心里反复默念着这段话，一边叠好毛巾，然后走到卧室，仔细将床单上的褶皱一一抹平。

她不清楚自己的确切身世，只听别人提起过是被抛弃在上野站候车室里的孤儿，先后两次被人收养，却又重返孤儿院。这就是她这十几年人生的缩影。冷酷的现实将饥饿、遭人白眼、争执，以及残忍的虐待深深地刻入了她的骨髓之中……

十四岁那年的春天，她因为长相可爱，被一对在千叶县佐仓市开杂货铺的夫妇收为养女。然而好景不长，仅仅两个月她就因为被养父强奸而逃离了那里。她本打算徒步走回位于东京的孤儿院，却在走夜路的时候被新手货运卡车司机新洞宗吉救下。这个男人打心底同情京子的遭遇，于是将她收为养女，甚至还自掏腰包帮她完成了初中的学业。

初中毕业之后，京子白天以临时工的身份在气象厅海洋科打工，晚上则前往夜校上课。然而新洞宗吉到头来也只是个单身的中年男人罢了，他怎么可能抵挡得住京子那随着发育而变得越发迷人的身体散发的魅力。两人之间爆发了很多次丑陋的争执，也不知应该算幸运还是不幸，去年一月，因为疲劳驾驶，新洞宗吉开着卡车撞上了路边的石墙，当场身亡。

京子为了生活，辞掉了气象厅的工作，成了洗衣公司的外勤人员。

这时刚好又有人愿意出价三十万购买她家的那栋小房子，

她便借机痛快卖掉父亲留下的所有东西，搬进了秋叶原的公寓。

这一系列变故让京子迅速地成熟了起来。在第一汽车销售部部长的斡旋下成为汽车销售员后，她很快凭借自身与生俱来的独特魅力、天才的谈判技巧以及对工作的无穷热情，做出了足以让老牌销售都瞠目结舌的光辉业绩。

我要把之前被诅咒的十多年里没享到的福通通赚回来！

京子换上睡衣，在床上躺成了一个"大"字。抬手拧开半导体收音机的开关后，歌声从喇叭里涓涓流出。

> 凌晨两点的高楼大厦脚下
> 连夜总会的霓虹灯都已熄灭
> 一个溶于雾中的黑影
> 只听见急促的脚步声
> 在道路的转角处响起
> 某个人正在追赶着我

这首歌正是用贝斯搭配小号，成功营造出诡异氛围的人气单曲《黑影》。

京子对今天自己在工作中的表现非常满意，她缓缓地合上了双眼。然而她却不知道，就在此时此刻，一个与歌词描述并无二致的"黑影"正蹑手蹑脚地潜入她公寓的后院。

成功进入公寓的后院之后，这黑影径直走向停在棚里的那辆二手王子轿车。打开车门爬进驾驶席，"黑影"掏出了钳子、扳手和树脂材质的锤子。

公寓旁边的工地上，工人们正在通宵施工，所以就算弄出些声响来，也不会引起公寓住户的怀疑。"黑影"先是拆掉了喇叭的按钮,然后拧下螺母,双脚蹬在踏板上朝后猛拽方向盘。如果两个人合作自然可以轻松完成,但一个人可就没有那么轻松了。"黑影"拼尽全力,总算把方向盘拽了下来,随后举起锤子对着传动轴就是一通猛砸——

与此同时,工人们那听起来像是怒吼般的口号声也断断续续地从隔壁的工地上传来。

> 孤身一人的凌晨两点
> 睡不着的我点亮了灯
> 黑影藏匿在阴暗的窗边
> 戴着湿漉漉的皮手套
> 雨夜的屋内寂静无声
> 某个人正想要我的命

死亡与死亡（巡查一课特搜小组之章）

1

　　新洞京子像平常一样，八点半走出了公寓房间。下楼梯，经过后门穿过院子，一眼就看到她的爱车在朝阳的照射下反射出微弱的光亮。尽管车体的漆面惨不忍睹，车窗的裂缝上甚至贴着胶带，京子仍旧熟练地打开车门，优哉游哉地钻进这辆已经看不到半点往日风采的二手车。

　　出了公寓后院就是一条直行道，沿着这条路开一会儿就是有轻轨的大路。京子对这条固定上班路线早已轻车熟路，就算闭着眼睛开应该也不会出错，于是她轻松惬意地把双手搭在了方向盘上。

　　开到有轻轨的大路上后京子要进行一次左转。转弯处没有房屋，而是一片散落着若干大油桶的空地，所以开在路上时视野十分开阔，京子就没有选择停车观察，按了两三下喇叭之后就直接朝左侧打起了方向盘。

　　然而下一个瞬间，京子便陷入足以令她心脏骤停的恐怖之中。她明明向左打了方向盘，车辆的行驶方向却没有发生任何变化。

　　随之而来的惊慌失措把她逼进了致命的危险中，而且她根本没时间思考该如何自救。

京子弯下腰，拼命地打着方向盘。但在这短短的几秒钟里，车子仍一刻不停地继续向前方行驶。

当车子的行进方向在她的不懈努力下终于稍稍朝左偏移时，车头已经冲上了正前方的人行道。眼看就要撞上路边寺庙的石墙了，她这才意识到只要让车子停下来，就能转危为安。

于是京子一边发出凄厉的惨叫，一边紧闭着双眼踩下了刹车踏板。

车体在继续朝左转向的同时斜着撞上了寺庙的石墙，伴随着一声沉闷的巨响，一阵说不清是灰还是烟的迷雾迅速吞噬整个车体。似乎上个瞬间还被禁锢在一片死寂之中的世界立刻恢复了生机，紧接着人们纷纷从附近的商店、熄火停下的车辆和路边的人行道上涌出，争先恐后地朝这场惨剧的发生地聚集过来。

这就是，八月十三日的早晨。

幸好车是斜着撞上石墙的，而且及时刹车，在危急关头起到了一定的作用。京子没有伤得太重，医生诊断她全身多处撞伤，左脚骨裂，暂时不能下地走路，但卧床静养三个星期即可痊愈。听到还赶得上参加白领小姐的决赛，京子才总算松了一口气。不过刚出事的这一整天，她的脑袋都不是特别清醒。

次日，也就是八月十四日，京子在秋叶原医院接受了来自辖区警局交警的询问。

地点在二号楼的五号特殊病房，是个双人间，只有重症患者和支付了特定住院费的患者才能使用。病房内的墙壁和天花板洁白无瑕，地上铺着绿色的亚麻地毯，两张单人床之间有从天花板上垂下的帘子隔开。

"请问，关于这场事故的起因，你有什么头绪吗？"

还很年轻的刑警甚至不怎么敢直视京子那让人目眩神迷的魅惑脸庞。

"我也说不清楚,不过操控方向盘时的手感和平时差了许多。"

京子皱着眉头做出了回答,刑警小心翼翼地用笔做着记录。躺在高脚铁架床上的京子将视线投向旁边空着的另一张床铺,等着对方提出下一个问题。

"方向盘的手感与平时不同……请问具体指的是什么呢?"

"每辆车都有一个'转向缓冲带',就是即便转动方向盘也不会导致行车方向改变……可以理解为汽车厂商为司机制造出的一个余地。相信刑警您也清楚,人们的驾驶习惯各不相同,因此'缓冲带'的大小也是因人而异的。我当时是按照那辆车的'缓冲带',也就是十五度左右朝左边打了方向盘,谁知道车子不动,我当场就慌了,事后才知道居然稀里糊涂地从十五度变成了近一百八十度……"

刑警点头认同京子的观点,又问道:"毕竟是二手车,有没有可能是因为年头太久方向盘出了问题呢?"

"我前天开的时候还一点儿毛病都没有呢。"

"现在事故车辆的前半部分损毁得相当严重,我们也不好调查了。"

"这没准儿是什么人为了害我才故意搞的鬼。"

"你的意思是,可能有人在你不知道的时候,在方向盘上动了手脚?"

"没错。这应该不是什么难事吧?"

刑警立马严肃起来,第一次正视京子的双眼,问道:"那你认为对方是出于什么目的,才做出这种事呢?"

"大概是想让我受伤，或者把我弄死吧。"

"你能想到是出于什么原因被对方盯上了吗？"

"这个嘛……不好说。"

京子避开刑警那带有试探意味的眼神，轻轻摇了摇头。对方提出的问题其实也是自入院以来，始终盘踞在她脑海中的疑问之一。

依我看，肯定跟白领小姐脱不了干系……

从昨天出事到今天上午，总共有四位白领小姐候选人前来探望她，然而京子心中并没有接受她们所释放出的所谓善意。

在负伤卧床的京子看来，害自己受伤的罪魁祸首搞不好就在这几位看起来一脸无辜前来探病的女人之中。而且她们此行的真正目的说不定压根就不是探病，而是想侦查自己这个竞争者的伤势究竟如何。

刑警刚离开没多久，这间双人病房里的另一位患者就被咯啦咯啦作响的转运车送了进来。

"你们两位今后可要好好相处哦。"

护士小姐讲完客套话之后，看到彼此长相的京子和新患者异口同声地发出了"哎呀！"一声惊呼。

"这可太巧了。"

"确实，说明你我很有缘分呢。"

京子主动伸出手来，试图与这位时隔两年再次见面的人握手。虽然两人并非朋友关系，京子心底也并没有因为这场再会而掀起半点波澜。但能在这间潮湿阴郁，仿佛风头刚过就被人弃之不用的病房中遇到可以一起聊聊天的病友，无疑能极大地缓解内心的不安。

久别重逢的两人很快就聊了起来，没注意到一只白色的蕾丝手套，仿佛不祥之兆一般，被孤零零地遗忘在两人之间的那把黑色皮椅上面。

2

八月二十四日早上九点。

日南贸易公司的职员岛根勇吉正百无聊赖地走在通往品川仓库办事处的路上,这条通勤之路他已经走了好几年了。

这一带的普通民宅很少,仓库再往后是学校的操场,两侧的楼都没多高。马路对面有家药店,以药店为中心还有四五家零散分布的小店。

已经来到仓库门前的岛根勇吉突然停下了脚步,这有些反常。有几个人先后从路边的小店里走出来,探头探脑的,像在闻着什么。

这要在平时,应该已经有人说着"早上好"问候了。此时岛根勇吉却只是呆站在原地,看着那些刚从屋里出来的人。

"你应该也闻到了吧?这明显是煤气味儿。"

看到岛根脸上讶异的表情之后,药店的老板主动上来搭讪道。

"煤气?"

"今天一早就有了。"

"该不会是这一带某处的煤气管道泄漏了吧?"

"大伙儿也都是这么想的,所以这不正用鼻子到处找泄漏点呢吗。"

"这种情况下还是尽快联系燃气公司为妙,那东西吸入太多可是会中毒的啊。"

岛根边说边朝着仓库的方向走了两三步,但很快又停了下来。

他发现仓库的卷帘门没有打开,这太反常了。放在平时,别说卷帘门了,玻璃门都应该早就敞开,从外面就能看到小河内惠美坐在办事处的桌旁品茶的美景。想到这里,岛根赶忙看了一眼手表,然而已经指向九点的时针说明他并没搞错时间。

真没办法,看来惠美昨晚可能醉倒在什么地方了。

岛根会这样想,是因为惠美迄今为止从没在工作上出过这样的差错。常驻在这间仓库的员工只有她与惠美两人,每次因为临时有事需要请假时都肯定会提前通知对方。

"话说,您知道昨天晚上小河内她回来了吗?"

搞不清状况的岛根只得向药店的老板求助。

"嗯,昨晚八点左右我隐约看到过她,再加上屋里一直亮着灯,所以应该是回来了吧。话说你们办事处居然这时候了还没开门,真是少见呐。"

药店老板挠了挠他已经微秃的脑袋,疑惑地望向对面的仓库。

"不过我昨晚十点左右就关门了,所以并不清楚她后来有没有离开仓库。"

"这样啊,那我就从后门进去瞧瞧好了。"

然而就在岛根准备开始行动时,药店老板突然提高声调叫住了他。

"等等!我总感觉……煤气的味道好像就是从你们公司的那

间仓库里……传出来的。"

"欸?"

岛根脸色顿时变了。

药店的老板也在过了一两秒之后觉察到自己刚刚那句话究竟意味着什么。两人在隐约猜到办事处内可能发生了什么事之后,不约而同地跑向了对面。

仓库的外墙在经历了多年风雨的洗礼之后已有些发黑。这栋看起来有些煞风景的三层钢筋混凝土建筑,孤零零地矗立在盛夏时节万里无云的蓝天之下。

岛根和药店老板快步跑过夹在仓库与旁边楼房之间的潮湿小巷。

两人来到了仓库的后面,岛根试着推了一下生锈的铁门,门并没从内侧上锁,嘎吱一声就开了道缝。

刚刚走进仓库,一股浓烈的煤气味儿便扑鼻而来。

因为采光不佳,这座高达三层的仓库内部显得格外阴暗,即便已经这时候了,也只能靠十个从顶棚垂下来的灯泡为室内提供半死不活的照明。

岛根与药店老板弯着腰,用手捂住鼻子,在堆满了木箱和大号金属箱的仓库中快步穿行,其间一直有不知道是碎棉花还是干草的东西从头顶飘落下来。

穿过存货区,两人终于来到了通往办事处大厅的木门前。他们用力地敲了几轮,然而却只有在仓库里不断回荡的回音。

"不行,门被从里面锁上了。"

"没有备用钥匙吗?"

"有,但我没带在身上。"

两个人试着撞了几次门,但没能把门撞开。

"这可如何是好……小河内！你在吗！小河内！"

岛根喊了几声，果然还是没有任何回音。

煤气味儿变得越来越浓了，现在两人已经可以确定，这场煤气泄漏的源头肯定就在办事处里面。

"还是先出去吧，不然搞不好你我也得交代在这里。"药店老板拽着岛根的胳膊，神情痛苦地说道。

回到室外的岛根在呼吸了几口新鲜空气之后，立刻用药店的电话向日南贸易公司总部报告了仓库现在的情况，紧接着又打了一一九。而药店的老板已经跑去离得最近的派出所找警察求助了。

大约十分钟后，消防车和一批佩戴着防毒面具的消防员，以及载着警员的警车来到了仓库前。没过一会儿，路上就被循着救护车与警车的笛声而来的围观群众给堵了个水泄不通。

仓库里通往办事处的木门被拆除，戴着防毒面具的消防员和警察立刻冲了进去。

然而，"最糟糕的情况"还是发生了，昨天还以闭月羞花的美貌与性感的肉体为傲的小河内惠美，如今已经化为一具冰冷的尸体。

尸体身上还穿着洋装，不过尼龙袜脱下了，就扔在光着的双腿旁边。她仰面躺在地上，头部周围散落着装洋酒的瓶子、酒杯，以及小碟子和筷子，任谁看了都会产生她死前应该喝过一顿酒的想法。电灯正下方有一个连着长长的橡胶管的煤气炉，炉子上面架着一口锅，煮着的鸡肉火锅已经吃得不剩多少了。

煤气就是伴随着蛇在袭击猎物前发出的那种听起来让人毛骨悚然的嘶嘶声，从这台煤气炉里喷涌而出的。

目睹了一切的消防员与警察面面相觑，毕竟导致惨剧发生的"原因"就如秃子脑袋上的跳蚤一样清楚。即便主人已经死去,那台正对着煤气炉的淡蓝色电风扇也仍在兢兢业业地转动着。这也就意味着,在电风扇吹灭了煤气炉的明火之后,煤气通过二十五个灶孔源源不断地向外喷了一整晚。

这下警察可难办了,从现场的种种情况来看,虽然小河内惠美死于煤气中毒的事实已经再清楚不过,但这是出于她自身的意志,还是由某个人或者某些人的意志所导致的,就无从得知了。

如果是出于小河内惠美自身的意志,那就是自杀。仓库内通往办事处的木门被从内侧锁死,办事处的正门也被放下来的卷帘门挡住,这种将通向外部的路径全部切断的做法,确实与人们在室内自杀时的习惯相符。

但也不能就此一口咬定这肯定不是由他人策划的谋杀。假如是自杀,死者只要关上门窗再把煤气一开就完事了,根本没必要特意用电风扇去吹煤气炉的火。这种把简单问题复杂化的行为,反倒给人一种是有人在刻意伪造现场的感觉。但案发现场又是一个近乎完美的密室环境,如果小河内惠美是死于他杀,那么凶手又是如何潜入室内,并在得手之后逃离现场的呢?

最合理的解释或许是这场事故属于意外,并不存在人蓄意而为的可能。现场的刑警认为意外的可能性高达百分之九十。小河内惠美是为了在吃鸡肉火锅的时候能凉快些才打开了电风扇,却因为酒喝得太多醉倒在地,席地而睡的她在翻身时又不小心碰到了电风扇,使得电风扇朝向改变,吹灭了煤气炉的火,最终导致了这场悲剧的发生。类似的意外事件也绝不鲜见。

——最先抵达现场的刑警在心中这样想到。

等办事处内的煤气都放干净之后才来到案发现场的其他刑

警，看法也基本一致。但只要还没找到足以佐证自杀假说的决定性证据，警方就不能为小河内惠美之死这一事件画上休止符。

完成一系列保护现场的措施后，刑警们将事件的细节上报给了所属警署。

警署随即将此事定性为"离奇死亡事件"，并上报了警视厅。毕竟是刚刚以"白领小姐候选人"的身份被世人所知的小河内惠美"突然离世"了，事件所带来的冲击实在太过强烈了。

3

总而言之，她肯定不是自杀！

对于小河内惠美而言，她的生命与今后的人生正散发着玫瑰色的光辉，这世上再没有什么事情能比好好活下去更加重要了——隶属于品川署的搜查系长及其下属在抵达现场之后不约而同地这样想到。

办事处内异常闷热，一丝风都没有，湿热的空气像躺在坟墓里的尸体一般凝滞不动。

桌子上胡乱堆放着账簿，插在花瓶里的向日葵也垂下了头，一根漂亮的粉红色钢笔躺在小河内惠美那张办公桌的正中央，像是在提醒来者怀念它已过世的主人一样。就连挂在墙上的石英钟也显得有几分懒洋洋。

"我认为肯定不是自杀。"一位站在墙边的品川署的刑警小声嘟囔道，声音听起来很疲惫。

"确实。我听说死者昨天傍晚还拿着换洗衣物去过一趟洗衣店，一个打定了主意要自杀的人，哪里还用得着把衣服拿去送洗啊。"他旁边的一位刑警也小声说道。

搜查系长仔细地查看了一遍位于办事处内的那个小隔间。在这个过程中，小餐柜和衣柜引起了他的注意。单人床上十分整洁,由此可见死者没有上床休息的打算,而是借着酒劲儿想直接席地而睡。衣柜上摆着一张照片,看起来像是纪念照,上面的小河内惠美身穿泳衣,脸上绽放着灿烂的笑容。

两个小时之前,警方决定将惠美的尸体送往监察医务院进行解剖。

但榻榻米上用来标记尸体位置的人形粉笔印,被随意丢在地上的勺子和调料瓶,还有溅在地上的酱油渍,都在无声讲述着刚刚降临在惠美身上的死亡。

岛根勇吉与药店老板全程在旁边紧张地注视着刑警们所做的一切。身为报案人的他们被警方要求暂时留在现场。

"在这间办事处工作的,就只有你跟小河内惠美两个人,对吗?"品川署的搜查系长回过头来,对岛根问道。

"是的,负责管理仓库的只有我们两个。"

"那么请问,你昨天是什么时候与小河内惠美分开的呢?"

"应该是四点半下班的时候吧,我一下班就离开办事处了。"岛根回答道。

"那在这之后的事……"

"我就不清楚了。"

"也就是说你离开的时候,小河内惠美她人还在这间办事处,对吧?"

"是的。这间仓库不仅是小河内工作的地方,她还住在办事处的小隔间里,可以说这里就是她的家。"

"小河内惠美很喜欢喝酒吗?"

"是的。"

岛根点了点头,直到这时他脸上那紧张的神色才略微有所缓解。

"听你这么说,她很能喝喽?"

"放在女人里算是很罕见的了。她不会放过任何喝酒的机会,就算晚上没有酒局也会自己在这儿喝上几杯。虽然喝得不是很猛,但每次都会喝到醉才罢休,而且她只要一喝醉就会变成京都腔……"

"这样啊……"

搜查系长咬住了下唇。小餐柜里摆放着还没喝完的瓶装洋酒和中国产的壶装酒,仓库后面更是摆放着成排的空酒瓶,数量之多让见多识广的刑警都吃了一惊。

"这台电风扇是小河内惠美的东西吗?"搜查系长指着地上人形粉笔印旁边的淡蓝色电风扇问道。

"不,是公司的物品。"岛根立刻回答道。

"那台煤气炉呢?"

"那个是小河内的。她基本上都是去外边吃,不过烧水……还有像昨天晚上那样弄火锅下酒的时候,就会用这个炉子。"

"听你这意思,小河内惠美很喜欢吃火锅?"

"没错。我说过受不了在大热天里吃火锅,她却说火锅这东西,无论春夏秋冬,都是爱酒人士最喜爱的下酒菜。而且她最喜欢吃的就是鸡肉火锅……"

想到惠美生前那可爱的笑容,岛根这才真正意识到她人已经不在了。一阵怅然若失的感觉骤然袭上心头,他的表情随之一沉,不再说话了。

"这样看来果然是意外致死吧。"一位刑警凑到搜查系长耳边小声说道。

"嗯……"

搜查系长用指尖快速地转着铅笔,低下头。

他似乎已经有了结论。于是大家都静静地等着他说出看法。众人快速扇动扇子所发出的声响,让这间闷热的办事处变得更加令人烦躁。

"我总觉得,要说这是意外致死……"

室内突然响起一个声音,搜查系长听了一惊,赶忙抬起头来,这才发现声音是从接到汇报后赶来现场查看的两位警视厅巡查一课的刑警之中较为年轻的那位口中发出来的。

"要说这是意外致死……似乎还为时尚早啊……"

巡查一课的仓田警部补体型瘦高,一眼看去会让人联想到鹤。此时此刻他正双手叉腰站在挂着日历的墙边,语气十分委婉地表达着观点。

"所以你认为死者是死于他杀?"一位刑警把原本交抱于胸前的双手缓缓放下,问道。

"不,眼下还无法断定这是一起他杀案。"仓田警部补神经质地快速眨着眼,回答道,"但同时也无法断定这是一起意外致死事件。"

他的语气十分平静,说出来的话却好似针尖一般锐利。

仓田警部补与他旁边那位看起来跟普通上班族并没什么两样的中年刑警岸田井是搭档,两人近来连续破获大案,表现出色。无论是东京热海两地殉情案,还是通商产业省[①]事务官谋杀案,这对老人带新人的组合都因为锲而不舍的精神获得了好评。

"莫非你发现了什么疑点?"品川署的搜查系长明显很尊重仓田警部补的意见,慢条斯理地问道。

"眼下还没发现一目了然的疑点,但有件事情值得关注。"

---

① 现已更名为"经济产业省"。

仓田警部补煞白的脸颊上多了几分血色，稚气尚未完全褪去的眼睛里则饱含认真。

"说来也巧，大概几天前吧，与死者同样身为白领小姐有力竞选者的新洞京子小姐因为遭遇车祸而受了伤。想必各位也都看过新闻了吧，事发地警署提供给警视厅的报告中写到，引发车祸的原因尚未查明，她本人则一口咬定事发前车子的方向盘被人动过手脚。我个人认为，既然十天内有两位选美比赛冠军候选人出事，就不能简单地以'意外'来为事件定性。"

"也就是说，是其他选美比赛冠军候选人在搞鬼？"

"现在就下结论为时尚早，不过白领小姐头衔直接与巨大的利益挂钩，再结合当下社会的拜金风气和年轻女性的思维模式，某些人对于冠军头衔的强烈渴望搞不好就会因为一念之差转化为作案动机……"仓田警部补以一种类似自言自语的口吻说道。

"请问，有什么具体一点的疑点吗？"

看来搜查系长是个现实主义者，注重现场实证，仓田警部补听罢点了点头。

"起码两三处吧，首先是尸体的穿着。小河内惠美应该是回到案发现场之后立刻就开始喝酒了，然而她却整齐地穿着一身看起来是外出时才穿的正装，不仅脸上的妆没有卸，甚至连耳环都还好好地戴着。既然是在自己家里煮火锅下酒，按理说应该换一身随意的打扮才是，用不着刚脱掉袜子就急匆匆地端起碗筷来吧……"

"据我所知，很多女性在家也化妆的。"搜查系长插了一句进来。

"不，小河内惠美并没有这样的习惯——我说的没错吧，岛根先生？"仓田警部补说着把头转向岛根勇吉。

"是的。小河内说过,都住在单位了,没必要搞得那么麻烦。平时她上班从来不化妆,穿着上也很随意。只有在需要去总公司或出外勤的时候,她才会回到隔间里打扮一番再出门。"

岛根把之前被仓田警部补询问时做出的回答,当着大家的面又重复了一次。

仓田警部补边用脚尖摩擦着仓库的水泥地面,边继续阐述自己的观点。

"所以小河内惠美应该是在岛根先生四点半准时下班回家之后,离开了办事处一次。而且应该就是这时顺路去的洗衣店。但她怎么也不会只为了去一趟洗衣店,就又是化妆,又是换衣服吧?"

"意思是说她很快就回来了吗?"一位刑警已经不知不觉被仓田警部补的推论所吸引,于是张口问道。

"估计最多也就外出了两个小时吧。药店老板说大概八点的时候,他曾看到小河内惠美在办事处里。"

药店老板立刻点了点头表示赞同。

"刚刚回到家的小河内惠美马不停蹄地准备好鸡肉火锅,然后便喝上了酒。究竟是出于什么原因,才使得刚从外面回来的她连衣服都来不及换,就急匆匆弄好下酒菜并紧接着开喝呢?能想到的就只有一种可能……"

说到这里,仓田警部补停下脚摩擦地面的动作,抬头望向天花板,继续说道:"我推测,当时这里应该还有其他人在场,等着小河内惠美回来之后一起吃饭喝酒。"

品川署的刑警们都认为仓田警部补做出的推测十分合理。当时的情况应该大体如下:这位客人带着宰好的鸡和美酒来拜访小河内惠美,于是刚刚回到家,或者知道家里有人在等自己所以快马加鞭赶回来的她，看到来访的客人刚好带着自己最喜欢的东西之后，便马上粗略地准备了起来，直接跟对方喝上了。

"那个谁，品川站旁边有一家叫三河屋的肉店，你去问问事发当晚小河内惠美去没去他们那儿买过鸡肉。"

搜查系长叫来一位刑警，把小河内惠美的照片递给了他，这位刑警收好照片之后像一阵风似的跑出了办事处。

现场的垃圾桶里有揉成一团，印着"三河屋肉店总店"字样的包装纸和竹皮条，从其散发出的气味判断，用来煮火锅的鸡肉应该就是用它们包起来的。

"这瓶酒应该是伏特加吧，从剩余的量来看，估计是小河内惠美早就买了回来，开封之后没喝完，昨晚又拿出来招待客人。至于另外一瓶中国产壶装酒，应该是客人带来的，这种'玫瑰露酒'可是不容易搞到手的稀罕玩意儿啊。"仓田警部补边说边把修长的十指交叉，扣在了肚子上。

"听说这种酒的劲儿非常大，并且在死者身边的酒杯底部检测出了这种酒的残留。"搜查系长小声嘟囔道。

这时，刚才那位把双手从胸前放下的刑警谨慎地提出了不同意见。

"就算昨天晚上真的有客人来访，小河内惠美也跟着客人一起吃了火锅、喝了酒，也不能直接就说是那位客人下的杀手吧？按这个逻辑，岂不是所有曾经造访过将死之人的访客，全都跟着变成杀人凶手了吗？"

"你说得有道理。"仓田警部补径直看向发问的刑警，"但是问题恰恰也在这里，这位访客为什么没有留下任何曾经造访过这里的痕迹呢……"

若只是粗略地看一眼现场，恐怕很难得出曾有客人来访的结论,任谁都会觉得小河内惠美是在独自用餐后横遭不测。

毕竟散落在现场的筷子、勺子,还有酒杯和小盘子,都是一人份的。

"就算这位客人再怎么不会喝酒,死者应该也会象征性地拿出一个酒杯来意思意思。更不用说一起享用鸡肉火锅的筷子、勺子和盘子了。"仓田警部补紧接着继续说道,"之所以没在现场看到这些东西,说明可能在客人离开之前,它们就被清洗干净放回小餐柜里了,也可能是客人一进门就明确拒绝了死者一起用餐的邀请。而这两种假设都指向同一种结论,那就是这个人在尝试隐瞒自己曾来过现场的事实,除此之外再无其他可能。而且,身在办事处对面的药店老板虽然看见了小河内惠美,却完全没觉察到当时还有另一个人在屋里,应该也能从一定程度上说明这位访客确有隐瞒行踪的企图,至少肯定在躲避他人目光这件事上下了很多心思。"

说到这里,仓田警部补便不再多言。刚刚那番话已经让在场的刑警们认可了他提出的疑点,再继续解释下去就属于画蛇添足了。

某个人曾经带着小河内惠美最喜欢的美酒和鸡肉来拜访她,并在设法让小河内惠美吃下鸡肉火锅、喝下烈性酒的同时,不仅自己没有作陪,还未留下任何来过的痕迹就神不知鬼不觉地离开了现场。而喝醉后席地而睡的小河内惠美忘了关闭煤气炉和电风扇,最终因为煤气中毒不幸身亡。

如果是这样,那感觉就更不像是一起单纯的意外致死事件了。

这位来客为什么要把现场布置成看起来像是小河内惠美在独自享用火锅与美酒的样子,从而隐瞒自己曾经到访过的事实呢?

　　这一系列动作的背后,势必隐藏着邪恶的企图。极力强调死者是因为醉酒及疏忽大意才不幸身亡的现场,反而证明了这绝不是一桩单纯的意外致死事件。

　　"明显有问题啊……"搜查系长叹着气说道,"如此看来,煤气炉、电风扇,甚至死者醉酒后入睡,都有可能是来客为了让小河内惠美'意外身亡'而有意做出的安排……"

　　"问题就在这里。"仓田警部补又抖起了腿,"但要说这一切都是有预谋的,未免又有些太儿戏了。毕竟成功率实在低得可怜,搞不好就会因为中途突然出现一些不确定因素,而导致事情并未朝着第三者所期待的结局发展,所以……"

　　"也不能断言来客曾经直接加害于死者,也就是他杀对不对?"

　　"但这个人一定做过些什么。"

　　仓田警部补仿佛正与巨大的黑暗之物对峙一般,睁开眼看向半空。

　　"比方说这个。"

　　警部补伸出来的手中放着一个烟盒大小的织锦缎袋子。

　　"这个椭圆形的小镜子袋就掉在小河内惠美的床边,但它是空的,本应装在里边的小镜子不见了。"

　　"确实,我们仔细检查过死者的物品,但并没有发现配对的镜子。"

　　"那么,究竟是谁,又是出于什么目的,在拿走这面小镜子之后,唯独把空袋子留在现场呢?"

　　"有没有可能跟它配对的镜子早就打碎或者遗失了,所以这袋子本来就是空的呢?"

"不存在这个可能,因为岛根先生昨天白天亲眼看到过这面镜子。"

警部补像是在催促岛根勇吉出来解释一样,立刻把头转向了他。

"那面镜子本就不是小河内的东西。"岛根朝前迈了两三步之后说道,"而是属于涉外部的穗积小姐。"

"穗积小姐?"搜查系长立刻反问道。

"没错,她叫穗积里子,也是白领小姐候选人。前天眼看就要下班的时候,她跟另外一个涉外部的女同事因为工作上的事情来过一趟。办完正事之后,也不知谁提了一嘴麻将,大家就直接在小河内的房间里玩了起来,一直打到昨天早上才散伙。穗积小姐因为着急赶回总公司,不小心把镜子落在了这里。打麻将的时候她提过那是母亲的遗物,结果从包里拿出来之后就随手放在榻榻米上忘记装起来了。昨天下午小河内还一边嘟囔着'要不要给她送回去呢',一边把镜子从袋子里拿出来看过几眼,所以我记得非常清楚。"

"是一面椭圆形的镜子吗?"

"没错,一侧顶端有金色的穗子。"

"金色的穗子?"

"怎么样?直到昨天岛根先生离开公司之前,这面镜子都还在这个办事处。却在岛根先生离开公司,到小河内惠美身亡的这段时间里,从这栋建筑物内消失了。"

仓田警部补一边向搜查系长阐述观点,一边用手帕擦了擦脖子。

室内热得让人几乎喘不过气来,在场众人不仅大汗淋漓,大脑的运转速度也变慢了。

"现在能想到两种可能,一是小河内惠美把这面镜子拿到其他地方去了,二是昨晚的那位访客在等小河内惠美回来的时候把镜子揣了起来。"

"无论是哪种情况,此人对镜子的重视程度都让人感到不可思议。"

"说到不可思议,那张被烧掉的照片也有不少让人想不通的地方。"

仓田警部补边说边深深地叹了一口气。

他提到的照片,其实是在煤气炉里烧剩的残片。三片在炉底,一片在榻榻米上,由此可以推测应该是昨天夜里用煮鸡肉火锅的煤气炉烧的。

这时,一位身穿制服的刑警走了进来,把一张纸交给了搜查系长。扫了一遍纸上的内容之后,搜查系长立刻下令把整个办事处再仔细搜索一遍。

"小河内惠美的详细解剖报告还没出来,但现在能确定她死于煤气中毒,体表无任何外伤及异状。另外,法医推测死亡时间在二十三日九点到十点之间,也就是昨晚。"

办事处内重归平静。媒体的人都被拦在了外面,只有急于查明事件真相的刑警们如雕像般立在原地。

仓田警部补来到办事处的玻璃门前,呆呆地看向外面。盛夏时分的大街上空无一人,就连之前负责驱赶围观群众的刑警都已不见踪影,只剩下警车投下的一道孤零零的黑影。蝉鸣声仿佛在彼此呼应一般,一刻不停地从四面八方传来。

"关于烧剩下的照片残片……"这时搜查系长的声音从仓田警部补的身后传来,"你觉得与小河内惠美之死存在直接联系吗?"

"我不这么认为。"仓田警部补转过身来答道,"但她为什么要将这张照片烧掉……应该有必须这么做的道理。"

其中的三片差不多有邮票那么大,都被搜查系长小心翼翼地放在了吸墨纸上。一片是紧紧贴在一起的一对男女的肩膀部分,另两片看起来应该是照片中的背景。虽然烧得比较彻底,已经看不出背景中的细节,不过其中一片的背面有用钢笔写下的"们的未来"字样。

"这张照片明显是两人拍来留作纪念的。从两人的肩膀紧紧靠在一起这点来看,很可能是恋人关系,那么背面的钢笔字估计是类似'祝福我们的未来'之类的。小河内惠美是出于什么原因,才会在昨晚享用鸡肉火锅的时候把这张照片翻出来丢进煤气炉里烧掉呢?"

女人往往会在两种情况下尝试毁掉自己与异性的合照——其一是在结交新欢或者谈婚论嫁时,将可能会在日后对自己不利的证据予以销毁。其二则是因为爱人逝去或者变心,决心抛下过往的痛苦回忆,开始新的人生时。

小河内惠美又是为什么在酒至微醺的时候,突然想起销毁照片的事情来呢?

"这里就需要一位男性登场了。拥有稀世美貌的小河内惠美,异性关系网势必是极其错综复杂的,所以很有可能是临时遇到了什么感情方面的问题。"

"如此说来,存在情杀的可能性了?"

"也可以这么说。"

"那昨天晚上的访客应该是个男人。"

"至少我是这样认为的。"

仓田警部补深深地点了点头,随后他边擦着额头上的汗边说道:"从小河内惠美的酒醉程度来看,如果她当时真的已经醉到会因为煤气泄漏而身亡的地步,那这几扇门关得也未免太利索了。对于一个已经喝到能倒地便睡的人而言,应该会有所疏忽才是。然而她不仅从内侧将通往仓库的木门上了锁,还把办事处正面的卷帘门都放了下来。假如小河内惠美处事真的如此谨慎,那她也会换上一身睡衣再入睡,更不至于忘记把煤气炉关掉吧。我们已经知道她前天打了一整宿的麻将,又在吃火锅时喝了许多烈酒,那么在酒劲儿迅速上来之后席地而睡也是可以理解的。但处在这种状态下的她,无论如何都不可能把我刚刚提到的那两扇门关得如此严实。"

这时一架喷气式客机刚好低空掠过,渐行渐远的引擎轰鸣声使玻璃门振动了起来,屋里的人们纷纷抬起手捂住了自己的耳朵。

    1. 小河内惠美回到家中时,屋里多了一位忌惮他人目光的客人。
    2. 她在被这位客人灌醉后,烧掉了一张与男性的合照。
    3. 她小心谨慎地把门锁好,倒地便睡,因煤气中毒身亡。

刑警们在心中反复思量这三个与小河内惠美之死密切相关的关键点。

"我明白你的意思了,那就先从厘清事件中现存的疑点和矛盾入手吧。"

搜查系长叼上一根烟,试图做一个阶段性的总结。

然而仓田警部补脸上的紧张神情未见半点缓和,他小声嘟嚷道："现在就该定性为他杀……"

"欸？"搜查系长转过头看着仓田警部补，拿着火柴的手定格在了半空，"这个房间……毕竟是处于密室状态下，这样就不能定性为他杀啊。"

"是这么个道理啊，没错，但我还是想朝他杀的方向去想。正如我刚才所说，小河内惠美已喝得烂醉，与两扇门好好地锁着之间明显是矛盾的……对于一个酩酊大醉的人而言，这做得未免过于完美了。"

说完仓田警部补又在办事处内检查了一圈，可就算水泥墙壁与地板，用来防止小偷侵入的防盗栏杆，还有那扇之前锁得好好的加厚木门都知晓事件的真相，此时也像是串通好了一样集体选择了沉默。

4

通往仓库的那扇门被从内侧上了锁，而且钥匙就插在屋内的锁孔里。而办事处的正门，别说玻璃门了，就连最外侧的卷帘门也关得严丝合缝。用来控制卷帘门升降的开关，理所当然地位于办事处室内。

"与窗户配套的防盗栏杆上未发现任何异状，玻璃门正上方的采光窗太小了，连小孩都无法通过。室内的地板则全部是水泥浇筑的。"一名刑警为大家讲述道。

"如果来客就是凶手的话，此人确实可以顺利地进入案发现场，但按理来说，他应该是没办法从这里离开的。"

品川警署的搜查系长话刚说到一半似乎想到了什么，于是赶紧拿过办事处的手绘图给仓田警部补看。

"不只是跟窗户配套的防盗栏杆没有任何问题，卷帘门跟木门也都关得严严实实，就连作为小隔间出入口的纸拉门都是关着的。"搜查系长接着又补充了几句。

"是吗，能在无比闷热的盛夏季节保持这么强的自我防范意识，真是难为她了。"仓田警部补看着摊开的手绘图，阴阳怪气地冒出来这么一句。

"别忘了她可是一位借住在三层仓库里的独居女性啊。"

"即便如此，也没必要把配有防盗栏杆的窗户跟纸拉门也全都关上吧？"

"这是一位年轻女性应有的矜持，何况她又是公认的美女，当然会更容易被那种有偷窥癖的色狼盯上。"

"可人再怎么矜持也敌不过酷暑吧。现场无论怎么看都像是为了加速受害者因煤气中毒而死的过程才布置成如今这个样子的。"

仓田警部补的快言快语中似乎带着一丝怒意，弄得搜查系长也有些不高兴地陷入了沉默之中。尽管他很尊敬这位警视厅巡查一课派来的青年才俊，但对方毕竟比自己年轻了十多岁，所以心底对他多少还是有些不服气的。

就在这时，岸田井刑警像是为了缓和现场尴尬的气氛一般，第一次打开了话匣子。

"其实我还有两三件事想问一下岛根先生。"

这位已经做了整整二十年普通刑警的人，就如同仓田警部补的影子一般，从大井警署调到警视厅之后就一直与仓田警部补搭档办案。其间给才思敏捷但很容易沉溺于推理之中，因而感情用事的年轻警部补提供了许多帮助。

"你应该不会介意吧，岛根先生？"

岸田井刑警的语气十分温和，微微眯着的双眼也给人一种友好而专业的印象。

"当然，尽管问吧。"

在他的引导下，岛根立刻展现出愿意继续配合调查的态度。

"请问昨天白天的时候，曾经有人来找过小河内惠美吗？"

"有的。"

"那请问是什么时候呢？"

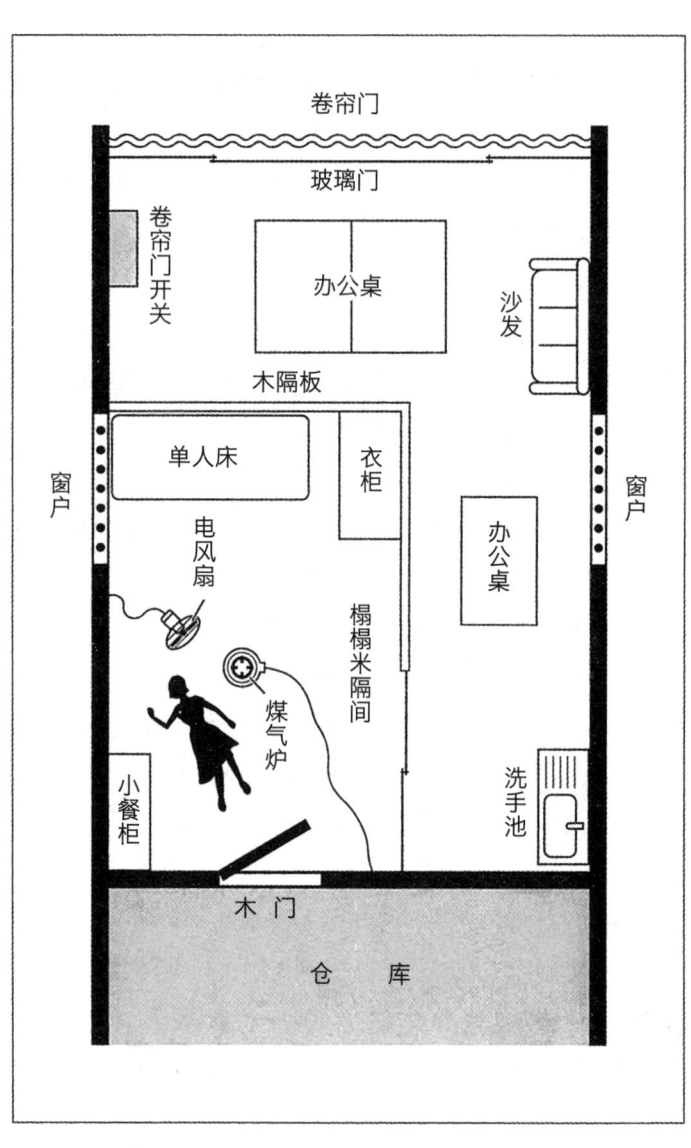

"下午三点左右,是个年轻男人,在小河内小姐出去买刨冰的时候来到办事处。"

"请问你是第一次见这个人吗?"

"是的,他肯定不是公司那边的人。"

"能描述一下他的大致外貌和他来访时的具体情形吗?"

"他看起来二十五六岁,面色苍白,体型消瘦,穿得挺时髦的,但应该是一身便宜货。看到屋里只有我在,他就向我打听'小河内惠美是在这儿工作吗?'。我说'她刚好有事出去了,稍微等一下应该就回来了',但他还是回了我一句'不用了,我会再来找她',之后就转身离开了。"

"他当时对小河内惠美是直呼其名的吗?"

"是的,我以为他是小河内小姐的亲戚或者朋友呢。"

"小河内惠美回来之后,你把这个男人来过的事情告诉她了吗?"

"嗯,小河内小姐听了之后一脸嫌弃。"

"哦……一脸嫌弃?"

"具体来说就是碰到自己不想见的人时才会露出的表情,比如被债主上门催债时那样。"

"原来如此……那么小河内惠美昨天上班的时候,神态上有表现出什么不同吗?"

"硬要说的话……她看起来好像在因为什么而担惊受怕一样。尤其是在得知那个年轻男人曾经来过办事处之后,明显变得比之前更加紧张了。我当时有调侃过她一句'你今天看起来好像心里很没底呢',她直接回了我一句'毕竟离白领小姐决赛越来越近了嘛'。"

"嗯,这样看来……"

岸田井刑警以平缓而坚定的语气完成了对岛根先生的询问，一点儿都不拖泥带水。随后老练地退到位于办事处一角的沙发坐下，开始朝树脂材质的茶褐色烟斗里面塞烟草。

"这个年轻的男人很可能就是晚上的那位神秘访客。"搜查系长说道。

"感觉应该不会错了。"

仓田警部补也在一边附和道。

此刻他心中想的是：推理的大致方向基本已经敲定，案情的细节也开始逐渐浮出水面。接下来的重点就是设法弄清小河内惠美在下午四点半之后都做过些什么，以及如何破解办事处的密室死局。只要突破这两道难关，就能确定她究竟是死于意外还是他杀。仓田警部补从一开始就认为小河内惠美的死绝非偶然事故，虽然对于一名刑警而言，有这种先入为主的看法可能不太合适，但他始终坚信，小河内惠美的死，绝对全然不同于重病患者医治无效离世，或是登山爱好者遇难身亡。如果说得再极端一些，那就是小河内惠美身上并不存在自杀及意外身亡的可能性，却有着充足的被害的可能。

"请问你是什么时候看到小河内惠美的？"仓田警部补开始询问药店老板。

"我想想啊……应该是八点左右。毕竟我一天到晚都待在店里，只要抬头朝外面一看，就能瞧见位于马路对面的办事处。只要屋里的灯没灭，就能很轻松地看到小河内小姐。"药店老板不停地把因为汗水而滑下鼻梁的眼镜推回原位，回答道。

"那么你有看到小河内惠美当时在干什么吗？"

"她当时站在洗手池前，所以可能是在洗什么东西吧。当然，小河内小姐的单间四周是立着隔板的，所以隔间内的情况从我这里就不可能看得到了。"

"除此之外，你看到她做出过什么奇怪的举动吗？"

"这可难说了，毕竟是早就习以为常的光景啊。这就像有人突然叫你在纸上把自行车画出来，但大家平时都不会留意细节，所以都只能画出个大致的轮廓来……我说八点左右看到过她，其实也只是偶然瞥到她从隔间里出来，到洗手池洗些大概是碗筷之类的东西，然后又重新回到隔间里这样一个短暂的过程而已。"

仓田警部补一边听着药店老板做出的回答，一边在面前的纸上写下了几行字。像是为了让旁边的搜查系长也能看清一样，每个字都写得特别大（见下页）。

"看来非常有必要查明这个男人的身份。"

仓田警部补在强调这一点的同时，用铅笔在图上的"宴客"二字旁画了一道线。

"我看说不定能从肉店那边查到什么线索。"

搜查系长轻轻点了点头表示同意。

"要想把这件案子定性为他杀，最大的难关……"

"果然还是在如何破解密室现场这一点上。"

密室这两个字始终在仓田警部补的脑海中徘徊，一刻都不肯散去。

送客人离开办事处之后，小河内惠美放下卷帘门，关好门窗，回到煤气炉边继续用餐。酒劲儿上来之后她倒地便睡，结果睡梦中手不小心碰到了电风扇，使其直吹煤气炉——这是意外身亡情况下的大致经过。

但如果小河内惠美是死于访客之手，那她应该在客人离开之前就已经醉倒在地了。随后客人关好门窗，把电风扇转向煤

- 4点30分　岛根勇吉离开公司
- 8点　药店老板看到死者
- 9点 ┐
- 10点 ┘ 因煤气中毒身亡

期间小河内惠美曾经外出，回到隔间后宴客，客人离开。

气炉,并迅速逃离现场。

逃离现场——

关键就在此人的逃跑路线上。太过拖沓甚至可能导致凶手自己也跟着一起煤气中毒,那么在这种分秒必争的情况下,凶手究竟是以哪种方式,又是从什么地方逃离案发现场的呢?

无论是隔间通向仓库的木门,还是正面的卷帘门,都是从内侧上锁。所以照常理来说,凶手应该也会被一起关在室内才对。

难道凶手是在屋里亲手关好所有门窗之后,化作一道青烟飞到外面去了吗?

无论怎么想……到头来都会变成意外身亡……

一道血管自仓田警部补的额头上隆起,并微微抽动着,如同蜿蜒曲折的闪电。

这时,坐在沙发上的岸田井刑警忽然抬起了头。

"如果是赶在卷帘门还没有彻底落下之前冲出去,是不是就说得通了?"

岸田井刑警轻声说道,那些自眼角一直延伸到嘴周围的皱纹似乎变得更加松弛了。

"什么意思?"仍然低着头的仓田警部补问道。

"卷帘门这种东西,是没办法像普通的合页门一样迅速关上的,关闭时需要一小段时间,所以只要凶手有那个心思,应该可以赶在按下开关之后,卷帘门还没有完全落下来之前冲出办事处。这种事实际试一下就能知道结果,我认为应该问题不大。"

从手绘图上看,由办事处正门进入室内后,马上就能看到位于右侧墙面上的卷帘门开关。从这里只要迈三步就能来到玻璃门前,两秒怎么也够用了。就算通过玻璃门来到屋外,再从外面把玻璃门关上这个过程要耗费三秒，也只需要六秒钟的缓冲期，便足够让凶手在拨动开关之后跑出办事处了。由此可知，假如卷帘门完全关闭需要耗时至少七秒，凶手就能不受任何阻拦地逃离案发现场。

"嗯……这个说法有点意思。"

仓田警部补与搜查系长不约而同地抬起头看向对方。

"这样一来，案发现场的密室环境就被打破了。"

"是的，说白了，所谓的密室其实从一开始就并不存在，只是咱们不小心漏掉了一些细节而已。"

仓田警部补像是刚好猜中了骰子的点数似的，脸上第一次露出了笑意。

感觉有戏……

仓田警部补多想现在就大声嘲笑这位企图把现场布置成密室，并将残忍杀害小河内惠美的行为伪造成一场意外的凶手。惠美被灌醉之后的睡脸，凶手颤抖着把电风扇转向煤气炉的手，凶手奔跑着关闭门窗的身影，手指虚按在卷帘门开关上时汗如雨下的脸，当然还有那双心里有鬼的眼睛。凶手这些自作聪明的行动，无比鲜明地从仓田警部补的视网膜上一幕幕闪过。

然而就在这时，似乎有什么话想说的药店老板突然犹豫着向前迈了一步。

"其实……我没看到任何人经过卷帘门从室内出来。"

"欸？"

仓田警部补仿佛排着长队买票时突然被人插了队的老实人一样，瞪着药店老板。觉察到办事处里每个人的目光都集中在自己身上的药店老板继续说道："我是亲眼看着那扇卷帘门落下来的，但并没看到任何人从屋子里出来。"

"可以尽量说得再详细一些吗？"岸田井刑警表示。

"当时应该快九点了吧，我寻思着差不多该关门了就来到了街上。仰着头伸懒腰的同时朝街对面的办事处瞅了一眼，几乎就在那一刻，卷帘门发出启动的声音，然后开始缓缓下降。我心想确实该到洗漱休息的时候了，一直看着办事处正门，直到卷帘门完全落下。这期间我既没有看到屋里有人，更没看到有人钻过卷帘门跑到大街上来。"

这番出乎意料的发言轻而易举地掀翻了刚刚的推论，仓田警部补顿时泄了气，但仍然不甘心地问道："你确定自己没有看错吗？"

"我敢保证没看错。"

"那在这之后你又做了什么呢？"

"接着我就开始收拾店面准备关门，弄到一半，洗完澡回来的西垣先生——就是十字路口那家烟草铺的老板——说想跟我杀两盘，我们就在门前的长凳上下起了将棋，一直玩到十点多才散，其间还被蚊子咬了好几口，基本就是这样。"

药店老板边说边把短衬裤的裤边卷起来，展示自己被蚊子叮的脓包给大家看。

"也就是说，直到晚上十点，办事处这边都没出现什么可疑的情况，对吗？"

"我也没太留意马路对面的情况，毕竟注意力基本都放在将棋上了……但如果卷帘门有动静，我们两个无论如何都会有所察觉的。"

……

忧郁的阴云再一次笼罩仓田警部补的脸庞。

至此，凶手利用卷帘门关闭的缓冲时间逃离犯罪现场的假设已被彻底推翻。

就算凶手先关闭一次卷帘门,企图等药店老板回到屋内再重新打开卷帘门逃离。也逃不过在办事处对面下了一个多小时将棋的药店及烟草店两位老板的四只眼睛。

而且,法医推测小河内惠美的死亡时间是在晚上九点到十点之间,所以凶手绝不可能在办事处内一直待到十点以后。

由此可知凶手一定是在卷帘门降下之前就已经逃出办事处了,照这个逻辑,按下卷帘门开关的人就应该是还在屋内的小河内惠美。也就是说药店老板刚好看到卷帘门徐徐降下时,在屋内拨动开关的那个人必定会因为煤气中毒而死。而且法医已经推测出小河内惠美的死亡时间最晚在十点左右,那时办事处内早已充满煤气,所以在卷帘门关闭后,除了拨动卷帘门开关的那个人以外,任何人都不可能活着离开办事处。

但现场只发现了小河内惠美的尸体,这意味着她就是拨动卷帘门开关的那个人。

既然如此就不能将她的死定性为他杀。那么客人就只是客人,所谓的凶手从一开始就不存在,小河内惠美的死只是一场偶然的意外事故罢了。

"看来是仓田先生你想太多了啊。"

搜查系长的话里不带半点挖苦仓田警部补的意思,但还是能明显听出来他因为事件性质重归意外而松了一口气。

与此同时,之前去三河屋肉铺问话的那位刑警回来了。

"辛苦你了,有什么收获吗?"

搜查系长的语气听起来就像是已经知晓魔术奥秘所在的观众一样,少了几分期待。

"三河屋肉铺的店面不小,客流量很大,所以他们也不敢把话说死。但有一点是可以确定的，昨天没有成年男性顾客买过鸡肉，只有一个小男孩来过。"

刑警完成了汇报。

"没有成年男性顾客买过鸡肉？"

搜查系长边点头边偷偷瞟了仓田警部补一眼，警部补脸上流露出一丝沮丧，但很快就不动声色地掩饰了过去。

"如此说来，连曾经有男性客人拜访过小河内惠美的假设也被推翻了啊。"

搜查系长说完豁达地笑了出来。

"咱们这是连续撞进了两个死胡同。可能因为死者是一位美女，才让咱们这些平时最注重现实的人也花了很多精力在胡思乱想上吧。"

仓田警部补依旧沉默着，他站在原地，正将全部精力集中在眼前这片一望无际的"虚无"之中。

尽管乍看"空无一物"，但肯定有什么东西藏匿其中。他确信自己从小河内惠美的死中觉察到了阴谋与诡计的气息。

然而，到目前为止，每个突破口都被现实无情否决。他所做的一切尝试都只在是"虚无"中与自己较劲，这意味着他彻底失败了。

莫非还有其他盲点……？

没人知道答案，一切都只是刚刚开始而已，就已经让他和岸田井刑警陷在原地动弹不得。别说追查凶手了，他们甚至连这究竟是不是一起杀人案都还无法确定。

但小河内惠美肯定是被杀死的！

他的信念在无声地怒吼着。

"仓田警部补，今天我们就先撤了，这个案子我会先按'意外致死'报上去。"

"……知道了。"

"那咱们走吧。"

说完搜查系长起身开始向外走,品川署的各位刑警纷纷跟在他身后朝门口走去,小隔间里很快就只剩下仓田警部补和岸田井刑警两个人了。

正往外走的搜查系长习惯性地比对了一下手表跟墙上石英钟的时间,然后随口说道:"岛根先生,这个石英钟刚好慢了五分钟呢。"

"还有这事?我印象中它好像不慢的啊……抱歉。"

岛根勇吉像是做错了什么事情一样尴尬地挠了挠头。

办公桌上的座机就像已经等候多时一般突然响了起来。

"……你好,是要找巡查一课的……他就在旁边。"

品川署的一位刑警把电话接起来之后,聊了没两句就把头转向仓田警部补。

"仓田先生,警视厅打来的,说是找你。"

"我是仓田……"

接过听筒之后,仓田警部补脸上的表情瞬间肉眼可见地绷紧了。"真的吗!"紧接着他口中迸出这个问句,声调异常尖厉。

岸田井刑警见状马上从沙发上站了起来,已经在往外走的搜查系长和品川署的刑警们都齐刷刷地回过头,每一双眼睛都不约而同地看向仓田警部补。

"是出什么事情了吗?"电话刚一挂断,搜查系长就迫不及待地张口问道。

"怎么可能会有这么凑巧的事情!"

仓田警部补仿佛一位接受了挑战的战士,只见他双眉紧锁,声音低沉地说道:"昨晚十点,还有一位入围了白领小姐选美大赛决赛的女士身亡。那桩案子也没有任何他杀的痕迹,只能暂时定性为意外身亡。"

——所有人都陷入了沉默,屋里鸦雀无声。

5

在小河内惠美因煤气中毒身亡的八月二十三日这天的夜里十点左右。

从属于优美子的二楼小房间里,突然传出像是有什么东西崩塌后重重砸在地上的巨响。

一楼天花板上的吊灯被震得剧烈摇晃,大量的尘土随之飘落下来。

优美子那个正在上初中的妹妹当时正在看书,吓得当场跳了起来,一头扑进正在熨衣服的母亲怀里,已经睡下的父亲和弟弟也在被惊醒之后爬了起来。惊魂未定的四个人齐刷刷地抬头看向天花板。

然而,巨响过后,屋内就没有半点声音了。

"优美啊,是出什么事了吗?"

最后还是母亲没忍住,先开口问了一句,然而二楼并未传来任何回应。

"你去看看吧。"

父亲的声音从蚊帐里传了出来。

母亲站起身来走出房间,还没缓过劲儿来的妹妹也怯生生地跟在了她身后。爬上楼梯之后,母亲毫不犹豫地打开了面前的拉门。

"啊……!"

母亲这声惊恐的尖叫并未炸响,在刚要飞出口的瞬间又消失在了喉咙深处。站在楼梯中间的妹妹被吓得慌忙逃回了一楼。

优美子那不到十平方米的小房间,简直就像刚刚有人乱砸一通的陶器店一样。而头冲着窗户睡在地上的川俣优美子,正好被从吊棚上掉下来的旧电视和陶器砸了个正着。别说脸了,连胸口都被盖得严严实实。借着透过窗户洒进屋内的星光,只能看到蹬出淡蓝色凉被的双脚,和直挺挺摊在电视机两侧的胳膊。

左侧的吊架已经变形了,不堪重负的吊棚只剩右边还连着墙面,左侧则向地面倾斜,与天花板形成近乎四十五度的夹角。

随便谁都能想到,刚才那声巨响,肯定是原本堆放在吊棚上的旧电视和陶器一股脑儿砸到睡在正下方的优美子时发出来的。

此刻,挂在窗框上沿的风铃事不关己地响了起来,房间里充斥着蚊香的刺鼻气味。

母亲近乎疯狂地掀开凉被,推开如同残垣断壁般堆在女儿脸上的陶器和旧电视,拖着女儿的后背将她抱到自己的膝盖上。

"优美子!"

母亲喊着女儿的名字,摇了摇她的肩膀,但女儿没有回应,只有头部无力地上下颠了几下。

她的额头和脸颊都裂开了,从鼻腔和后脑勺喷出的鲜血染红了被褥,那张绝美的脸庞如今变得惨不忍睹。虽然眼皮还在微微抽搐,但就算四周光线昏暗,也能看出她那张青黑色的脸上已经明显露出了死相。

"快叫救护车！"

母亲冲着楼下吼道。

不久之后，警笛声由远及近。躺在担架上的优美子和她那已近疯癫的母亲，在只穿着睡衣或内裤的男男女女的围观下，被医护人员抬上了救护车。

陶器相当硬，而且掉下来的东西里包括重量近十五斤的摆件和直径七十多厘米的挂碟，更别提那台十四寸的旧电视了。这些东西同时从离地面一米九的吊棚上掉下来，坠落时造成的冲击力和把它们举过头顶再用力砸下来没多大区别。

从优美子脸上的伤口状况来看，出事时她应该是朝左边侧躺。直径七十厘米的大挂碟首先立着砸在了她的头上，直接造成从她的头部右侧一直延伸至右耳的撕裂伤，同时还引发了严重的内出血。在挨了这一下之后，剧痛使她本能地想从床上起身。然而吊棚上剩余的大部分陶器和旧电视一起，如同雪崩般一股脑儿地倾泻而下。在对优美子施以猛烈撞击的同时，也对她的后脑勺和前额造成了撕裂伤，并导致她的颅内出现多处内出血。

十一点零五分，川俣优美子在医院因颅内出血身亡。

医院方面提交给大森警署的死亡证明书上，死因一栏里填着"意外"二字。

大森警署的工作人员给死者家属做完笔录之后，对事故现场也就是优美子的房间进行了检查。最后将她的不幸身亡定性为"一场毋庸置疑的意外致死"事件。

这意味着，假如吊棚崩塌是人为造成的，那么凶手肯定就在优美子的四位家人之中。但优美子身为白领小姐的有力候选人之一，还刚跟大财阀的独生子订了婚，现在的她可以说是川俣家的顶梁柱。家人要是在这种情况下对她下毒手，那肯定是疯了。

纵观事发现场，除了已经塌掉的吊棚之外，再没有其他看起来不对劲的地方了。被血染红的枕头边上，只能看到碎掉的水杯和两粒安眠药。

开着窗户入睡是优美子多年来的习惯，就算她并没有这种习惯，窗户也一定是她自己亲手打开的。不过这扇窗户是开是关跟优美子的死应该没有任何关系，毕竟除了长着翅膀的鸟以外，没有其他生物可以通过它进出房间。因为窗户下面就是大海，从海面往上先是高达五米的堤岸，然后还要爬上三米半的灰浆墙，才能到这扇窗的下沿。尽管窗户下方的海面上停着一艘老旧的拖网船，但人是绝不可能在不使用任何工具的情况下，沿着与海面垂直的墙面爬上来，再翻过窗户进屋的。

除了这扇窗以外，就只剩一个入口通往优美子的房间，那就是连通一楼的楼梯。但如果爬这道楼梯上二楼，就必须穿过有她父母弟妹在的起居室。因此可以排除这一假设。

那么，要是有人在当天清晨或者白天，趁死者家属从起居室离开的空当潜入川俣家中，然后迅速冲上二楼藏起来又如何呢？优美子的房间里有一个差不多一米宽的壁橱，但凶手不可能藏身其中，因为优美子就寝前会打开壁橱把被褥拿出来，届时她所发出的尖叫势必会惊动家人。即便凶手并未在事发前被发现，听到巨响后立刻冲上楼梯的母亲也该在屋里看到有外人，但她母亲没看到任何人。

由此可以判断，除了优美子本人以外，应该再没有其他人上过二楼才对。

因此，得出优美子是由于吊架不堪重负突然断裂而意外身亡的结论，应该是较为妥当的。

这就是大森警署上报至警视厅的川俣优美子意外身亡事件的大致情况。

新洞京子因车祸负伤，小河内惠美与川俣优美子意外身亡——究竟该如何处理这三起"看起来明显有鬼却又无法定性为刑事案件"的案子，着实让警视厅犯了难。

意外与刑事犯罪性质完全不同，如果将其视为刑事案件进行调查，可能会有"正常查办案件"变成"警方预设了立场"的风险。但事情已经发生了，各路新闻媒体也纷纷开始大肆发表见解，自然也没法就这么放任不管。

眼下事件仍然被定性为"意外"。煤气中毒事件最近本就发生得十分频繁，有些被当作自杀手段，有些则是纯粹的意外。车祸，以及入睡之后头上的吊棚突然塌了，然后被掉落的重物活活砸死，这些听起来更像是随时都可能在现实中发生的不幸。就算有三起事件是在同一天内发生在东京的，也只会变成三条没几行字的报道，刊载在报纸的角落。即便有读者在看报的时候偶然扫到，恐怕也会在视线掠过版面的瞬间就忘得一干二净。

但这三起事件的三名受害者都处在同一个交际圈子内，其中的关联性就使得三起"意外"散发出了犯罪的恶臭。

1. 三个人彼此认识，且有相同的目标。

2. 一旦三人中有人死伤，就将影响选美大赛的最终结果，且势必会有人因此获利。

3. 三个人在十天之内先后遭遇意外，其中更有两人在八月二十三日夜里相继身亡，仅仅间隔一个小时左右。这真的能用偶然二字来解释吗？

4.一旦被定性为他杀,就可能导致选美大赛被迫中止,凶手会不会就是因为不想看到这种情况发生,才故意制造出意外身亡的假象呢?

虽然没能设立调查总部,但警视厅还是成立了一个以暗中调查为主的"特搜组"。巡查一课第一负责人手下有六个小组,每个小组都有独立的办公室,却只有一组悄悄变成了"特搜组"。该小组由池田警部带领,包括警部补一名、巡查部长四名及普通刑警三名,共九名成员。

仓田警部补和岸田井刑警都被划进了"特搜组"。

6

仓田警部补一边眺望着像新硬币般闪亮的水平线，一边长长地叹了一口气。室内依旧闷热，挂在窗框下的风铃就像死掉了似的一动不动。

"不行啊，还是找不到任何线索。"

已经拿着从吊架上拆下来的钉子研究了半天的岸田井刑警冒出这么一句话来，就像在回应仓田警部补的叹息。

刚举办完葬礼，川俣家正沉浸在阴郁的寂静之中。在堤岸边嬉闹的孩子们发出的欢笑声正一点点消散在午后的海面上。心力交瘁的母亲瘫坐在一楼的起居室里，房间里安静得听不到哪怕一丝响动。

"虽说怎么看都觉得是谋杀，但调查得越是细致深入，现有的证据就越倾向于将案件定性为意外致死。"

说罢岸田井刑警从口袋里摸出一盒被他弄得皱皱巴巴的新生香烟，然而盒里已空空如也，于是他把烟盒搓成一团，扔出了窗外。烟盒落在停靠于堤岸旁的老旧拖网船边，弹了一下之后沉入了海中。

仓田警部补掏出烟递给搭档，同时说道："布置得还真巧妙啊。"

"布置……"

岸田井刑警从盒里抽出一根烟,轻声嘟囔道。

"致死的凶器是放在吊棚上面的电视机和陶瓷器具,而使凶器从高处一股脑掉落的是吊棚本身,因此重点在于,凶手究竟在吊棚上做了什么手脚。"

"如果真是人为造成的,那就意味着二十三日晚上十点左右,凶手就在这个房间里。"

"但现场确实没发现陌生人。要么就是凶手耍了什么把戏,让我们误以为当时没有其他人在场。"

"凶手并不在这个房间里,也就是说此人很可能用了什么即便不出现在案发现场,也能把吊棚弄坏的花招。"

"这恐怕很难实现吧?"

"你是指时间上吗?"

"凶手必须把事发时间控制在受害者就寝之后,否则就算把吊棚弄坏也没有任何意义。要想设置一个能在精确的时间点让单侧吊架扭曲变形的装置,恐怕不是一件容易的事情吧。"

"问题是凶手不仅做到了,还没在现场留下任何蛛丝马迹。现在能想到的作案手法,无非就是事先把固定吊架的钉子拔掉,或者把吊架弄出个缺口来,然而这两种方法都不能保证吊架一定会在凶手所希望的时间崩塌。几乎可以媲美魔术师在开始表演前会说的固定台词'我绝对没动任何手脚'了。"

"但凶手肯定动过什么手脚才对。要说装在高处的吊棚因为木匠手艺不精而掉下来砸到人,那确实没什么好稀奇的。但要是受害者入睡之后,位于其脑袋正上方的吊棚突然塌掉,这其中的疑点可就大了。"

说完这些之后,意识到自己和搭档可能一直在做无用功的仓田警部补陷入了沉默。万一吊棚只是因为承受不住电视机和陶瓷器具的重量而自然崩塌，那自己绞尽脑汁试图把这场意外和阴谋诡计联系起来的行为可就成了天大的笑话。这简直就跟那些成绩铁定不到及格线还满心期待着放榜那天到来的应试者一样，绝对属于自欺欺人。

随后他很快就察觉到，自己好像不久之前刚刚体会过一次这种心有余而力不足的空虚感。当时他是在开动脑筋分析小河内惠美的死因，在一阵"她果然是因为喝得太多，才在醉倒时不慎碰到电风扇，导致自己身亡"的不安从脑海中掠过的同时，心底也曾经悄然滋生出这种身心俱疲的感觉。

我是不是该尝试着换个角度去想问题呢？

"我发现了一件有趣的事。"岸田井刑警拿着一个白色的长方形信封，对仓田警部补说道，"藏在这块匾额的后面，说不定会有什么线索。"

把信纸拿出来摊在桌面上之后，两位刑警脑袋凑到一块儿，拜读起来。笔迹十分娟秀，应该是出自女性之手。写满一张半信纸，内容如下：

我们正处于一个宣传为王的时代，如果能把握机遇，成为媒体的宠儿，别说全日本，没准连做全世界第一的女王也并非痴人说梦。即便你是个默默无名的女孩，只要勇于不顾一切地向世人展示自己所独有的东西，就能成为影视巨星。住进豪宅，甚至成为世界级富豪的妻子。哪怕将这视为一场豪赌，只要拿下最终的胜利，就不会有人说三道四。大家现在只关心结果，无论什么样的人，只要知名度够高，都能选上国会议员。在这个沽名钓誉的时代，只有你才配登上女性的巅峰。我热切期望你能成为这届全国白领小姐选美大赛的冠军,不然今后恐怕很难再有这么好的机会了。

所以请拼尽全力吧,千万不要辜负我这个在梦里都在期盼你夺冠的人的期待。

最后,请原谅这封略显冒昧的来信。

你的粉丝敬上

"原来是封慕名表白信啊。"岸田井刑警似乎很失望,气呼呼地说道。

"有些参考价值,先收着吧。"

仓田警部补一边宽慰搭档,一边小心翼翼地把信纸叠好,夹在了随身的记事本里。

正常情况下,母亲是不会跟着一起送孩子的尸体去火葬场的,两位刑警对这位可怜的母亲说了一句"请节哀"后,离开了川俣家。悲痛欲绝的她只是机械性地点了点头,直到最后也一句话都没有说过。

就连长年从事刑警工作,按理说应该早就习惯了这种伤感场面的岸田井刑警,也在走出门后仿佛卸下了千斤重担一般,抬起头来长长地吐出一口气。

刚沿着河边的路走了一会儿,皮鞋表面就蒙上了薄薄的一层黄色尘土。河边的石墙上有船蛆在爬来爬去。烈焰般的阳光毫不留情地炙烤着一切,河面看起来就像一条金黄色的光带。

租船店的小码头上,一位头戴草帽的老爷爷正呆呆地看着两位路过的刑警。船全都租出去了,每一艘在河口附近或海面起伏的小船上,都能看到女孩子撑着的遮阳伞。

"真热啊……"

仓田警部补抬起手摸了摸已被太阳晒得如同锅底般滚烫的后脑勺。

"他们回来了。"

说罢岸田井刑警用胳膊肘轻轻碰了一下搭档的腰窝,同时用下巴示意对方朝小巷的出口看。

一辆全新的私家车停在了桥上,身穿旧和服的优美子的父亲和看起来应该是川俣家亲戚的一对男女下了车。三个人似乎都在向坐在驾驶席上的男人致谢,那个年轻男人冷淡地摆摆手,敷衍了几句,很快便驾车离开了,仅留一阵尾气。

"那家伙就是第一汽车公司总裁的独生子。"

目送着轿车渐渐远去的岸田井刑警小声嘟囔道。

"内藤邦利对吧?"

"他不仅在遗体告别式上忙里忙外,还跟着一起去了火葬场呢。"

"我听说他跟川俣优美子已经订婚了,这样做也是理所当然的吧。"

"可他的神情看起来并不怎么难过啊。"

"如果优美子只是个长相平平的女孩,这位富家子弟是断然看不上她的。内藤之所以会跟优美子订婚,不过是看上了她绝美的容貌而已。既然没什么感情可言,自然人一死就放下了。"

说到这儿,仓田警部补突然闭上了嘴,毕竟父亲一行就快走到二人面前了。

"接下来咱们分头行动吧,我去查查内藤那条线。"

"嗯……那我就去摸摸小河内惠美的底吧。"

岸田井刑警点头表示同意。眼下"特搜组"的主任和大部分成员都在以日南贸易总公司为中心，对小河内惠美的日常生活和人际关系进行调查，同时暗中对提供了关键证词的药店老板进行摸底。小河内惠美死亡当天的行动轨迹已在小组成员的努力下逐渐厘清，如今警方唯一还没涉及的，就是小河内惠美的过往，岸田井刑警便萌生出了向这方面努力的想法。

两个人在桥上暂时分开了。

为了前往大森站，仓田警部补先来到主路，坐上了一辆大巴。他打算擦拭完脖子上的汗水就打开记事本查看一下内藤邦利的住址，然而大巴太颠簸了，他怎么都没能如愿将记事本翻开，费了好大的劲儿才翻到自己想看的那一页。

世田谷区经堂2-3005

"小田急线啊……"

仓田警部补自言自语道。他打算去内藤家附近盯梢，只要目标一出家门，就对其进行跟踪。既然是暗中调查，就绝不能大摇大摆地出现在目标的视野之内，更何况对方是富家子弟，如果采取登门问话的常规办案手段，对方甚至可能会藏在豪宅中闭门不出，直接拒绝配合警方进行任何调查。

既然如此，就必须先坐到品川站换乘山手线前往涩谷，到涩谷再换乘井之头线前往下北泽，最后在下北泽再换乘小田急线才行。

仓田警部补自信地认为内藤现在肯定就在家里，毕竟他不可能穿着参加遗体告别仪式时的丧服外出，应该会先回一趟家换衣服才对。

在经堂站下了车，仓田警部补到车站旁的派出所打听后得知内藤家就在不远处。内藤宅邸那长长的石墙从坡下一直延伸到坡上，这条气派的柏油马路基本没什么车辆经过，透过枝繁叶茂的树冠可以隐约看到米色的墙壁与淡蓝色的屋顶。宅邸只有一部分是明亮的西洋式建筑风格，其余全都是看起来就分量感十足的日式豪宅。巨大的铁栅栏门向两侧大敞，可以直接看到院子里的网球场，还有位于它对面的车库。车库里停着两辆车，其中一辆令人印象深刻，正是内藤邦利刚才开过的那辆桦木色蓝鸟轿车。

他果然回来了。

仓田警部补这样想着，又顺着坡道往上走了一段，随后蹲在一棵投下巨大树影的银杏树下，像个普通的乘凉的人那样解开衬衫的扣子，目光却装作若无其事地扫向内藤家的大门。

他就这样盯了将近一个小时，终于看到一个穿着打扮像是女佣的人，从那扇大门中走了出来。几乎同时，院内响起了汽车引擎发动的声音。

仓田警部补立刻站了起来，然后像一个普通路人那样沿着坡道朝下走去。当他快要走到内藤宅邸的大门前时，蓝鸟轿车在女佣的目送下静悄悄地开上了门前的柏油马路，而坐在驾驶席上的，正是已经换上嫩绿色马球衫的内藤邦利。

仓田警部补赶忙加快了脚步，万幸的是内藤开车下坡的速度比较慢，没拉开太远的距离。下了坡之后就是繁华的街道，这种地方要打个车还是很方便的。仓田警部补很快就拦下来一辆起步费七十日元的出租车，向司机出示过证件后他坐到了副驾驶席上。

"跟上前面那辆蓝鸟。"

说罢仓田警部补点上两根烟，把其中一根塞到了司机的嘴里。

"谢谢,请问是出什么事了吗?"司机道谢后表达了自己的疑惑。

"不用担心,不是什么大事。"双眼紧紧盯着蓝鸟车车尾的仓田警部补随口答道。

"您放心吧,那辆桦木色蓝鸟别提多显眼了,咱们肯定不会跟丢的。"

司机说着得意地耸了耸肩。

内藤邦利的蓝鸟在开出三轩茶屋区之后,沿着玉川线朝着涩谷方向移动。

他这是打算去哪儿呢?

仓田警部补的心里此刻不仅有对挖掘新线索的期待,也有对到头来又是白折腾一通的不安。毕竟人家有可能只是出门处理一些日常琐事,或是去拜访朋友,或是去父亲的公司瞧瞧。从概率上看,应该还是白跑一趟的可能性更大一些。

内藤邦利在涩谷停下车,进了一家百货商店。但才过了十分钟就拎着大包小包出来了,于是蓝鸟跟出租车再次开始间距保持在三十米左右的尾行。这之后内藤邦利一路驾车前行,驶离新宿之后先穿过四谷,再由饭田桥转向御茶之水,仓田警部补乘坐的出租车则默默地紧随其后。

车程相当远呢……

就在仓田警部补因为在烈日下的出租车里跟踪目标太久,终于扛不住疲劳而颓然仰靠在椅背上时,内藤邦利的车拐进了位于秋叶原站附近的一栋巨大的白色建筑物的大门内。

"到医院了。"司机说道。

"医院?"

抬头一看，只见拱门上赫然写着"东京都立秋叶原医院"几个银色的大字。

他是来探病的吗……

在感到几分失望的同时，仓田警部补也跟着走进了医院。他在前台与一个右臂残缺、将空荡荡的单侧衬衫袖管别在腰带里的男人擦肩而过。仓田警部补不由得一惊，倒不是因为男人残缺的身体，而是男人脸上阴郁的表情。毫无生气的双眼，配上透出郁郁寡欢的深邃皱纹，让人甚至猜不到他的年龄。仓田警部补不禁回过身目送这个男人离去，只见男人耷拉着脑袋，从略显阴暗的医院大厅走到了阳光正毒的室外，他那佝偻着的双肩似乎散发出孤苦的哀愁。

这位独臂男子给仓田警部补留下了极其深刻的印象。

毕竟是医院，会碰到这种伤患也是理所当然的吧。

整理了一下心绪后，仓田警部补又迈开步子，沿着摆放着长椅的走廊，朝箭头所指的"病房"方向走去。既然内藤邦利开着车进了大门，就意味着他肯定是来探病的。走过通往住院楼的游廊，仓田警部补环视了一下后院。内藤邦利的蓝鸟轿车就停在四栋住院大楼中从右往左数的第二栋门口，大楼的白色墙壁上有清晰的"No.2"标识。

仓田警部补随后便来到外科第二住院大楼。墙面和天花板都是雪白的，病房分布于走廊的两侧。午后的住院楼沉浸在宁静之中，偶尔从房间里传出的咳嗽声都足以吓人一跳。走廊右侧全是单人病房，左侧应该是能容纳三到六位患者的大病房。

站在空空荡荡的走廊上，仓田警部补无从知晓内藤究竟进了哪间病房，到头来只得前往位于楼层中央的护士休息室。这里共有五名护士，他跟其中年龄在四十岁左右、看起来像是护士长的人打了个招呼。

"您好,我是警视厅的刑警……有些事情想向您打听。"

小声表明来意之后,他与护士长一起离开了休息室。万一问话的内容传了出去可就不妙了。

仓田警部补先反复强调接下来的谈话必须对其他人保密,然后才问道:"请问,那辆蓝鸟的车主,今天是第一次来吗?"

"不是,他最近几乎天天来呢。"护士长回答道,"虽说医院规定,探病的人要先到我这里填个表才能进去,但大部分人都是直奔着病房就去了。所以就算是身为负责人的我,也并不清楚来人具体来过多少次,又探望过哪些患者。不过,停在楼下的那辆车给我留下的印象实在太深刻,所以你一说那辆蓝鸟,我就知道这位先生准是又探病来了。"

"那么你知道他来医院是探望住在哪间病房的患者吗?"

"是住在五号病房的患者新洞。"

"新洞……是一位男性患者吗?"

"不是,是个特别漂亮的姑娘。叫新洞京子,是最近特别火的那个白领小姐大赛的候选人呢。"

"什么!"

"我听说来探病的那位,好像是新洞小姐工作单位老板的儿子。他们看起来就像一对恋人啊,那位先生为了讨新洞小姐的欢心,可是下了好大的功夫呢。"

……

仓田警部补清楚地记得新洞京子是东京第一汽车公司的销售员。身为第一汽车公司总裁之子的内藤邦利前来看望她,似乎并没有什么不合常理之处。但护士长说他们俩在旁人看来就像一对恋人,再加上今天明明是内藤邦利的未婚妻下葬的日子,他却在回家换掉丧服之后就立刻开着车跑来看另一个年轻女孩,这就显得很诡异了。

"他第一次来这里,是新洞小姐因为车祸入院之后的第二天,也就是八月十四日。那次他是跟公司里的人一起来的。"

"那之后他每天都来探病吗?"

"嗯,基本上吧。大体上都是在没什么其他人探病的时候来,而且没待多久就走了。"

"你刚刚说他们就像一对恋人,男方还主动讨女方欢心,请问这些都是你亲眼所见吗?"

"是的……其实十四日当天,五号病房还有另外一名患者入住,但就算是当着外人的面……"

护士长说到这里稍微停顿了一下,随后有些不好意思地笑着把话继续讲下去。

"不少护士都听到过那个人说的肉麻情话,像是'刚见面我就对你一见钟情了','除了你以外我谁都不会娶'之类的……还有人亲眼看见他亲了新洞小姐的手背呢。"

"那新洞京子对男方……又是什么态度呢?"

"这就不清楚了……新洞小姐身上确实有一种不可思议的魅力,但无论对方说什么,她都只是报以笑容,却并不给出任何实质性的回应。不过在我们看来,她那不可思议的魅力和迷之笑容,恐怕更会让男方感到欲火焚身吧。"

护士们的推测多半没错,内藤邦利在追求新洞京子,试图讨其欢心。那么他会在未婚妻被送往火葬场的这天,回家换身衣服就驱车跑到医院来,也是理所当然的了。

换一种说法,那就是川俣优美子的死对内藤邦利而言根本就是不痛不痒,搞不好他还觉得"天助我也,碍事的人终于消失了"呢。

在这个基础上更进一步想，就是内藤邦利有杀害优美子的动机。岸田井刑警提过葬礼上的内藤看起来并不怎么难过，从现在所掌握的情况来看，他那略显薄情的表现也说得通了。

随后仓田警部补又在脑海里把优美子死亡当天的行动过了一遍。

梳理了一遍那位母亲哭着讲述的证词之后，他得出的结论大概如下。

八月二十三日是百货商店的定休日，所以优美子一直睡到中午才起来。吃完午饭后她开始为外出做准备，大概一点半的时候说是要跟内藤去玩就出门了。下午三点多穗积里子来家里找过优美子，但她只待了十五分钟左右，感觉优美子可能短时间内回不来就走了。平时优美子肯定会在晚上九点之前到家，但那天晚上她却罕见地直到九点半才回来。她母亲表示当时有听到汽车停在桥上的声音，所以应该是有人开车送她回来的。回来后她着急忙慌地跑上二楼，为了保持九点半准时就寝的习惯，很快就睡下了。不过她当时的脸色不太好看，所以母亲猜测她有可能跟内藤吵架了，也有可能是在未婚夫内藤的死缠烂打之下把自己的处子之身交给了对方。然后十点左右，就发生了那场惨剧。

从某种意义上来说，关键就在内藤邦利身上。

仓田警部补这样想着。

如果内藤邦利是在例行公事探望受伤员工时对新洞京子一见钟情，从而迅速对川俣优美子失去兴趣的话，势必会导致二十三号见面时两人发生纠纷。一旦优美子发现内藤像大多数富家子弟那样见异思迁，背地里喜欢上了其他女人，向来以美貌为傲的她很可能会大发雷霆，甚至可能以将丑事曝光要挟，要求家境优渥的内藤支付一笔数额巨大的封口费。内藤很可能根本给不出这笔钱，在这种情况下，对于从没遭受过他人的反抗，如今突然被逼进绝境的他而言，优美子就成了这世上最碍眼的人。

于是当天晚上，大吵一架之后内藤开车送优美子回家，突然间起了杀心——

仓田警部补先做了一个这样的假设，但很快就在他是如何弄坏吊架这一点上走进了死胡同。如果吊棚真的是被人为弄坏的，那么眼下能想到的方法只有一种，就是在吊架上绑一根绳子，绳头经由窗户垂下墙壁，然后乘着船漂在海面上的凶手猛拉绳子，使吊架在瞬间倒塌。如此简单的布置确实难不倒内藤，但想把绳子拴在吊架上，就必须进到优美子的房间里才行。而内藤二十三日根本没去过优美子家，更别提潜入她位于二楼的房间了。光凭这一点，都足以让仓田警部补将内藤从嫌疑人名单中移除。

但在得知与川俣优美子订下婚约的内藤还和同样身为白领小姐候选人的新洞京子暧昧不清之后，仓田警部补也不可能放弃针对内藤这条线的调查。

再次对护士长强调绝对不能把自己来过医院的事情告诉其他人之后，仓田警部补走出了二号住院大楼，来到那辆蓝鸟车旁，等待对方现身。

一直等到室外的高温略有缓和，投射在住院大楼白色外墙上的阳光也不像之前那么晃眼时，内藤邦利终于大步流星地从大楼里出来了。他穿着极其贴身的裤子，显得双腿格外修长。

内藤刚打开车门，仓田警部补就凑上去说道："是内藤先生吧？"

内藤邦利像是被吓到了，赶忙转过身来。他有一张娃娃脸，应该很受三十来岁女人的宠爱，但过于轻佻的眼神显得很没风度。

"关于川俣优美子的死，我有些事情想了解，不知道你现在方便吗？"

"什么？"

吃了一惊的表情闪过之后，警惕定格在了他的脸上。

"八月二十三日，川俣优美子说下午约好了跟你一起出去玩，接着晚上九点半左右才回家。可以请你描述一下这段时间内你们都去过哪些地方吗？"

内藤邦利十分傲慢地上下打量了一番仓田警部补，随后开口反问道："你是哪位啊，是警察，还是媒体的人？"语气中透露出他很瞧不起眼前的这位不速之客。

"我是警视厅的。"仓田警部补冷静地答道。

"那证件呢？"

内藤很可能是把仓田警部补错当成了优美子的家人，所以才表现得那么狼狈。得知面前的人是一位刑警之后，他立刻恢复了身为富家子弟应有的从容。

看过面无表情的仓田警部补出示的刑警证后，内藤邦利笑着坐上了驾驶席，车窗上映出天空中的云朵。

"警方来问我这些干什么？"

"放心，不会给你添麻烦的，我们只是想掌握川俣优美子当天的行踪。"

"我可不想被卷进这种麻烦事。"

"请问你们都去过什么地方呢？"

"哪儿都没去过啊。二十三号那天我就没跟优美见过面。"

"真的吗？"

"二十三号下午我来这里看望病人，晚上去参加派对了，十一点才从女王酒店离开。不相信的话尽管去查就是了。"

话音刚落，车门便咔嚓一声关上了。随后桦木色蓝鸟甩下仓田警部补，跑着瞧不起人的之字形路线，像一阵风似的疾驰而去，没一会儿就消失在了医院的通用门外。

内藤脸上那得意扬扬的笑容从侧面证实了他没有撒谎。尽管为了保险起见，仓田警部补还是回到护士休息室确认了一下。根据她们的描述，二十三号下午两点到近四点的这段时间里，内藤邦利确实一直待在五号病房里探望新洞京子。之后仓田警部补又借用医院的座机电话联系了女王酒店，对方表示二十三号晚上确实有一场花园派对，是由东京第一汽车公司主办的，并确认了身为活动主办方代表的内藤邦利留到最后才从现场离开。

如此看来，优美子之所以跟母亲说是和内藤一起出去玩，可能只是为了逃避母亲的询问。估计是只要说是跟内藤一起出去，母亲就不会没完没了地打听。但是这样一来，能把内藤邦利与优美子之死联系在一起的线索就断了，仓田警部补不得不重新回到调查的起点。

离开医院之后，听着在闹市区本应很少有的蝉鸣声，仓田警部补那重归一片空白的脑海中浮现出了一个新的名字。

穗积里子……

这位曾经在二十三日造访过川俣家，还在二楼的房间里等了优美子十五分钟的人，不正是可能在吊架上做手脚的人吗？

突然觉察到自己漏掉了重大线索的仓田警部补情不自禁地加快了脚步。

7

可能是刚好碰上某部电影散场的时间吧,要顶着从涩谷的道玄坂下来的人潮往上走简直难如上青天。在摩肩接踵的人群中逆流而上的岸田井刑警怎么也想不通,为什么明明是大白天,街上还会冒出这么多闲人来。

不过,在这种酷暑之下,相较于待在家里一丝不挂地午睡,明显还是钻进全天都开着空调的电影院里避暑要明智得多。

岸田井刑警边忍受着酷热和老毛病坐骨神经痛的折磨,边气喘吁吁地沿着道玄坂向上爬。穿过影院街后右转的第三家店铺,就是他此行的目的地,咖啡店"New Latin"。

尽管店门前摆着写有"空调开放"字样的牌子,屋里却并没有多凉快,再加上节奏感强烈的音乐,岸田井刑警感到浑身燥热。

"请问这位女士最近有来过吗?"

岸田井刑警拿出小河内惠美的照片,语气木讷地向刚刚为他开门的女服务生询问道。

"请您稍等一下。"

女服务生说完之后拿着照片走向店内的柜台,很快就和一位打着领结,看起来像是调酒师的男人一起回来了。

"您好,有事可以跟我说。"这个男人搓着手毕恭毕敬地说道。

"我就直说了,您对这位女性有印象吗?"

打算以小河内惠美手提包中的"New Latin"火柴盒为线索,调查她生前的交友关系的岸田井刑警,是多么希望从面前这个男人口中得到一个肯定的答复。

"有的。"

男人弯着腰,脸上挂着讨好的笑容。

"她是单独来的吗?"

"是的,每次都是一个人来。"

"每次?也就是说这位女性经常光顾你们这家店喽?"

"是的,她曾在我们店里打工,就算后来换了工作,依然每个月以客人的身份回来看看我们这些前同事。"

中了!

沿着这条线索查下去,说不定就能查出小河内惠美鲜为人知的过去,包括她刻意隐瞒的异性关系。脸上故作镇定的岸田井刑警在心底兴奋地大吼。

"她在你们店里打工,具体是什么时候的事情呢?"

"我想想啊……应该是差不多两年前吧。怪就要怪她长得实在太漂亮,所以在我们这儿才干了短短三个月,就被新桥的爵士咖啡店'BABY SHOW'给挖走了。"

"原来是这样。"

岸田井刑警在记事本上做好记录,拿过女服务生用托盘递过来的冰水一饮而尽,渗进牙根的凉意瞬间在口腔内扩散开来。

"谢谢……"

仿佛重获新生的岸田井刑警把杯子放回托盘上,紧接着反复舔了几下嘴唇。

"我看过报纸了,这孩子怎么就那么想不开呢……"男人边说边似乎很惋惜地轻轻摇了摇头。

"你知道她有些什么朋友吗,尤其是男朋友?"

"她在我们店里打工的时候人还很单纯,连妆都化不明白,人际交往就更不用说了,至于男朋友,据我所知应该是没有的。"

"这样啊。那家叫'BABY SHOW'的咖啡店,这两年应该没什么变化吧?"

"是的,位置和名字都没变,还在营业。"

"谢谢你们配合调查……"

岸田井刑警习惯性地反复向对方道谢后离开了"New Latin"。

算是开了个好头。

岸田井刑警站在充斥着男性汗臭味和女性化妆品味的电车车厢里,心中不禁这样想道。当新线索出现在自己眼前时,甚至连坐骨神经痛的老毛病都不可思议地得到了缓解。

这家爵士咖啡店位于新桥站的北侧,刚一出站台,就能看到"BABY SHOW"那块黑底黄字,还装有霓虹灯条的昼夜通用招牌了。

入口旁边贴着张海报,写着"演出时间:晚上七点至十点,今天登场的乐队是……"等字样,再往下看是三支乐队的名称。

岸田井刑警推开门走进店内,身穿制服的男服务生立刻过来迎接。紧接着映入眼帘的就是舞台上正演奏夏威夷风乐曲的乐队成员,一个个都穿着红色的夏威夷衫。

"你是新来的吗?我想打听一些差不多发生在一年半以前的事情。"为了不让自己的声音被乐队的演奏声盖过,岸田井刑警只好凑到男服务生的耳边问道。

"抱歉，让您说中了，店里的离职率非常高，现在的员工基本上都是新人。"服务生诚惶诚恐地答道。

"这就不好办了。我想打听一个一年半以前在你们店里打过工的女孩子……你能想到有谁可能知道吗？"

"那恐怕只能找老板问问看了，他人就在里面，用我把他叫过来吗？"

"嗯，你直接带我过去找他吧。"

"好的，请随我来。"

岸田井刑警在服务生的带领下穿过咖啡厅，可以看到包厢里都是年轻男女。这些人有的兴高采烈，有的无精打采，仿如一座座形态各异的当代人物像。

站在一扇蒙皮门前等了一会儿，自称老板的人就在服务生的带领下迎了出来。

"您是警察吧？"

脸色偏红、颧骨高耸、身材矮小的老板开口就是这么一句，听他那略显别扭的口音，似乎是一位外国人。

"你认识这个女孩吗？我听说她大概一年半之前在这里打过工……"

老板从岸田井刑警手里接过小河内惠美的照片，拿到壁灯下仔细端详起来。

"认识，这是惠美啊，小河内惠美。"

他露出和蔼的笑容，反复点了好几次头。

"也就是说，她确实在这里打过工，对吧？"

"是的，整整半年多呢。"

"据你所知，她当时有没有关系特别要好的朋友？随便男的女的都可以。"

"那应该就是叫相泽昌的男人了。"

"相泽昌……？"

"他是惠美的初恋，当然也可能是她的最后一个男人。"

"这话是什么意思？"

"他啊，是当时我们店驻店乐队的鼓手，是个出了名的花花公子。当时还小的惠美没几下就被他迷得神魂颠倒，结果才交往了三个月就惨遭抛弃。惠美像发了疯似的找了他一段时间，至于后来什么情况我就不清楚了。"

"除了这位相泽呢？"

"其实很多男人都追求过她，但是惠美只钟情于相泽一人。"

小河内惠美出事之前丢进煤气炉里烧成灰的那张照片上，跟她依偎在一起的男人，肯定就是这个相泽，岸田井刑警如此确信。从"特搜组"调查到的情报来看，惠美的异性关系简直干净到令人匪夷所思。就连日南贸易公司的同事们都异口同声地表示她是一个心里只有美酒的女人，所以直到最后也没能查出任何可能与她存在恋爱关系的男人。没来东京之前的惠美应该还只是一位少女，所以要说她跟哪个男人单独合了影，事后还在照片背面写下"祝福我们的未来"这种话，那男方绝对就是欺骗了她感情的那位花花公子相泽昌了。这同时也意味着，小河内惠美的全部感情经历，就只有相泽昌一个人。

"你知道这个相泽昌人在哪里吗？"岸田井刑警顺势问了下去。

"我也不清楚，这个人就像候鸟一样，从来都居无定所的。"老板边说边用力地摇了摇头。

"真的一点头绪都没有吗？"

"嗯……"

说罢两人同时陷入了沉默,而乐队也恰巧在这时换了曲目,可能是主唱上台了吧,包厢里传出稀稀拉拉的掌声。

"不过据我所知,这个人好像只能靠打鼓的本事糊口,所以他应该还在混乐队……"老板挤出这么一句来。

"也就是说可以从跟他一起混乐队的朋友那里开始查。"

"是这么个理,要不您去东京站的八重洲口碰碰运气?"

"东京站?"听到这条似乎别有深意的提示之后,岸田井刑警不禁反问道。

"经常会有玩乐队的人聚集在东京站的八重洲口招募乐队成员。"老板踩灭烟头,继续说道,"那地方并没有娱乐公司的办事处,只是玩乐队的人喜欢在那里扎堆,互相商量着解决乐队缺人手的问题而已。说白了就是没有工作,或者刚好闲下来没事干的音乐人的聚集地。除了他们以外,就是各种亟须人手的乐队。一旦双方谈妥,就会立刻前往工作地点,融入乐队并开始表演。"

"原来如此……"

岸田井刑警之前只是隐约听说过八重洲口有这么回事,如此详尽的细节他还是头一次接触到。

"去那里走一遭,说不定可以打听到跟相泽昌有关的消息。"

"我明白了。但那些玩音乐的人,应该也是某个时间段才会聚集在那里吧?"

"大概每天傍晚的四点到五点半吧。"

岸田井刑警立刻扫了一眼表,还差十分钟四点,现在动身过去应该刚刚好。

"谢谢你配合调查,抱歉占用了你不少时间,我这就去东京站走一趟。"

岸田井刑警边说着边把之前领口处解开的纽扣又扣了回去。

"您太客气了,话说惠美她是出了什么事吗?"老板问道。

"电视上不是报道过了吗,惠美她死了。"

作答之后,岸田井刑警直奔咖啡厅门口而去,他隐隐感觉到老板似乎在身后倒抽了一口凉气。

岸田井刑警再一次乘坐电车,通过东京站的八重洲检票口时正好是四点整。他左顾右盼,观察起眼前这个人来人往的巨大空间来。

只见五六个男人正站在离检票口没几步的地方,但还不至于妨碍到人们进出。乍一看几个人都穿得花里胡哨的,不过身上确实散发着几分艺术气息。其中的一个男人还带着看起来像是用来装乐器的箱子。

应该是这里了……

岸田井刑警边这样想着边若无其事地朝他们所在的地方走去,随着距离的拉近,这些人对话的内容很自然地传进了他的耳中。

"那个老板不太行,他出的价实在太低了。"

"我之前也是,他居然说什么十天总共给 G 千,简直不把你当人看。气得我当时直接一句'老子从来都是以一晚上 C 千的价接活儿',把他给顶回去了。"

"这种时候用 C 调应付过去就完事了。"

"那可不行,那支乐队的老大要求可严格了。"

岸田井刑警笑了,他们的谈话中穿插着很多音乐人才懂的行话。身为一名刑警,必须对各行各业的行话和黑话有一定的了解,只有这样,才有可能从他人无心的只言片语中挖出关键线索。而且他们工作时本就会接触到社会各界的人,也自然而然记住了不少普通人听起来一头雾水的东西。

更何况岸田井刑警还参与了发生于四个月前的乐队成员刺杀案，做过一线的调查活动，因此对乐队相关的行话有一定的了解。间隔的时间也不是很长，所以印象还比较深刻。

类似老板是经纪人，老大是乐队领袖这样的，年轻的爵士乐粉丝基本上都知道是什么意思。而C千指的是一千日元，G千则是五千日元。至于他们口中的C调，感觉应该是随便糊弄两下得了的意思。总之全都是由音乐的相关术语衍生而来的。

看来这里肯定就是"BABY SHOW"老板口中的那个闲散乐队成员惯用的聚集地了。

岸田井刑警把心一横，一头撞进了他们之中。

"抱歉打扰一下……我正在找一个名叫相泽昌的男人，请问各位认识他吗？"

刚刚还聊得兴高采烈的这帮人齐刷刷地闭上了嘴，同时把视线投向岸田井刑警。其中一个头发齐肩，看起来应该二十岁左右的快嘴小伙朝前迈了两三步之后，开口问道："他是玩儿什么乐器的？吉他？贝斯？钢琴？小提琴？还是小号？"

"都不是，他是打鼓的。"岸田井刑警边扫视着面前的众人，边回答道。

"架子鼓吗……那就是相泽昌了。"年轻小伙说着拧了拧脖子。

"相泽昌的话，应该正在'红'那边混呢吧。"旁边一位身材高挑的中年男人忽然插进来一句。

"红？"

"嗯，西银座的卡巴莱歌舞餐厅，他在那儿给田岛负三带队的Sweet乐队做代打。"

"代打？"

"对，就是乐团的正式成员因故暂时没法参加演出，他临时过来帮忙顶一下的意思。"高挑的中年男人苦笑着解释道。

"谢谢。"

略表谢意后，岸田井刑警立刻转身跑了起来。现在已经是四点十五分了，还不到下班时间，岛根勇吉应该还在日南贸易公司的品川仓库。这时他刚好看到弘济会的小卖部有台红色的公共电话正空着，于是几步冲过去，抓起话筒就开始狂转拨号盘。

他想请岛根勇吉去确认一下，八月二十三日晚上，小河内惠美出门买刨冰的那段时间跑去仓库找她的那个男人是不是这个相泽昌。

电话接通了，岛根勇吉果然还在仓库，两人约好六点钟在卡巴莱歌舞餐厅"红"的门口碰面。

就在霓虹灯构成的光污染洪水慢慢让银座一带重获生机时，岸田井刑警与岛根勇吉一起从后门走进了这家还没来得及从白天的萧条中缓过劲来的卡巴莱歌舞餐厅。

虽然向老板说明了来意，但对方还是以"这并非警方的正式调查活动"为由拒绝配合，于是就成了单方面的店内探查。不过岸田井刑警已经暗下决心，一定要进到后台和乐队休息室里好好瞧一瞧。

岛根勇吉和岸田井刑警订好了暗号，一旦亲眼确认相泽昌就是案发当晚来找过小河内惠美的男人，他就会打出暗号，然后立刻从现场离开。

距离登台演出还有一段时间，乐队成员们正在休息室里分成两组打扑克。

"请问相泽先生在吗？"

岸田井刑警向坐在沙发上看杂志的男人问道。对方没有将目光从杂志上移开，直接将下巴扭向旁边一位正对着化妆镜整理头发的美男子。

岸田井刑警回头看向身后，看到岛根勇吉在瞥见镜子里映出的男子的面孔后用力地点了点头，同时打出了"对，就是他"的暗号。

岸田井刑警也点头回应，之后慢慢地接近相泽昌。

"你是相泽昌？"

岸田井刑警与相泽昌的脸并排出现在同一面镜子里，相泽吃了一惊，透过镜子打量起对方来。

"想问你一些事情。"

相泽没有回话，他似乎意识到这个站在自己身后的男人是一名刑警，所以才选择沉默不语。手上依旧拿着梳子，反反复复地打理同一处头发。

岸田井刑警并未在意他的这些小动作，又问道："八月二十三日下午，你去日南贸易公司的品川仓库找过小河内惠美一次，对吧？"

……

"请回答我的问题好吗？"

"我才没去过那种地方呢。"相泽终于把视线移开，并给出了答复。

"撒谎可不行啊。"

岸田井刑警面带微笑，紧紧盯着映在镜中的相泽的双眼。

"我可没撒谎，而是忘了。"

"那就麻烦你仔细回忆一下吧。"

"可我实在是——"

"有人可以作证。"

"我不记得了。"

"要把人叫来当面对峙吗?"

……

"撒谎是没有意义的,你该不会是做了什么亏心事吧?"

"别血口喷人!"

"那就跟我实话实说吧。"

……

镜子里的相泽昌低下了头,随后他从梳妆台前走开,有气无力地坐在了旁边的椅子上。屋里的其他乐队成员都在偷偷观察这两位。

"你问这些是想干什么?"相泽昌以带有攻击性的眼神仰视着岸田井刑警,语气中仍带有抵触意味。

"自然是拿来作为参考啊。"岸田井刑警脸上依旧挂着和蔼的微笑,语气不变地回答道。

"就算我告诉你也没什么意义的。我三点左右确实去找过惠美,但她不在,我就走了,仅此而已。"

"你去找她,有什么目的吗?"

"有事想跟她谈。"

"什么事?"

"你们连这种细节都要问吗?"

"说白了就是想跟她重新开始,对吧?"

……

相泽昌明显大为震惊,他喘着粗气,怄气似的叉开腿,分别朝两边一蹬。

"我去她那儿,是想拿回一张我们的合照。因为我当时一心以为，只要拿到合照，就算惠美再怎么不愿意，也肯定会回到我身边。"

"原来如此，也就是说你是为了照片去的仓库，然后在听说小河内惠美不在之后就马上离开了……真的是这样吗？"

"当然了，我那天六点半在这儿还有演出，所以走得很急。"

"这该不会又是你在胡编吧？"

"绝对是真的。喂，大家，二十三号那天晚上六点半之后，我可曾从这家店的舞台上离开过哪怕半步吗？"

相泽昌提高音量，像在同时与休息室里所有的人对质般大声问道。在场的乐队成员默默点头表示同意，这些人无疑都能证实他刚才所言非虚。

"既然事实如此，你刚开始时为什么要撒谎呢？"

岸田井刑警的脸上第一次露出了严肃的表情，尽管用的并不是追问的语气，但明显比之前严厉了许多。

"嫌麻烦呗。报纸上说警视厅在调查惠美的案子了，我想着万一被牵扯进去，八成没什么好果子吃，所以就下定决心，若有警察找来问话，就一口咬定自己什么都不知道。"

已放弃抵抗的相泽昌终于将内心的真实想法和盘托出，看来他明显败在了岸田井刑警那股沉稳的压力之下。

"你怎么知道我是刑警？"

"昨天不是惠美在东京这边的告别仪式吗，我看到你们的人了。"

"哦，原来你也去了啊。"

"嗯，不过只是远远地望了一下……"

说到这里，他的脸上居然闪过了一丝落寞。

与此同时，放在休息室角落的蜂鸣器突然响了起来，看来是轮到他们乐队登台了。屋里转眼就热闹了起来，乐队成员一个接一个地来到梳妆镜前，照着镜子调整发型和领结，之后陆陆续续走出了休息室。

"我可以走了吗？"相泽昌从座位上站起来，开口问道。

"当然，谢谢你的配合。"岸田井刑警坐在了沙发上，答道。

"警察先生，我要是害死惠美的凶手，肯定不会傻乎乎地跑去惠美的葬礼上凑热闹。"相泽昌丢下这么一句话，小跑着离开了休息室。

如此一来，休息室里只剩下岸田井刑警自己了。他坐在沙发上，手捧两颊，双目紧闭。小河内惠美手提包里的那盒"New Latin"火柴，查到这里就算结束了。

还是白跑一趟吗？他默默自问。

二十三日下午去找小泽内惠美的男人确实是相泽昌，他的目的是夺回能证明两人关系的合照，同时逼迫对方回到自己身边。然而，通过岛根勇吉的描述，惠美立刻就觉察到此人是相泽昌，也猜到对方八成是想来要回那张照片。于是惠美借着酒劲儿痛下决心，终于把那张承载着美好回忆的照片扔进了正煮着鸡肉火锅的煤气炉里。

相泽昌与小河内惠美的死没有直接关系。

这就是岸田井刑警的收获。

从大厅那边传来阵阵掌声，紧接着是华丽的演奏。继续待在这家卡巴莱歌舞餐厅里，对于岸田井刑警而言已经没有任何意义了。

我要是凶手，肯定不会跑去葬礼上凑热闹。

不可思议的是，相泽昌的这句话竟然还死死赖在岸田井刑警的脑袋里不肯散去。它并不适用于所有刑事案件，要知道，凶手跑到受害者的葬礼上假哭，甚至跟死者家属一起忙前忙后这类事，可是屡见不鲜啊。

此时此刻，让岸田井刑警无法释怀的是，他突然想到了一个名字，这个人明明应该先后出席小河内惠美和川俣优美子的葬礼，却一次都没有现身。

"穗积里子——！"岸田井刑警小声嘟囔道。

因为必须进行尸检，两人的葬礼都没能在死后的第二天举办。小河内惠美的家人表示希望在故乡京都举办正式葬礼，所以八月二十五日，也就是昨天，先在品川仓库办事处举办了一场主要面向日南贸易公司职员的告别式。相隔一天，也就是今天，便是川俣优美子的葬礼。这两场葬礼的规模都不小，死者生前单位的同事，白领小姐选美大赛相关人员，甚至"特搜组"的成员都有参加。

对于到场的"特搜组"成员而言，除了送死者走完人间的最后一程以外，同时还肩负着观察每位到场者的任务，尤其是跟选美大赛有直接关联的人。已知东京赛区通过最后一轮海选的总计五人，那么除了已经身亡的小河内惠美与川俣优美子，该有三人现身才是。但到头来却只有杉静子一人先后出现在了这两场葬礼上。

因为车祸入院的新洞京子可以暂时排除嫌疑，那么穗积里子的缺席就显得十分诡异了。

更何况里子不仅同为选美冠军候选人，还和惠美同属于日南贸易公司，出席同事的葬礼这种事应该是合情合理的吧？

川俣优美子就更不用说了，穗积里子甚至在优美子身亡当天造访过川俣家。然而她却连优美子的葬礼都没有参加，这样的做法既不合乎情理，在逻辑上也说不过去。

"穗积里子……"

积压在岸田井刑警心头的重重"矛盾",促使他再次念出了这个名字。

他从沙发上站起来,快步走出了休息室,乐队已经开始演奏,乐曲声中夹杂着女孩的尖叫声。

8

当天晚上八点二十分,"特搜组"借用警视厅鉴识科现场股警犬组的办公室,召开了一场内部讨论会议。

"特搜组"之所以借用与两起离奇命案毫无关联的警犬组办公室开会,其实是为了躲避新闻媒体而想出来的苦肉计。只有一大早就已经各自外出展开调查的"特搜组"成员,才知道要去哪里集合。

除了两三个人以外,"特搜组"的成员基本都在规定时间到齐了。他们将在接下来的会议上汇报调查结果,交换意见,然后共同制订接下来要采取的调查方针。

各位刑警汇报的内容大致如下。

藤冈刑事部长:

在日南贸易公司品川仓库正对面开药店的曾根喜助所提供的证词,对小河内惠美的离奇身亡事件有重大影响。

无论小河内惠美是死于他杀还是意外,曾根的证词都是破案的关键。

曾根称事发当晚曾亲眼看到仓库办事处正门的卷帘门于九点左右关闭,他跟一个叫西垣的烟草铺老板在药店门前玩将棋一直玩到十点多，某间无任何人进出仓库正门。基于他所提供的证词，应该是小河内惠美自己关闭了卷帘门，因此他杀的假设无法成立。

不过，理论上仍然存在一个可以杀害小河内惠美的凶手，那就是曾根喜助本人。假如曾根就是凶手，那自然不会出现其他的目击者。

因此，我对曾根药店的这位老板进行了极其慎重的询问。

从结论而言，曾根喜助是清白的。

仓库办事处和药店之间就隔着一条马路，抬头不见低头见的小河内惠美与曾根自然早已彼此熟知，关系好到早晚见面都会打招呼，收到了好吃的会一起分享，屋里没人时会帮忙照看。小河内还去借用过曾根家里的浴室。而且这种亲近关系并不仅限于小河内惠美与曾根两人之间，而是曾根一家上下都很欢迎小河内惠美。

我调查了八月二十三日晚曾根的行动，他确实外出过，但仅在店门前的一小片区域内活动，没有横穿过马路，没有去过对面的仓库办事处。

八点五十分之前他基本一直坐在店面和起居室之间的椅子上，时而起身接待客人，时而与家人闲聊。他的妻儿与一位住在附近的主妇待在起居室里吃着西瓜聊天，从起居室可以清楚地看到店内发生的所有事情。

时间来到八点五十分，曾根也走进起居室，拿起一块西瓜啃，随后表示"快九点了，该关门了"，说完他再一次走出店门，在路边站了一小会儿，之后开始给窗户上挡板。当时他的一举一动全都被身在起居室的邻居看在眼中。这位主妇在接受询问时明确表示，那时曾根最远也只走到离店门两米的地方而已。

也就是在上挡板的时候,烟草铺的老板路过。于是曾根丢下了弄到一半的挡板,在店门口的长凳上跟西垣先生下起了心爱的将棋。当时身在起居室内的所有人和烟草铺的老板都表示,在这一个多小时里,曾根半步都没从店门前的那条长凳上离开过。

由此看来,二十三日晚上,曾根喜助应该并未靠近或进入仓库办事处,因此他与小河内惠美的离奇身亡并无关联。

海野刑警:

我们前往日南贸易总公司探查了一番,得知了针对小河内惠美的风评。

首先是小河内惠美的人际关系出人意料地简单。她在公司里没有任何亲密的挚友,与所有同事都只是点头之交。而且没交过男朋友,有传闻说小河内惠美经历过一次极其失败的恋爱,并大受打击,所以才会有意识地与异性拉开距离。

其次就是小河内惠美非常喜欢喝酒,对酒精没有任何抵抗力可言,只要有人以酒相邀,她就肯定会上钩。但是她酒品堪忧,还因为喝醉而受过两次伤,一次是交通意外,一次是不慎从楼梯上滚下。

就结论而言,同事们口中的小河内惠美可以说是一个单纯善良的女孩,没有交往对象,所以不太可能因为感情方面的纠纷而招致他人的怨恨。

但她与同公司涉外部的穗积里子水火不容,尤其是在两人双双成为白领小姐的有力候选人之后,更是随便遇上点什么事就针锋相对，搞得周围的同事都跟着一起提心吊胆。

佐佐木刑事部长：

　　穗积里子是静冈县某制茶店的四女儿，为人极其高傲，喜欢选择外国男性交往。

　　最近她与身为某海外商务公司的驻日特派员、菲律宾人奥提兹交往甚密，据说两人的关系已经到了谈婚论嫁的程度。

　　据说她的消费观也跟择偶观一样，偏奢侈，公寓的房间里堆满了各种她让奥提兹掏钱买的高级家用电器。

　　另外，穗积里子的行动中存在若干疑点。八月二十三日那天她向公司请了假，没来上班。从这一天算起，已经连续无故旷工三天。

　　眼下河野刑警正赶往穗积里子位于神乐坂的公寓查探，应该很快就会有新的消息。

仓田警部补：

　　现已查明身为川俣优美子未婚夫的内藤邦利还有其他恋人，而此人正是因车祸入院的新洞京子。一开始内藤可能只是去探望父亲公司的入院员工，但花心的他却对同样身为白领小姐冠军有力候选人的新洞京子产生了特殊的兴趣。为人轻浮的他才第一次见面，就迅速拜倒在新洞京子的石榴裙下。

　　如此一来，就不该再将内藤邦利视为与川俣优美子利害一致的准受害者，而应该是与川俣优美子存在矛盾冲突，且具备作案动机的嫌疑人之一。

遗憾的是，内藤邦利二十三日当天的行动路线，与川俣优美子不存在任何交集。已经证实他从下午到夜里十一点左右的行动，均与川俣优美子的离奇身亡没有任何关联，我们只能将这段三角恋情视为与本案无关的旁枝末节。

至于川俣优美子在宣称和内藤一起出去玩的二十三日下午到晚上九点半这段时间里究竟去了什么地方，又跟哪些人见过面，至今仍未查明。

我与搭档还反复推敲了导致川俣优美子离奇身亡的直接原因，也就是吊棚崩塌的问题。吊架上没发现任何有人动过手脚的痕迹，且不可能有人不走楼梯，神不知鬼不觉地从屋外潜入优美子位于二楼的房间。我们意识到如果优美子是死于他杀，那么凶手能使用的手法就只有一种，那便是先用钩状物钩住吊架，然后拴一根绳索，将绳索抛出窗外顺墙面垂下，然后乘着船在海面上猛拽绳索。

然而，要实现这一手法，就必须提前去二楼的房间把钩状物钩在吊架上，再将绳索丢出窗外才行。只要做好了这一系列准备，接下来只要等每天九点半肯定会开窗就寝的川俣优美子关灯躺下，设法弄条船划到她窗下的海面上，看准时机拉动绳索即可。

川俣优美子高度近视，所以如果把带有绳索的钩状物布置在靠近灰暗天花板的角落，她大概率不会发现。而且崩坏变形的刚好是偏南侧，也就是位于窗户上方的吊架。案发现场的大致情况如图所示（见右图）。

如果稍微调整船在窗下的停靠位置，再把探出窗外的绳索向右侧拉扯，那就算从二楼室内看向窗口，也很难觉

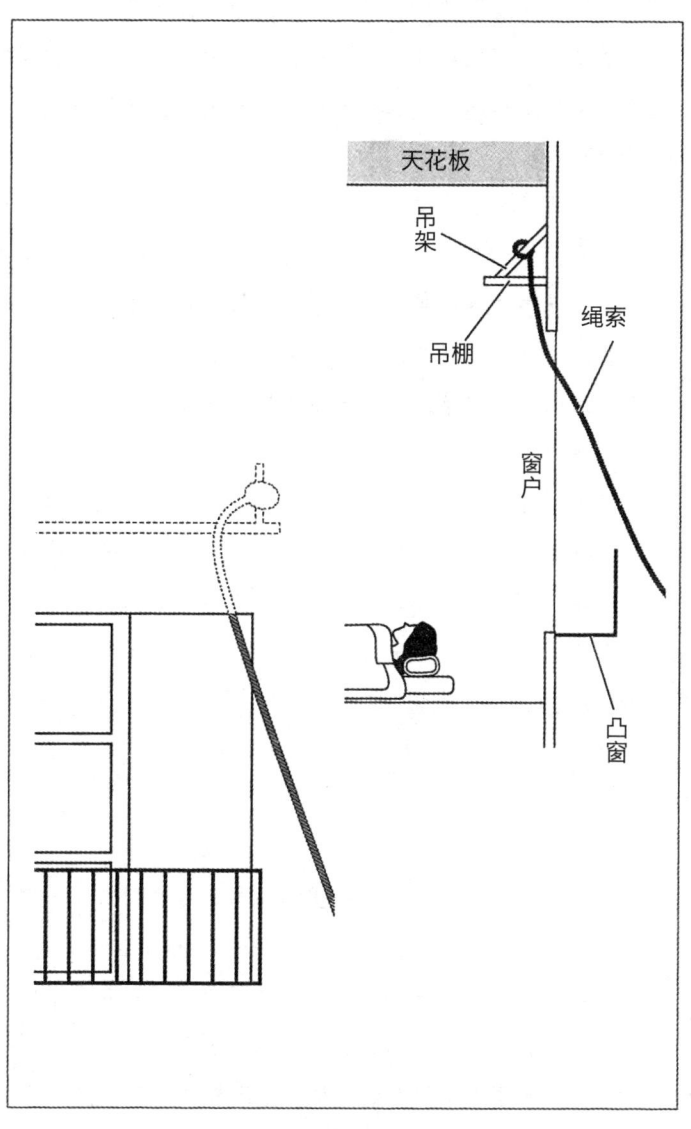

察到这条绳索的存在。更何况当天川俣优美子九点半才到家，一心只想着按作息时间就寝的她，肯定是急急忙忙跑上二楼，铺好床铺就喝下安眠药倒头睡去。本身就高度近视，并且急切地希望尽快入睡，没能发现钩状物与绳索也是理所当然的了。

而凶手只要待在船上盯紧二楼，就可以通过二楼亮起的灯光、掠过窗前的人影，以及灯光熄灭来确认川俣优美子已经就寝。耐心等上半个小时，待优美子差不多睡熟之后猛拽绳索使吊棚崩塌，失去着力点的吊钩自然会随着已经变形的吊架滑落，凶手再将系着钩状物的绳索收回船上逃离现场即可。

我再用示意图来讲解一下这个作案手法（见右图）。

我个人坚信这是唯一可行的杀人手法，事先将钩状物布置在吊架上的人一定就是凶手，而能做到这一点的，唯有穗积里子一人。毕竟自二十三日川俣优美子吃完午饭外出之后，就只有她曾于下午三点左右造访川俣家，并且进过位于二楼的案发现场。

平山刑警：

基于仓田警部补刚刚提出的观点，我来对二十三日晚川俣优美子家周边的情况进行一下补充，以供各位参考。

首先是出租船只的店铺。据我调查，那一带共有三家这样的店，这也就意味着凶手可以在租到船之后直接前往川俣优美子家窗下的海域。我去这三家租船店调查询问后，有以下三点收获。

第一，这三家租船店都是晚上七点结束营业，打烊后

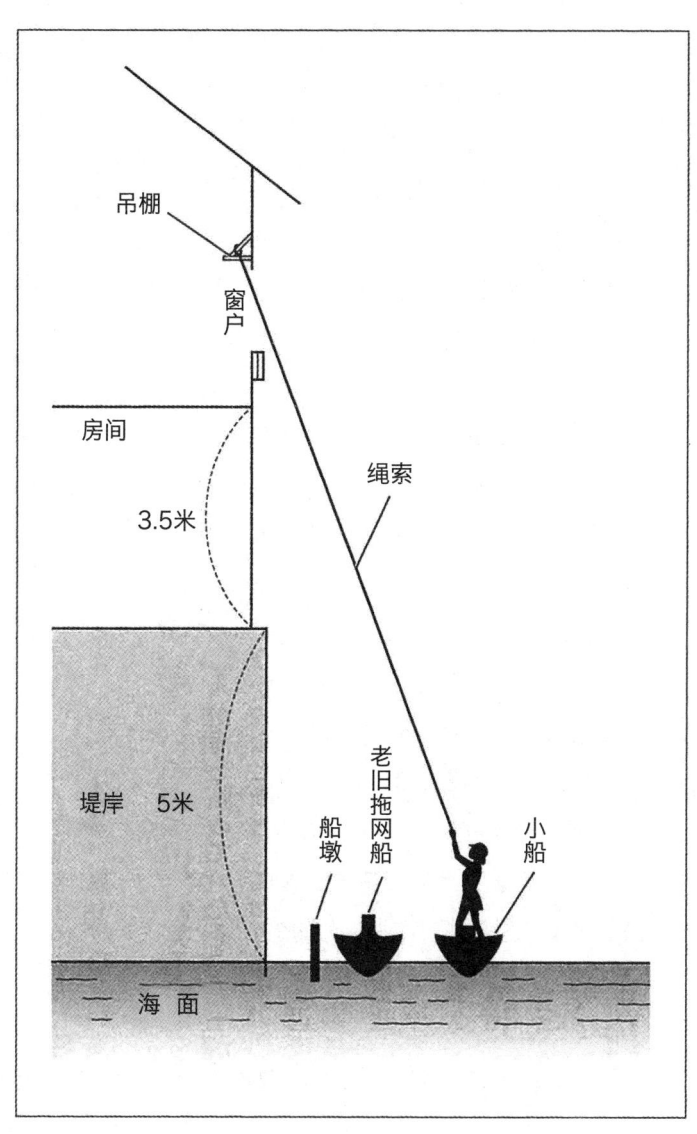

所有的船都会拴在码头上。

第二，二十三日晚上七点之后没人来店里租过船，也没出现船只离开港口或丢失的情况。

第三，三位老板都表示，晚上七点以后就没在河口或海面上见到过船，一艘都没有。

慎重起见，我还拜访了附近所有有私家船的住户，他们都表示事发当晚自己家的船没被外人擅自划走过。

此外，从河边的长屋到川俣优美子家这一带，住户相当密集，还存在不少家庭成员众多的大家族，夏天大家都喜欢在室外乘凉，二十三日当晚自然也是如此。可以说河口、海面、小巷乃至河岸边，全都在这群最爱看热闹的人的视野内，但当晚并未出现引起他们关注的异常情况或陌生人。

值得一提的是，二十三日晚九点左右到十点多，有一位工人和恋人一起坐在距离川俣优美子家大约二十米远的堤岸上看海，他们很笃定地说这段时间海上绝对没出现过任何船只或者可疑人物。

从对周边居民的询问结果来看，二十三日事发当晚，川俣优美子家附近应该没有任何异常情况。因此，我暂时只能对仓田警部补刚刚提出的钩绳假设持否定态度。

岸田井刑警：

我查到年仅二十岁的小河内惠美只与一位男性谈过恋爱，是一个叫相泽昌的花心鼓手。这个人可以说将玩弄女性视为副业，与小河内惠美交往三个月之后便将其残忍抛弃。之后的一年多时间里，他单方面彻底断绝与小河内惠美的所有来往，但在得知对方有可能成为白领小姐的消息后，意识到说不定有利可图，于是立刻主动现身，并试图逼迫小河内惠美回到他身边。

八月二十三日下午造访日南贸易公司品川仓库办事处的年轻男子就是这个相泽昌。小河内惠美应该是意识到对方很可能心怀鬼胎，才会在喝醉之后将唯一能证明两人曾经交往过的照片丢进煤气炉烧毁。

然而这个相泽昌也与刚才仓田警部补提到的内藤邦利一样，不能为案件的侦破提供帮助。他会在二十三日下午造访品川仓库办事处，只是为了夺回照片，并以此要挟对方跟自己恢复恋人关系，但与小河内惠美的离奇身亡没有任何关联。而且，这个相泽昌拥有案发时的不在场证明，那时他在卡巴莱歌舞餐厅"BABY SHOW"里演出呢。

不过，相泽昌的证词让我发现了一处之前从未留意到的疑点，那就是穗积里子没有出现在小河内惠美和川俣优美子两人的葬礼上。再加上佐佐木刑事部长刚才说穗积里子于事发当天请假了，之后还一直无故旷工。她的这一系列反常行为，在我看来恐怕已经不能只用可疑二字来形容了。

就在语气沉稳的岸田井刑警即将结束汇报时，池田搜查主任面前的座机突然响了，急促的铃声打破了宁静。

"是河野。"

池田搜查主任嘟囔一声后，拿起听筒贴在耳边，随即陷入了沉默，看似正在听河野刑警的汇报。一时间屋里所有人的目光都聚焦到了池田搜查主任的脸上。

"嗯……我们马上过去。"

说罢搜查主任挂断了电话，与此同时许多位在场刑警握紧了拳头。

"听了大家的汇报与看法之后，我留意到一件事……"搜查主任严肃地说道，"各位的调查方向明明大相径庭，最后却全都汇聚到了穗积里子身上。"

这时一道阴影落在他的脸上，大家抬起头，发现是一只飞蛾落在了灯泡上。在灯光的照射下，飞蛾翅膀上脱落的磷粉如银沙般缓缓飘落。

"河野刚刚打来的电话也印证了各位的猜想。"搜查主任抬头盯着灯泡上的飞蛾，继续说道，"穗积里子自二十三日下午六点左右消失之后，再也没回过她位于神乐坂的公寓。"

不知是谁从椅子上站了起来。

"刚才河野向我请示是否可以对穗积里子的房间进行搜查，这刚好与咱们'特搜组'接下来的调查方向一致。因此我决定大家立刻动身前往神乐坂，局里只留佐佐木和藤冈负责联络。大家别急着起身，先去个人到走廊上瞧瞧有没有记者盯梢再行动。"

池田搜查主任说完就站了起来，用壶里的茶水打湿毛巾，擦了擦脖子上的汗。

岸田井刑警去探查记者的情况，很快就回到门口冲屋里招招手。池田搜查主任用手指弹飞了落在办公桌上的飞蛾，随后大步向门口走去。各位刑警一齐起身跟上，脸上都带着一丝紧张。

穗积里子租住的公寓叫"南平庄"，距离饭田桥约十五分钟车程，属于神乐坂一带地势相对较高的地方。"特搜组"一行人在快十点的时候抵达"南平庄"，身穿睡衣睡裤的公寓管理员正一脸不安地与河野刑警对坐。看到一队警察出现在公寓入口，他脸上的不安瞬间又加重了几分。

"抱歉大晚上的过来叨扰。"池田搜查主任笑着跟管理员客套了一句。

"哪里……"

这位看起来三十岁左右的管理员怯生生地站了起来，感觉像是老婆事业有成盖了这间公寓，顺便给了他一个管理员当似的。

"听说穗积里子人不见了？"

"嗯，二十三号傍晚之后就再没见过她了……"

"之前出现过类似的情况吗？"

"欸？"

"就是她之前是否也曾像这样连续两三天不回家，或者连个招呼都不跟你打就外出旅行？"

"我记得，没有过……"

"如此说来她这是头一次长时间外出不归。"

"是的。"

这两位在口才上的差距简直就像手推车碰上了喷气式飞机。池田搜查主任的问话技巧和犀利程度在整个搜查一课都是出了名的，这位公寓管理员的回应却总是抓不到重点，听得人云里雾里。

"那穗积里子二十三号是几点出的门呢？"搜查主任看着通往二层的楼梯问道。

"这……我也不太清楚。"

之前一直用指尖划着管理室玻璃的管理员终于停下了手上的动作。

"可你刚才不是说二十三号傍晚之后就没再见过她了吗？"

"嗯，我是这么认为的。"

"她当时身上穿着什么样的衣服，带没带行李，这些你还有印象吗？"

"没有……那个什么，其实我并没看到她出门。"

"哦，那你为什么说她是在二十三号傍晚消失的呢？"

"刑警……首先，我从不监视住户的出入情况，其次，这栋公寓总共有十五个房间，住户三十名，除了正门还有后门和消防通道可以进出。"

"你这话是什么意思？"

"所以就算我没亲眼看到某位住户出门，也能觉察到'哦，这个人出去了，之后就没再回来过'。"

池田搜查主任似乎渐渐明白管理员想要表达什么了，于是轻轻点了点头。

"那么，你是基于什么，才做出'穗积里子二十三号傍晚离开了公寓'这一判断的呢？"

"这个嘛……"

管理员啰唆地回答了一番，梳理之后刑警们才总算弄明白他的根据大致如下：

八月二十三日傍晚六点左右，有一位女性访客来管理员室问了一句"穗积里子是不是出去了"，管理员回答不清楚，来访的女性就径直去了二楼。但没过一会儿她就回来了，说是穗积里子的房门锁着，问管理员能不能帮忙把门打开。管理员一头雾水，于是问这位女访客究竟是怎么回事。

女访客表示自己先是走消防通道去了穗积里子家，敲门后没人回应，但门没上锁，她自己开了门，进屋一看，发现穗积里子果然不在家，可看屋里的情况也不像是出了远门的样子，所以她又下楼特意来管理员室打听穗积里子是不是出去了。得知管理员并不知情后，她决定拿回刚才随手放在屋里桌子上的手提包，但回到了二楼却惊讶地发现房门锁上了。这意味着刚才屋里还空无一人且房门未上锁，在她下楼询问管理员穗积里子是否外出的这段时间里突然就锁上了。

"但根据你的描述来看，其实并不能确定她是在穗积里子的房间里待过一段时间了，还是像她所描述的那样，是在傍晚六点左右到的这间公寓。"

池田搜查主任的眼神明显透露出激动。

"是这样的没错，可她表示自己的手提包还被锁在屋里，我只好拿上备用钥匙跟她一起去了穗积里子的房间。当时房门确实是锁着的。"

"但也有可能是她自己把门锁上的……"

"如果是这样，那她何必故意把自己的手提包锁在房间里，再下楼来找我帮忙开门呢？"管理员像是也被离奇的案情吸引，开口反驳道。

"这么做当然是要强调她六点左右来到了公寓，而这时穗积里子人并不在房间里。"搜查主任有些不耐烦地解释道，又抛出了新的疑问，"你认为穗积里子当时就在公寓里吗？"

"是的，虽然我也是之后才听说的。当天五点四十分左右，来过中华面馆的外卖，穗积小姐是亲自在房间门口从送餐员手上接过两碗拉面的。所以至少五点四十分之前，她肯定在自己的房间里。"

"两碗拉面……"

"估计当时有客人在吧，不过穗积小姐是怎么如烟一般消失的呢……"

"在帮那位女性访客开门时,你有跟她一起进入穗积里子的房间吗?"

"嗯,进了,要把她的手提包取出来嘛。当时我清楚地看到桌子上摆着两个空的拉面碗。"

"房间里没有看起来不对劲的地方吧?"

"我没太留意,就记得屋里不怎么乱,而且确实空无一人。"

"这位请你帮忙开门的女性有过什么可疑的举动吗?"

"可疑的举动……具体指什么呢……"

"比如过于刻意的表情……之类的。"

"我个人感觉没有……她接过自己的手提包之后就一脸困惑地离开了。而且据我所知,穗积小姐比较任性,以她的脾气,就算是把客人的手提包锁在房间里不辞而别,也一点儿都不奇怪。"

"穗积里子平时经常从后门出去吗?"

"我印象中她经常走消防通道。"

"嗯……也就是说,自从那天她神秘消失之后,就再也没回来过了,对吗?"

"对。我去敲过两次门,再就是刚刚提到的那家中华面馆,他们家的送餐员跟我抱怨说为了拿回那两个碗来过好几次了,但她既没按规矩把空碗放在门外,敲门屋里也没人应。送餐员还跟住在旁边的邻居打听,大家纷纷表示最近都没看到过穗积小姐。"

"穗积里子家的钥匙也跟着不见了是吗?"

"当然,钥匙没插在屋内的锁头上,想必穗积小姐是像平常一样从外面把门锁上,就带着钥匙出去了吧。"

"你对那位女性访客的记忆没有偏差吧?"

"不会有错的,因为她长得非常漂亮。"

约了客人来自己却未露面,还在客人短暂离开的时候锁上门后人间蒸发,不顾对方的东西还在屋里。穗积里子的这一系列行动无论怎么看都太过诡异了。池田搜查主任暂时什么都没说,嘴上叼着希望牌香烟缓缓回头,像在征求大家的意见一样扫了一遍身后的同事们。

"如果她人还在房间里,恐怕已变成一具尸体了。"仓田警部补说道。

管理员在听到"尸体"二字后瞬间脸色大变。

"可是最近这么热,尸体会迅速腐坏发臭,邻居们不可能闻不到刺鼻的尸臭啊。"平山刑警反驳道。

"那就是……畏罪潜逃?"

岸田井刑警抬头看着天花板轻声说道。尽管没人接他的话,但并不意味着大家无视了岸田井刑警的发言。如果她的消失是畏罪潜逃,那就意味着穗积里子与小河内惠美及川俣优美子的离奇死亡存在莫大的关联,甚至她可能就是直接参与了这两起谋杀案的凶手。既然她是二十三日傍晚六点左右从公寓消失的,那理论上就可以在这之后造访小河内惠美,并在晚上十点左右用未知手法使川俣优美子头部上方的吊棚崩塌。

"人突然消失了也不一定就是畏罪潜逃,没准是被谁骗出去灭口了也说不定啊。"河野刑警说道。

"确实……"

池田搜查主任吐掉一直叼在嘴上的香烟,点了点头。

"她不可能畏罪潜逃——"

"可万一她就是凶手——"

搜查主任打断了平山刑警的发言，板着脸继续阐述自己的想法。

"这可不是因私怨而起的盗窃案，如果穗积里子是凶手，那她的作案动机就是铲除竞争对手。可要是干掉目标之后必须畏罪潜逃，她做这些不就是无用功了吗？"

一行人再次陷入了沉默，只有钟摆左右晃动的声音回荡在安静的管理员室内，显得很刺耳。

"总之还是先去穗积里子的房间看看吧……"

仓田警部补用余光瞥着旁边的大钟，向前迈了一步。

池田搜查主任似乎已经下定了决心，转身走向管理员。

"总之先带我们去二楼的七号室看一下，你这儿应该有备用钥匙吧？"

"可是……现在已经很晚了，其他住户应该都睡下了，你们看是不是明天再……"管理员黑着脸，一脸为难地说道。

"我们会尽可能安静一些，不会给住户添麻烦的。"搜查主任严肃地做出了承诺。

"那……能出示下搜查令之类的……"

"我们手头没有正式批文，但案情重大，一切责任都由我来承担。"

搜查主任说着拿出一张名片，塞到了管理员的手里。管理员看起来被搜查主任的气势镇住了，干巴巴地眨眨眼，朝后缩了缩。

一行人蹑手蹑脚地爬上楼梯，来到了二楼。目的地七号室位于呈钩形弯曲的走廊尽头，可以看到门边的墙上贴着印有"穗积里子"四个字的女性专用小号名片。

平山刑警从被吓得呆站在一旁的管理员手中拿过钥匙，转身将其插入钥匙孔中。只听咔嚓一声脆响,门锁开了,而大家的紧张目光也都集中到了面前的这扇门上。

再轻轻一推,门便发出刺耳的嘎吱声打开了。

"你也跟我们一起看看吧。"

小声叮嘱过管理员之后,搜查主任便走进了房间,其他"特搜组"成员则一言不发地跟在他身后,双眼忙碌地审视着屋内的各个角落。

这是个才十平方米的方形西式单间,大家脱下的鞋直接把门前的水泥空地塞了个满满当当。位于南侧的大窗户关着,房间里十分整洁。靠内侧有一道帘子半掩着,透过缝隙可以看到里面是一个小小的厨房,水龙头还在断断续续地往下滴水。厨房旁边是装有抽水马桶的洗手间,搜查主任打开门一看,果然空无一人。以上就是穗积里子房间的大致情况。

没有任何反常情况,也没有刑警们刚才提到的尸臭。发现屋内没什么不妥之后,一直呆站在门口的管理员心里悬着的那块大石头总算落了地,以至于他直接一屁股坐在了门框上。

仓田警部补用指尖轻轻滑过桌面,然后看着变得黑乎乎的手指肚,终于开口说道:"果然没人在啊……"尽管灰尘并不是很厚,但也确实布满整个桌面,足以证明这个房间应该已经两三天没住过人了。

"等等,大家先站在原地不要动。"

池田搜查主任突如其来的指示,使得刚刚还在房间里四处转悠的大伙儿同时停下了脚步,屋里随即变得如同海底一般安静。

"是不是有什么声音……"搜查主任压低音量说道。

一连串低沉的嗡嗡声撼动了室内的空气,尽管音量很弱,但这类似高压输电线工作噪声的蜂鸣声毫无疑问就来自房间内的某处。

大家仍旧一动不动，闭上眼睛侧耳倾听，努力寻找声源的位置。

"是它！"

河野刑警抬起手指向房间的角落，轻声喊道。一台看样子刚买回来不久的大型白色电冰箱杵在那里，反射着冰冷的灯光。

"看来她走之前没有拔掉电源。"

还没等搜查主任把话说完，岸田井刑警已快步来到冰箱前，打开了冰箱门。

"天哪——！"

从正面往冰箱里瞧了一眼的管理员突然发出不可名状的惨叫。他这一声喊，让早已身经百战的刑警们也不禁屏住了呼吸，瞪大眼睛朝冰箱里看去。

原本用来将冰箱内部分为三层的隔断全被拿掉了，冰箱里的空间被一位年轻女性占据，她身着无袖衬衫和短裤，脸上覆着薄薄的一层冰晶，那优美的面容让人丝毫联想不到"尸体"这个词，给人一种说不定下一秒她就会从冰箱里走出来的毛骨悚然感。

"这一定就是穗积里子了。"

一片死寂的房间里，只有河野刑警自言自语的声音响起。

9

虽然眼看就到午夜时分了,"南平庄"里却像有人捅了马蜂窝一样热闹。正门前停着好几辆车,身穿制服的刑警已经组成人墙,严禁任何人员进出。尽管警方说过不准住户们离开自己的房间,但还是有很多一楼的住户穿着睡衣聚集在楼梯口,怯生生地仰望二楼。二楼的住户们更是半敞着房门,一个个从房间里探出头来,朝着七号室的方向偷瞧。

现在的七号室里挤满了胳膊上戴着"搜一"或"鉴识"臂章的警务人员。已经被吓得嘴唇煞白的管理员精神恍惚地置身于其中,看着眼前的人们忙个不停。

"能给我个大致的死亡时间吗?"池田搜查主任抓住一位鉴识课的人问道。

"真的不好说,要等解剖结果出来之后老前辈发话。"这位年轻的鉴识课成员摆出一副与年龄不相符的成熟表情回答道。

"那死因呢?"

"估计是窒息致死,因为体表无外伤。"

"有没有可能是被冻死的?"

"这不可能。地球上的空气中只有百分之零点零三是二氧化碳,一旦这个比重达到百分之零点一以上,人类就会因为呼吸困难而脸色大变、头痛欲裂。达到百分之零点五到零点七时，人类就会感到头晕目眩，时间再久一点就会陷入窒息状态。从这台冰箱的容积来看，就算被关在里面的人每分钟只呼吸二十四次，其内部的二氧化碳浓度也会在一分钟内达到百分之三，预计在三分钟内达到百分之七，再往后拖自然只会更凶险。因此，她在被冻死之前应该早就因窒息而亡了。"

"鉴识课的结果要什么时候才能出来呢？"

"我看得明天下午吧。"

"我可等不到那时候。"池田搜查主任一脸不满地说道。

"特搜组"的成员纷纷感同身受般地点了点头。

"不过……"年轻鉴识员说道，"感觉可以通过现场的情况推测出死亡时间。不是在冰箱内侧发现了呕吐物吗？依我看，那肯定是受害者在陷入窒息的痛苦之后吐出来的。呕吐物中主要是拉面，看状态基本没怎么被肠胃消化，这意味着受害者应该在被关进冰箱之后没多久就死亡了。"

这段话让"特搜组"成员的目光齐刷刷地投向了旁边的桌子。两个底部还残留着一些汤汁的拉面碗跟用过的筷子一起摆在桌面上。

"河野……"

搜查主任用眼神示意属下，河野刑警心领神会地点了点头，走到管理员身边跟他聊了两三句之后，离开了七号室。

从眼下的情况来看，穗积里子至少有百分之九十的可能是死于他杀。屋里的这台冰箱是全新的，从未使用过，配套的金属网架被拆掉之后放在了冰箱的上面。人一旦被塞进这个逼仄的空间中，就根本无处发力，再加上这种有卡扣式把手的冰箱只能从外侧打开，也就意味着穗积里子被彻底锁在了完全密封的铁质箱体之中。就算她大声哭喊，外面的人也听不见，而且她挣扎得越激烈，对密封空间内氧气的消耗也就越大，自己的死期来得也就越快。

那么，对方是用什么方法将里子塞进冰箱里的呢？毕竟冰箱内的空间十分狭窄，想把一个大活人塞进去可不容易。凶手应该是先设法剥夺了里子的人身自由，然后才将她关进了冰箱里。或是用花言巧语将她哄骗到冰箱门前，或是设法让她主动摆出容易被推进冰箱的姿势。

"真亏凶手能想到利用冰箱杀人这种匪夷所思的作案方式啊。"平山刑警说道。

"我倒是觉得这手法异常精妙。"池田搜查主任"啧"了一声之后说道，"这种手法无须凶器，还能掩盖受害者发出的响动，且不会在案发现场留下血迹，更不用担心在作案时留下线索，同时能延缓尸体被人发现的时间，能做到如此干脆利落的谋杀案可不多见啊。"

"还能在一定程度上使咱们警方无法推算出受害者的准确死亡时间。"

"人体在死亡之后发生的变化，其实是酶所导致的人体自我分解，然而这种变化只有温度在十到六十摄氏度下才会正常进行。无论尸体所处的环境温度过高，还是像现在这样被关在冰箱里，都会使这种分解的速度放缓，从而导致对受害者死亡时间的确定工作变得更加困难。"

"想得可真周到啊……"

年轻的平山刑警仿佛正面对着并不在现场的凶手一般，怒气冲冲地低声嘟囔道。

这时，一列就像玩具似的电车正好从窗下经过，似乎是趋末班车，密密麻麻挤在车厢里的乘客站在被拉成一条直线的灯影之中。

河野刑警用楼梯转角处的座机打了个电话，挠着头回到了房间。

"唉，这位脾气可真不小，刚接起来就质问我大半夜的给他打电话是什么意思。"

"所以问清楚了吗？"搜查主任并未体恤河野刑警的难处，只顾着催他。

"问清楚了。应该八月二十二日下午，由铃木电器商会的三名工作人员及一名搬运工合力将冰箱搬进这个房间的，跟管理员记忆中的时间完全一致。"

"真亏他们能把这么大一台冰箱弄进门啊。"

"不，据说是通过南侧的窗户弄进来的。"

"赠送者是谁呢？"

"还真是那个叫奥提兹的菲律宾人。"

"送了这么多东西，再加上电冰箱，就算是穗积里子，应该也没什么可挑剔的了吧。"

池田搜查主任说着，目光扫了一遍房间里的所有家用电器，心想我家里现在也只买了电烤炉和电风扇而已，她居然能让男方掏钱给自己买这么多电器。

这绝非自嘲、羡慕或谴责，他只是打心底里对眼前的事实感到惊叹罢了。

"但有一点还是蛮诡异的。"河野刑警说道，"奥提兹是八月初前往铃木商会订的这台电冰箱，但八月十四日时他再次前往商会，说自己已经跟女友分手了，所以电冰箱不要了。"

"你说他们分手了？那这台电冰箱又是怎么被送到这儿来

的？"

"诡异就诡异在这里啊。商会的人说奥提兹八月二十日打来电话，说自己又想买电冰箱了，还嘱咐他们务必在二十二日把货送到这间公寓来。"

"这个电话是奥提兹本人打的吗？"

"不，商会的人说感觉是由别人代打的。打电话的人还说想下个月再付款，奥提兹是铃木商会的老主顾了，他们当场就答应了这一要求。不过奇怪的是，这次订的冰箱型号与之前的不同。"

"不同在哪里呢？"

"奥提兹最开始向铃木商会订购的，是容积二百零五毫升的N-200冰箱，而后来这通代打电话订的，是容积三百升的大容积冰箱。"

"你说什么！"

河野刑警的这段话让搜查主任的眉头瞬间皱成一团。

"N-200是家用型，但三百升的冰箱已经属于面包店和学校食堂才会用到的商务级大型冰箱了。住在公寓的住户为什么要订这么大的冰箱呢？铃木商会的人也感到很不可思议。"

刑警们听后也都觉得奇怪，这条信息可以说相当重要了。把一个大活人塞进家用冰箱绝非易事，但如果是高达一米六的大型冰箱，那只要先控制住目标人物，再调整好角度，就能把穗积里子顺利地关进去。也就是说，这个打电话订购大型冰箱的人，极有可能就是犯下此案的凶手。

凶手得知奥提兹准备送冰箱给穗积里子，便以他的名义将用于作案的大型冰箱送进了穗积里子所住的公寓。至于什么代打电话就是彻头彻尾的谎言，第二次打电话订冰箱的家伙毫无疑问就是凶手本人。

就在这时，岸田井刑警的声音突然响起。

"找到钥匙了！"

"在哪儿？"搜查主任怒气冲冲地反问道。

"在报箱里面。"

岸田井刑警边从被塞得满满当当的报箱往外掏着报纸边回应道。

塞在报箱里的早报和晚报加起来共有七份，压在最下面的是八月二十三号的晚报，最上面的是二十六日的早报。而且最上面这份报纸上有明显的褶皱和破损，可见应该是被送报员用蛮力强行塞进报箱里面的。

"钥匙夹在最下面的二十三号的晚报里面。"

就连从业多年的岸田井刑警也因为有新发现而激动得脸上泛红。

"这些报纸应该没被人动过。"

"应该没错。"

"也就是说，穗积里子从二十三号的晚报开始就再也没看过报纸了。那凶手就是从房间外侧锁的门，然后蹲下把钥匙放进了报箱里。凶手八成是希望咱们警方在发现钥匙位于室内后做出穗积里子是自杀身亡的误判，蠢材，如此幼稚的花招只是在自掘坟墓罢了。"

"既然钥匙被夹在二十三号的晚报里……"

"没错，这就意味着凶手是在二十三号晚报送达后，到二十四号早报送达前这段时间内离开房间的。从穗积里子连二十三号的晚报都没动过的情况来看，凶手离去的时间很可能就在晚报被塞进报箱后不久。"

不知不觉中都聚集到报纸堆周围的刑警们，仿佛蒙在眼前的浓雾突然散去一般，纷纷露出会心的笑容。躺在桌面上的那把小钥匙则像解开谜题的关键线索一样闪着微弱的银光。

这时河野刑警挤进人群，看了看上司。

"辛苦了。"池田搜查主任满怀期待地说道。

"送拉面的是神乐坂路口附近的一家名叫山水亭的中华料理店，穗积里子是他们家的老主顾了。八月二十三日下午五点半左右，她本人打电话叫了两份拉面的外卖，送达时间是五点四十分左右。"

"拿外卖的是谁？"

"就是穗积里子本人，送餐员说她当时穿着短裤，还隐约看到屋里有一位客人，但那人的上半身刚好处在门形成的阴影里。不过送餐员留意到门口整齐地摆放着一双白色高跟鞋，而且这位客人正坐在椅子上，露出白色紧身裙的裙边和两条丰盈的美腿，因此可以确定来人肯定是一位女性。送餐员说关上门准备离开的时候，屋里的两位已经吃起拉面来了。晚上八点左右，送餐员为了拿回空碗和收取餐费再次登门拜访，然而屋里没了动静。那天之后他每天都会过来一次，还曾经透过钥匙孔观察屋里的情况，但没发现任何异状。"

河野刑警一鼓作气完成汇报，众人听罢议论了一番，发出类似潮水拍岸的嘈杂声，但最终还是陷入令人紧张的寂静之中。

如此看来，这位送餐员在二十三日傍晚五点四十分左右目击到的女性访客，应该就是六点左右跑到公寓管理员那里打听穗积里子是不是出去了的年轻美女。

"你觉得呢？"搜查主任转向仿佛幽灵一般悄悄站起来的管理员，问道。

"嗯，她穿的应该就是白色高跟鞋……"管理员用沙哑的声音给出了肯定的回答。

冰箱内侧的那些呕吐物，就是穗积里子生前与这位访客一起吃的拉面，警方事后还从这些呕吐物中检测出了安眠药的成分。利用安眠药使目标人物在一定程度上丧失行动能力，再将其关进冰箱之中——现在已经可以确定，穗积里子是死于谋杀了。

仓田警部补来到管理员面前，拿出另外九位白领小姐候选人的照片给他看。管理员从最边上的那张开始，仔细地端详起照片中的人来。

"就是她，那天的访客就是这个女人。"

所有刑警的视线齐刷刷地汇聚在管理员指着的那张照片上，上面是一位五官标致的美女。

"是杉静子——双叶电机公司的职员。"仓田警部补以一种事实与预测相悖时才会有的困惑语气轻声说道。

10

天刚蒙蒙亮,一片云孤零零地停在淡蓝色的天边,渐渐被朝霞染成红色,像在提醒人们今天也会异常闷热。警视厅把"白领小姐候选人谋杀案特搜总部"设置在被乳白色晨雾笼罩的神乐坂警署。

"特搜组"自然是作为主力加入其中,这意味着他们终于展开正式调查了。

"总部"的墙上贴着一张两米见方的大白纸,上面画着案情示意图。虽然正盯着这张图的每双眼睛都严重充血,但眼神中都没有丝毫疲惫和愚钝,而是个个炯炯有神。

这幅示意图如下方所示。

最有希望荣获白领小姐头衔的五人中已有四人死伤,而且有三名死者相继于八月二十三日傍晚的五个小时内身亡。就算案情从表面上看再怎么离奇复杂,也让人无法将她们的香消玉殒视为单纯的意外身亡了。

讽刺的是,"特搜组"原本准备作为调查突破口的穗积里子,反而是三名死者中最早遇害的一位。身为死者的她当然不可能参加另两位遇害人的葬礼,自然也不可能是杀害小河内惠美和川俣优美子的凶手。"死亡"这项最强的不在场证明证实了

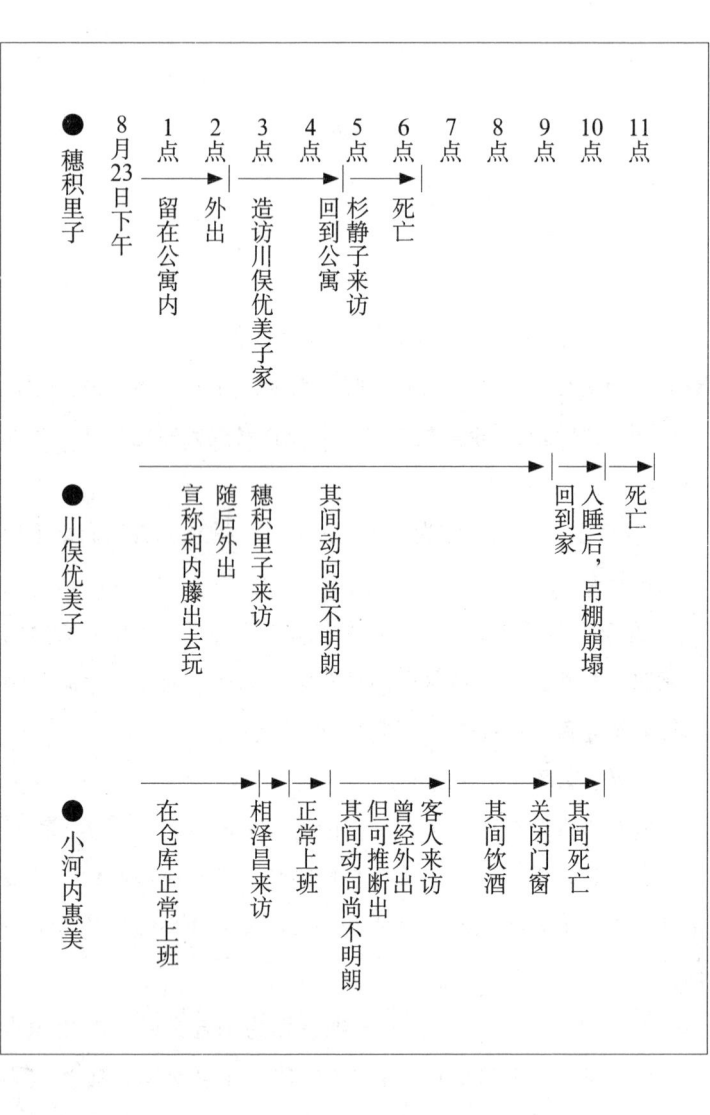

她的清白。

随着调查的进展,警方现已能窥见整个案件的全貌。

在拂晓时分举办的第一次调查会议上,警方将这一系列事件定性为一场早有预谋的连环杀人案。凶手分别在六点、九点和十点,先后对穗积里子、小河内惠美和川俣优美子施以毒手。

这三位受害者彼此交恶,且分别有异性关系。在调查过她们的男友、前男友之后,警方暂时排除了他们的嫌疑,不过也不能说他们完全没有作案的可能,只是尚未发现足以将这几位定性为"嫌疑人"的线索。

另外,就算再怎么巧合,也绝不至于这三对男女都挤在八月二十三日晚上那短短的五个小时之内爆发矛盾。

犯下这三起命案的应该是同一个人,此人的企图自然再清楚不过,那便是通过减少竞争者使白领小姐的桂冠落到自己所希望的那个人头上。

要达到这一目的,就得想方设法将小河内惠美与川俣优美子的死都伪造成意外,同时让人看不出穗积里子是死于他杀。凶手最希望看到的,自然是这三人的死全部被定性为"意外身亡",这样是最安全有利的。再不济警方应该也会做出类似"穗积里子先后杀害了小河内惠美与川俣优美子,并最终因为承受不住负罪感的苛责自杀身亡"的判断。为此凶手想出了利用电冰箱将人杀死的残忍手段,只为隐瞒穗积里子其实在所有受害者中最先身亡的事实。

再有一点就是,凶手在这三次谋杀中均未采取刺杀、殴打、绞杀之类会直接对受害者的肉体造成伤害,并可能导致血液溅到自己身上的暴力行径,而是全部利用案发现场的物品,完成对目标的杀害。

综合三起案子的共同特征，可以推导出以下四点。其一，凶手始终在尝试将受害者的死伪装成意外。其二，这绝不是一时间被愤怒或者仇恨冲昏了头脑所导致的激情杀人，而是事先做好了缜密计划的蓄意谋杀。其三，凶手认为自己的体能无法胜任暴力杀人，而且很排斥过于残忍的杀人手法，同时能将计划制订得如此细致周到，凶手很可能是一名女性。其四，三起谋杀案的共同特征足以证明它们皆出自一人之手。

如此一来，杉静子与新洞京子，以及所有跟她们有关的人自然就成了调查当下嫌疑最大的。如果在白领小姐选美大赛中排名靠前的五名东京代表中有三名退出比赛，杉静子和新洞京子就将有更大概率获得冠亚军。再加上之前她五个人经常一起出席活动，对彼此的家庭条件、生活习惯和性格知道得一清二楚，若心生歹念，想必可以很容易地制订出犯罪计划。

尤其是杉静子，从现有的信息来看，穗积里子身亡时她毫无疑问就在现场附近。而带着中国酒和鸡肉去拜访小河内惠美的人也很可能是女性，因此就算同样是杉静子也不奇怪。具体实施起来就是：五点五十分左右，杉静子将穗积里子关进了冰箱，之后上演了一出"取包戏"，试图给公寓管理员造成穗积里子不在家的印象。紧接着她立刻离开神乐坂，前往品川，这样就能在七点左右以访客身份出现在小河内惠美所在的品川仓库办事处。九点完成她此次"造访"的目的后，再赶往位于大森海岸的川俣优美子家。从品川过去，打车的话只要二十分钟，她应该有充足的时间做准备，然后等十点弄塌吊棚，使旧电视和大量瓷器一股脑儿砸到川俣优美子的头上。

若假设杉静子为凶手，整个犯案过程看起来并不存在时间上的问题，那么侦办重心就来到了作案手法上。即便警方对时间和案发现场周边进行了详尽的调查,却依然未能查明她是耍了什么花招,才成功杀害小河内惠美和川俣优美子的。接下来就看能否通过探访她的亲友及同事,弄清楚她的作案手法了。

至于新洞京子,拥有因伤住院这项不在场证明的她,实在很难被归入嫌疑人的范畴。

从现实角度来看,她也算是本案的受害者之一。早在八月十三日她便出了车祸而受伤入院,只能说是奇迹般地只伤到了左脚。那场事故很可能并不仅仅是一场意外,而是像她本人所极力主张的那样,是因为车子被事先动过手脚而人为制造出来的车祸。

白领小姐的五名有力候选人之中只有杉静子一个人毫发无伤,这几乎等同于向所有人宣告她就是那三起命案最大的受益人。即便基于此,警方也必须先集中精力对杉静子展开调查。

得出这一结论后,第一次调查会议便宣告结束。这时已经差不多五点半了,地铁的运行声和上班族急促的脚步声搭配着城市生活的鲜活画卷,映在神乐坂警署靠铁轨那一侧的二楼窗户上。

特搜总部的成员很快就按分工不同成立了"杉静子组""新洞京子组""穗积里子组""川俣优美子组""小河内惠美组"和"选美大赛相关者组"等多个调查小组。

仓田警部补和岸田井刑警都被分到了"杉静子组"。

组长分配完任务之后,岸田井刑警笑着说道:"这下咱们又在一起了。"

"可能是咱们俩必须凑到一起,才能发挥出相当于一位警员的办案能力吧。"仓田警部补边揉着因整夜没睡而酸痛不已的眼睛边回应道。

"其实,我在穗积里子的房间里找到了一样奇怪的东西。"岸田井刑警从上衣内袋里掏出一个白色的信封给搭档看。

"这是什么?"

"一封信。是在穗积里子房间里的电暖炉上看到它的。"

"写了什么?"

"你自己看一遍吧。"

看起来似乎不怎么感兴趣的仓田警部补从搭档手中接过信封,又揉了揉眼睛,才看了起来。然而才看了两三行,他的两只眼睛就瞪得老大。

"这什么情况……"

我们正处于一个宣传为王的时代,如果能把握机遇,成为媒体的宠儿,别说全日本,没准连做全世界第一的女王也并非痴人说梦吧。即便你是个默默无名的女孩……

看着搭档百思不得其解的样子,岸田井刑警露出了得意的笑容。

"内容跟咱们之前在川俣优美子家发现的那封信一模一样,对吧?"

"确实……"

"现在就感到震惊还为时尚早,你猜怎么着?同事们在小河内惠美的遗物中也发现了一模一样的慕名信。"

"竟有这种事!"仓田警部补低声发出惊叹,"无论是信封还是信纸,都完全一样,连文末署名也都是一样的'你的粉丝敬上'。"

"而且这笔迹明显出自女性之手。"

"会不会是恶作剧?"

"不清楚,但看起来不是很像死亡宣告吗?"

"总之交给鉴识课吧。"

岸田井刑警的脸上再度露出了笑容。

"对了,我还从鉴识课那边得知了一个新消息。"

"如果你指的是他们在穗积里子房间的地面上发现了十几粒安眠药,且成分与拉面中混入的安眠药完全相同的话,那我也知道了。"

"问题是这十几粒药片跟散落在川俣优美子枕边的安眠药也是同一种安眠药。"

"不是说那是市面上都能买到的药吗?"

"是,很遗憾,确实是随便进个药店就能买到的常见药物。"

"但相同的安眠药和慕名信出现在了两起命案的现场,这应该还是值得咱们多加留意的吧……"

仓田警部补说着用力地揉了揉额头。

因为抽了一宿烟而喉咙干涩的刑警们纷纷把冰镇过的牛奶灌下肚,之后便顶着让人冒汗的阳光离开了警署。

一直到下午两点,特搜总部都未收到任何振奋人心的报告。联系过机场后得知奥提兹已于八月二十一日晚九点四十五分在羽田机场搭乘经马尼拉前往曼谷的航班返回菲律宾探亲,可见这个外国人与穗积里子的死并无关联。再就是法医提供给警方的尸检报告中写明了穗积里子的死因与推测死亡时间,基本和"特搜组"在案发现场得出的结论一致。大半天的调查,到头来却只得出了这两个结论。

然而谁能想到,两点时打进特搜总部的一个电话,又令众人陷入更深的失望之中。电话是"杉静子组"的仓田警部补打来的,他用微微颤抖的声音带来了调查再度受挫的消息。

"我们先后造访了她位于青山一丁目的住处和双叶电机总公司,但都没能见到她。公司里的同事表示杉静子说要出去旅游几天,从昨天开始休假了,假期共四天。她住处的主妇也说曾在昨天中午看到她拎着一个旅行包出门。眼下岸田井刑警还在继续追查杉静子的行踪,但貌似她没向任何人透露此行的目的地,因此想找到她恐怕会非常困难……"

挂掉电话,池田搜查主任咬着嘴唇陷入了沉思。

杉静子不仅是这一系列命案的重要知情人,还具有重大嫌疑,今天本打算请她进组协助警方调查,结果却扑了个空。

她究竟去哪里了呢——

搜查主任抬起头看向窗外,一道飞机留下的航迹云笔直地划过一望无际的湛蓝天空。

11

完成汇报之后,仓田警部补离开了位于走廊角落的红色公共电话,朝着电梯的方向走去。

杉静子已不知所踪,双叶电机总公司这边应该再没什么线索可挖,看来只能先回特搜总部,坐等岸田井刑警能否找到关于她行踪的新线索了。仓田警部补一边这样在心里盘算着,一边按下电梯按钮,等电梯来到自己所在的楼层。

就在这时,一个人从旁边的楼梯走了下来,无意中瞥到这一幕的仓田警部补不禁怔了一下。

这个人……?

他对这个男人有印象,那阴郁的表情,还有从肩膀处齐齐截去的右臂——正是上次坐出租车跟踪内藤邦利时,在市立秋叶原医院的玄关与之擦肩的独臂男人。

只是巧合吗?

仓田警部补稍微歪了歪头,居然在查案过程中连续碰到这个人两次。对于刚刚因为杉静子行踪不明而又一次调查碰壁的仓田警部补而言,哪怕是再小的疑点也绝不会轻易放过。

既然这个独臂男人在与本案相关的新洞京子与杉静子待过的秋叶原医院和双叶电机总公司都出现过,也就难免让人冒出他与本案会不会有某些关联的想法来。

男人继续顺着楼梯慢慢往下走,完全没在意仓田警部补,他不知道有人正盯着自己。身穿白色麻布长裤长袖的他,左手拎着一个大号皮包,包上搭着一件同为麻布材质的白色上衣。

索性跟上去瞧瞧?

就算到头来是白跑一趟,也比这样直接空着手回特搜总部要强。

正当内心举棋不定的仓田警部补视线在楼梯口和电梯门之间来回游移时,一位胸前抱着一大摞资料的女职员沿着楼梯从下面走了上来。

"请问,刚刚那个下楼的独臂男人,也是双叶电机的员工吗?"

仓田警部补略显唐突的提问把女职员吓了一跳,接着她朝楼下瞥了一眼,之后缓缓点了点头。

"你知道他叫什么名字吗?"

"是小牧先生,他是总裁的女婿,也是总务科的物资股长。"

"他跟杉静子小姐之间,有什么特殊的关系吗?"

"关系?"

"简单来说,就是关系是否亲密,或者工作方面是否有联系?"

"这个嘛……"

女职员思考了很久,独臂男人的脚步声已经听不到了,看来他已经走到了想去的楼层。仓田警部补强忍住内心的焦躁,双眼紧紧盯着女职员的脸。

"我个人觉得他们应该没什么特殊的关系,不过杉静子小姐当过一阵物资管理员,他们应该认识。"可能是怕说错话吧,女职员过了半天才挤出这么一句极其婉转的话来。

"看他的那身打扮,是刚刚出过外勤吗?"仓田警部补边说边开始朝楼梯的方向走去。

"应该是打算提前下班回家吧？"

女职员话刚说完，仓田警部补就举起一只手道了声"谢谢"，之后便如脱兔般冲下了楼梯。只见他一只手抓着黄铜扶手，脚下一阵闪转腾挪，便从四楼来到了一楼。飞奔出大楼正门之后，仓田警部补快速地左看右看，寻找那个独臂男人的身影。炽热的阳光本就令他双眼酸痛，穿一身白的路人更是晃得他视网膜都发麻。

找到了！

在信号灯刚变绿的十字路口，那个一侧衬衫袖管空荡荡的驼背男子就在准备过马路的行人中。

仓田警部补跑了起来，信号灯变黄，之后又转为红色，他还是从已经启动的车流中穿过了马路。尽管有交警狂吹哨子制止他的危险行为，但眼下也实在顾不得那么多了。

终于来到独臂男人身后的仓田警部补把步速放慢到与行人一致，与目标保持着近两米的距离，视线死死锁定对方的后背。在来来往往的人流中穿行了一段时间后，男人终于走下了通往地铁站的楼梯。

他这是打算去哪儿呢？

仓田警部补这样想着，也跟着下了楼梯。从后面看，让人有种他似乎要出远门的感觉。白衬衫看起来特别新，应该还一次洗衣机都没进过。裤线像是用尺子刚比着画出来的一样，半点弯折都看不到。再加上他左手拎着的大号皮包被塞得很满，而且从表面被撑出来的褶皱看，里面装的肯定不是书本或者资料，而是换洗衣物跟日用品。由此看来，他会不会是要进行一趟私人旅行才从公司早退的呢？

杀进选美大赛决赛的杉静子,与一个独臂的阴郁中年男人——这样的搭配堪称诡异,无疑与世间常识相去甚远,然而对这个男人的好奇已经完全占据了仓田警部补的心。这个独臂男子肯定与这一系列命案辐射出的复杂人际关系网有关。杉静子明明做过他的下属,但在询问双叶电机总公司的职员时,却没有一个人提起过他。仿佛大家的记忆中都不存在独臂男子与杉静子有关的细节一样。换句话说,在说起杉静子时,双叶电机总公司的所有职员不约而同地对这位名叫小牧的残疾人选择了无视。

但反过来想,他们也有可能是受到了某些刻意的误导,才导致了这样的结果。假如这个中年男人跟杉静子暗地里一直保持着不为人知的秘密关系,周围的同事自然会在提及杉静子时忽略,甚至无视他的存在。其实警方办案时也会最先质疑那些不在场证明过于完美,或是供词中完全没有被提及的人,给予他们重点关照。如果仓田警部补没有在秋叶原医院和双叶电机总公司先后两次碰到这位独臂男子,自然也不会关注到他。然而现在,远远盯着小牧背影的仓田警部补心里只觉得,这个人肯定有问题……

小牧在三越前站搭上了前往浅草的地铁,仓田警部补紧随其后,站在离他三个吊环远的位置,从车窗上就可以清楚地看到小牧的身影。坐在小牧面前的中年女性似乎很同情独臂的他,让他把大皮包放在了自己的膝盖上。他依旧是一脸让人捉摸不透的表情,嘴上客套地向对方道谢。

仓田警部补一直通过车窗进行监视,然而小牧在地铁抵达终点站浅草之前没有做出任何可疑的举动。

出了站,小牧像是早就想好要去哪儿一样,直奔东武线而去。走下通往站台的楼梯，可以看到一些旅游中介跟浪漫特快列车的专用售票窗口。小牧走到售票窗口前，从兜里掏出钱来买票。

"……日光……"

假装成无所事事的路人站在旁边报刊亭看杂志的仓田警部补勉强听到了这么一个地名。

日光——

接下来怎么办，要跟着他一起去日光吗？万一判断有误，就只会白白浪费时间。那要就此罢手吗？仓田警部补一边扫着周刊杂志扎眼的裸女封面，一边经历着剧烈的内心挣扎。而小牧已经开始上楼梯了，他的身影很快就融入来来往往的人流之中。

"哟！"

有人搭话，被吓了一跳的仓田警部补赶忙回头，原来是岸田井刑警出现在了身后，岸田井正在擦汗。

本应在追查杉静子行踪的岸田井刑警竟出现在浅草，这明显让仓田警部补十分意外，眼前的现实甚至让他怀疑自己是不是在做梦，张着嘴发了几秒呆之后才开口问道："你怎么在这儿？"

而岸田井刑警的反应也跟他差不多。

"我还想问你呢，你怎么跑到浅草来了？"

"我是跟踪一个男人才跑到这儿来的。"

"我一路追查杉静子的行踪，查着查着就跑到这儿来了。"

"什么？！听你的意思，杉静子曾经来过这里？"

"是的，可以确定她来过东武线的浅草站，但之后又去了什么地方就不清楚了。"

"我觉得你在大方向上没有问题，咱们接下来得去日光走一趟。"

"日光?"

"还是等上了车之后再交换已经掌握的信息吧。"

仓田警部补兴奋地催促着岸田井刑警,脚下朝站台走去。

从完全不同的出发点展开调查的两个人,居然都查到了东武线浅草站这里。那么在后续调查中联手,也是理所当然的了。

踏上三点准时从东武开往日光的浪漫特快列车,坐到罩着雪白椅套的座位上之后,两位刑警面面相觑,不禁露出苦笑。这种不同于普通四人座,椅背高得足以遮住前座乘客视线的情侣座席,坐着实在是不怎么习惯,他们两位此行的目的可不是旅游跟谈情说爱。

"这也太尴尬了。"仓田警部补有些不好意思地说道。

"同感,咱们就尽量享受这趟旅程吧。"

说罢岸田井刑警便回忆着读高中的女儿教过的"知识",一番摸索后按下位于座椅侧面的按钮,靠背随之缓缓放倒。

"我都快睡着了。"

躺在旁边的仓田警部补说道。连续忙碌了好几天,再加上昨天整宿没睡,这种情况下无论换成谁都会困到不行吧。

小牧就在前面一节车厢,即便看不到他的人,也可以通过放在置物架上的大皮包确定他的位置。虽然很想跟他乘同一节车厢,但座位都订完了,而硬闯客满的车厢无异于打草惊蛇,两位刑警只得作罢。

"特快线中间停不了几站,这趟跟踪还是很轻松的。"

岸田井刑警边说边摸出新生牌香烟,可惜已被揉得皱皱巴巴的烟盒里空空如也。仓田警部补见状掏出自己的香烟,岸田井刑警理所当然地从中抽出一根之后，张口道了句："多谢。"

"话说回来，你是怎么查到东武线浅草站的？"为了避免被邻座的乘客听到，仓田警部补刻意压低了声音。

"说实话，比想象中的要简单得多。"岸田井刑警身子没动，仅仅把脸转过来答道，"杉静子不是住在青山一丁目今川烧店的楼上吗，昨天中午十一点半左右，那家店的老板娘看到她拎着旅行包出门了。"

看到平时干什么都一丝不苟的杉静子似乎打算连个招呼都不打就出远门，今川烧店的老板娘便主动打了一声招呼。

"这是要出门吗？"

杉静子的肩膀猛地一颤，显得异常狼狈，随即她转过微微泛红的脸，答道："嗯，出趟门……"

今川烧店的老板娘说她还追问"要去哪儿呀？大概什么时候回来？"，对方却一个字都没再说，转身就走了。想着她八成是要跟恋人一起出门旅游，才会表现得这么不好意思，老板娘便没再追问，默默目送着她离开了。

岸田井刑警想着杉静子在这一带肯定也是人人皆知的大美女，只要去附近的店家挨个儿打听一遍，说不定就能问出她的大致行踪。

事实证明他想对了，与今川烧店隔着两家店铺的面包店店员表示，曾看到杉静子用店门前的公共电话打过电话。时间也是中午十一点半左右，而且她手里拎着旅行包，应该是出门之后直奔公共电话。只可惜店员是在店内看到这一幕的，不可能知道杉静子打电话都说了些什么。但这位店员还是提供了一条非常关键的信息，那就是杉静子在挂断电话之后立刻招手拦下了一辆出租车，乘车离开了。

幸运的是这辆出租车的配色很特殊，下半部分为朱红色，上半部分为灰色，因此给店员留下了深刻的印象。说到红灰色的出租车，那肯定是"大急出租车公司"的车。

岸田井刑警随即前往"大急出租车公司"的青山营业处询问，青山营业处的负责人立刻联络了东京都内的所有营业处，让各位司机回忆是否有人在"昨天上午十一点半左右，在青山一丁目的面包店门前载过一位拎着旅行包，身材样貌都酷似影视明星的女乘客"。

不过出租车司机要换班、加油，时间上都比较灵活，所以没办法迅速给出答复。长达五个小时的耐心等待之后，一名隶属于三田营业处的年轻司机为岸田井刑警送来了好消息。根据他的描述，当时车上载的肯定是杉静子，目的地则是东武线的浅草站前。岸田井刑警胡乱扒了几口荞麦面之后立即动身赶往浅草。但她接下来是要去哪里呢？要在东京忙碌而冷漠的人潮中精准地找出一个女人，难度无异于大海捞针。有关杉静子行踪的线索又一次断了。

就在一筹莫展的岸田井刑警一边擦着从额头上不断流下来的汗珠，一边不甘地眺望来来往往的人群时，仓田警部补的背影闯进了他的视野中，看起来像是正在挑选杂志。

"肯定和他有关。"听完搭档的讲述，仓田警部补表示，"女方先出发，男方一天之后跟上，这明显是早就约好了的。"

"是密会吗？"

"男方已经结婚，行事自然要尽可能保密。不过他们此次秘密会面不一定只是为了幽会，说不定还有什么其他的目的。"

"既然约在日光碰面，背后的事情肯定不简单。日光可是自杀圣地之一啊。"

无论这一系列案件全部出自杉静子之手，还是小牧也参与其中，与案件存在直接关联的这两位，都可能在意识到警方将比预想中更快查明事件真相后，相邀前往日光来一趟死亡之旅，并在游历几天之后以殉情的方式结束自己的生命。

真变成那样可就糟了！

仓田警部补和岸田井刑警可能是都想到了这个最坏的结果，于是同时陷入了沉默。

然而浪漫特快列车可不管他们两位的烦恼，只顾着满载旅客们的欢声笑语，一路沿着关东平原北上而去。

列车在六点整抵达了东武日光站，暮色渐深的站台上呈现出一种完全不同于大都市的匆忙，加上这片土地特有的气味，让人心中泛起一丝旅愁。站在土特产店门前的推销员们像机器一样，冲着下车后四散而去的旅行团人群发出空洞无力的叫卖声。

小牧登上了一辆停在车站前的大巴。

"他的目的地似乎并不在日光市区内。"

"看起来是要往山里走吧。"

远远看见大巴车身上的"→汤元"标识后，仓田警部补和岸田井刑警小声沟通道。

大巴上人不少，本地人和旅客大概各占一半，旅客则大多是成对的男女。仓田警部补尽可能地往小牧身边挤，随时可以越过其他乘客的肩膀观察小牧的动向。岸田井刑警则站在车门旁边，这是警方进行双人跟踪时最为经典的站位方式。当目标乘坐交通工具时，一人尽可能靠近目标，另一人则把守住出入口，这样就算目标有所觉察后企图逃脱，或者途中遭遇突发变故导致其中一人把目标跟丢，只要出入口还在警方的掌控之下，就绝不会被目标轻易甩掉。

小牧默默地站在原地，双眼凝视着窗外。

大巴终于启动，离开表参道后，就能看到矗立在浓浓暮色之中的男体山。大巴哼哧着行驶了一会儿，停靠了几站放下一些乘客，又哼哧着继续行驶。从马返沿着"いろは坂"盘旋而上时，旅客们无不被窗外的美景所吸引，车厢里赞叹声此起彼伏，"快看是华严瀑布！""那边有缆车！"之类的，但这却使仓田警部补感到时间的流逝似乎变得更加缓慢了。

驶离中宫祠，就能看到仿佛镜面一般的中禅寺湖了，小牧却依然没有要下车的意思。大多数旅客在中禅寺温泉这站下了车，整辆车瞬间变得空空荡荡。仓田警部补在小牧斜对面的地方找了个位置坐下，岸田井刑警坐在车门旁边的座位上，观赏起中禅寺湖秀丽的山水风光来。

大巴再一次启动了，沿着夜色中的湖岸先后经过菖蒲浜、龙头瀑布和战场原这些绚丽夺目的景点，之后终于抵达终点站汤元温泉。

"这也太冷了吧……"

刚一下车，穿着短袖衬衫的岸田井刑警就被冻得缩了缩肩膀。入夜之后的山里，冷得让人甚至不敢相信现在居然是盛夏。白天时被汗水浸湿的皮肤自然更加受不了这突如其来的寒意。时间已是七点半，旅馆的灯光里掺着温泉所特有的硫黄味儿，瞬间给人一种怀念的感觉。

两位刑警等小牧在女服务员的带领下进屋之后，才跟着走进了这家入口玻璃门上写着"泷之家"三个烫金字的旅馆。

"欢迎光临。"看似是老板的男人刚说完，就意识到这两位访客双手空空，身上只穿着一件衬衫，而且眼神锐利，绝对不是来住店的普通客人。

"刚刚进去的那个男人,是提前订好房间了对吧?"仓田警部补边向老板出示证件,边轻声询问道。

"是的。"

"有人跟他一起吗?"

"有,昨天就已经到了……"

"是这个女人没错吧?"

岸田井刑警拿出杉静子的照片,老板仔细端详了一番之后默默地点点头,然后怯生生地抬起眼睛看着面前的两人。

得知这次没跟错的仓田警部补如释重负地呼出一口气,悬在心头的大石头总算是落了地,可以暂时放心了。

"今天晚上只能先静观其变了。"仓田警部补说道。

毕竟杉静子现在还只是有作案嫌疑,警方无权打断她与小牧的私会并将其带走。眼下最好等明天天亮,对她进行问话,看能不能让她同意协助警方进行调查,不然就要等她回到东京之后,由公安机关出面传唤了。

"你说得没错,咱们现在的任务就是死死盯紧他们俩。"岸田井刑警说道。

"请给我们安排一个离他们两位的房间比较近的房间,还有就是绝对不能让他们知道有警方的人来了。"仓田警部补神经质地抖着一条腿,低声对老板说道。

响起一阵雷鸣,撕裂了山中温泉的寂静。

"真想赶紧泡上温泉呀。"脸上依旧挂着平和笑容的岸田井刑警一边脱鞋一边若无其事地说道。

危险的立场（被追踪者之章）

1

外面下着毛毛雨。

群山扑面而来,用仿佛被巨大墨笔涂抹过的漆黑身躯将夜空遮了个严严实实。山中温泉旅馆的宁静虽然能安抚人心,却也令人感到一丝空虚。对逃离都市喧嚣而来到这里的旅客们而言,也许会让他们有一种已经抵达了人生终点的错觉吧。

我把整个身体全部泡进温泉水中,盯着窗户发呆。窗外的毛毛雨和窗内的水汽在慢慢凝成大水滴之后,贴着镜面流下。

跟这山里比起来,东京的酷热简直就像在开玩笑。穿着浴袍去走廊上转一圈都会觉得寒气逼人,只有把身体全浸到温泉中才能感受到暖意。如此巨大的温差,会让人误以为自己并不是在奥日光,而是在距离东京更加遥远的深山老林之中。但这也使我更加清楚地意识到,从今天晚上开始,我终于可以和小牧独处了。

昨晚我就抵达这家"泷之家"旅馆了,我孤零零地守在这个仿佛真空地带般的房间里,每分每秒都在盼着小牧到来。然而当他终于出现在我面前之后,时间的流逝突然变得飞快。吃完晚饭,我只不过趁他去楼下娱乐室的时候稍微收拾了一下他带来的衣服和行李,随后泡了一会儿温泉,居然就已经十点多了。

我边想着可不能在温泉里泡太久,边像在蜜月旅行中的新娘一样,仔仔细细地擦洗起身体来。直到听见隔壁的家庭浴池里传来情侣说话的声音,我才冲洗了一下身体,离开了浴室。

我们入住的是"美铃之间",玄关由一块近两米见方的天然石材构成,走廊与室内隔着一道木格子门,推拉时会发出咯啦咯啦的响声。

只是开关一次拉门的时间,我身上的硫黄味儿就已经迅速在屋里扩散开了。

屋里已经铺好了两床被褥,一边是绿色的枕头,另一边是红色的天鹅绒枕头。枕头旁边的和式衣架上挂着我的白色紧身裙和粉色衬衫。

小牧正坐在桌前看一封信,正是前天总务让我把一批资料送到他桌上时,我装作若无其事放在所有资料最上面的那封信。这是自那次在横滨的旅馆遭人偷拍以来就极力装成陌生人的我们俩暌违许久的书信往来。

"你又在看那封信了?"我微微瞪了他一下,问道。

"你这封信,无论看上多少遍,都想立刻从头再看一次。"

他边说边不好意思地笑了起来,就算这只是客套话,我也真的好开心。其实他刚才的一席话就已经让我心花怒放了,他说:"看了这封信,我像是第一次意识到这个世界上就只有你我二人。你只属于我,而我可以全心全意地信任你。一股想要主动去爱你的激情在我的心中激荡,我甚至愿今后只为你一个人而活!"

我很清楚这番话是他的肺腑之言,于是眼泪立刻就掉了下来。正因如此,他才会趁妻子住院的绝佳时机,丢给岳父岳母一句"我要去探望住在福岛的朋友",毅然决然地来陪伴我完成这趟日光之旅吧。现在我有一种感觉,只要我们俩可以在一起,就算事先知道这样做可能会有生命危险,我们也会做出相同的选择。

"话说,你始终保持着那个奇怪的习惯呢。"

他边说边把那封信拿到了我的眼前,虽然感觉很不好意思,我也还是随了他的意,念起自己写的这封信来。

"我想见你想得快疯了。尽管我也明白,为了咱们的未来,现在必须忍耐,但我真的坚持不下去了。你那边能不能想办法安排一下?我向公司请假的申请已经批下来了,从明天开始可以休息整整四天。这可是个绝佳的机会呀,只要尽可能离东京远一些,应该就不用担心被人发现了巴?我看奥日光的汤元温泉就很不错,但在同一天休息恐怕不太妥当,所以我会在明天上午参加完川俣优美子小姐的葬礼之后从东京出发,去汤元的泷之家温泉旅馆等你,你后天再来与我会合。旅费我已经准备妥当,你完全不用担心。突然提出如此任性的请求,恐怕会让你很困扰巴……但我真的有好多好多话想对你说,请千万别拒绝我,要是再见不到你,我恐怕就真的活不下去了。

"这封信有什么问题吗?"反正我自己是完全没意识到哪里不对,于是我坐在梳妆台前问道。

"就是句尾的吧,你全都写成巴了。而且你写给我的每一封信都有这个问题。"

"哎呀,还有这种事?"

"我也是今天才发现呢。"

"毕竟人家从小到大就只给你一个人写过信嘛。"

我嘴上说着,脸上又渐渐烫了起来。只好冲着镜子里的他尴尬地笑了笑。

我打算拿起梳子梳理一下头发,上半身忽然被一条手臂从后面死死地抱住了。他的唇先贴在了我朝后仰着的脖颈上,甚至都不容我把眼睛闭上,便又狂野地盖住了我的双唇。长达半个多月的忍耐和他积极的爱抚让我的大脑瞬间一片空白,仿佛被妖魔附身一般,狂喜取代了理性,我的肉体也跟着沸腾起来。对于现在的我们来说,氛围与技巧都无关紧要,廉耻与体面更是不存在。两个人只想拼尽全力与对方融为一体,以确定彼此的存在。在用无声的誓词宣布我们将全身心信任彼此,永不分离之后,我与小牧终于彻底化为了一个整体。

窗外的雨不知不觉间变大了,雨点敲打屋顶和窗户的声音也变得越发密集。

我们在肉欲得到满足之后的空虚中默默倾听着雨声。他那紧贴着我炽热酮体的肌肤却冷得像冰一样。

"咱们的胆量似乎越来越大了呢。"我依偎在他的独臂旁,眼睛盯着天花板,有气无力地说道,"一开始,是刚见了面就马上逃也似的分开,然后渐渐地敢在横滨的旅馆过夜,现在都敢跑到离东京这么远的温泉来了。"

"我感觉我好像不再害怕了。"

"我也是。六天之后就会决出冠军,再过不久就可以实行咱们的计划了。"

"计划?"

"就是你离开那个家啊。"我边说边用手指抚弄他的发梢,"咱们要先做好对你家里人的保密工作,等我准备妥当之后,你人直接从那个家里面逃出来,就算是大功告成了。"

我真心觉得,既然之前都一路瞒过来了,接下来的半个多月时间里继续隐瞒我们之间的关系应该也没什么难度。甚至还有一种只要平安度过这趟日光之旅，就能在神不知鬼不觉的情况下顺利达成夙愿的感觉。

然而他却突然翻过身来，盯着我问道："咱们断联系的这半个月里我心里一直很在意，那次被人偷拍之后，就没发生什么事吗？"

他当然会这么问，可我是真的不愿提起这个话题。但确实也没必要瞒着他，而且如果刻意不回答，搞不好反而会让他更加担心。于是我下定了决心，一把拽过手提包，拿出了一个白色信封。

"我就知道绝不只是偷拍那么简单。"

"是的。不过我已经想办法把东西要回来了。"

说着我把装在信封里的两张六寸照片以及底片一起倒在了白色的床单上。

"这是怎么回事！"

他一脸愕然地撑起身子，死死地盯着照片。

其中一张是在横滨山下公园拍的，我们俩紧紧地依偎在一起。拍到了他的侧脸，而我是整张正脸，连脸上的表情都拍得一清二楚。另一张则是在本牧旅馆的双人床上拥抱在一起的我们。这一张的焦点明显没太对准，而且按下快门时小牧正把我压在身下，所以基本没拍到五官，只拍到了他的头顶。但十分精准地捕捉到了我在小牧的怀中紧闭双眼、忘情娇喘的样子。再加上我那扭曲的身体和伸向一旁的白皙大腿，整个画面真的是相当煽情了。虽说已经看过很多遍，但再看到我也是禁不住两颊发烫。

"不过到现在都没弄清楚偷拍的人是谁。"我把视线从照片上移开，轻声说道。

"那你又是怎么把这东西要回来的呢？"

"咱们被偷拍的第二天，我在公司里接到了对方打来的要挟电话。"

"怎么说？"

"说是让我按指示行事。"

"具体都做些什么呢？"

我清楚地回想起那个极力压低声音的女人打来的要挟电话。

她先说自己拍到了我们通奸的照片，表示如果我不接受她提出的条件，就把照片大量冲印，散播到所有与我有关的人手上。又说只要按她说的去做，就会把照片和底片都还给我。一个星期之后，也就是八月十八日，她再次来电向我传达了具体的指示。我按照她所说的做了，然后照片和底片就在八月二十一日寄到了我的住处，信封上盖着横滨中邮局的邮戳，不过寄信人的姓名和住址栏自然是一个字都没有写。

"横滨中邮局……看来要挟你的人在东京，是特意跑去横滨寄的信啊。"小牧的脸上露出一丝苦笑，"那她具体提了哪些条件呢？"

"都不是什么大不了的事情，对方可能不是真心想要挟。还故弄玄虚地说什么条件不条件的，别提多傻了，肯定只是在搞恶作剧而已啦。"

我不忍心看他因为这些破事而再次陷入阴郁之中，于是尝试用尽可能轻松的语气蒙混过去。

"连我都不能说吗！"他怒气冲冲地盯着我说道。

"等这一切都过去，只剩下咱们俩时我再告诉你。总之真的不是什么大事，今天就不要再问了。"

"现在也只有咱们两个啊。"

"因为我答应过对方,不单单是警察,对其他人也必须保密。虽说她已经把底片给了我,但手上肯定还留着其他洗出来的照片。但如果咱们俩在一起了,她手上的'通奸照'就没任何用处了。所以求求你,暂时忍耐一下吧!"

"难道说要挟你的那个人,可能跟踪你到日光,正在监视这个房间里的情况吗?"

"怎么可能……"

"那就告诉我吧。"

"现在告诉了你又能怎样呢?如果你设法去追查……谁知道对方又会使出什么手段来。如果你真的相信我,就在这件事尘埃落定之前不要再问了,好吗?"

我把脸深深地埋在他的胸前,用近乎哀求的语气说完了这番话。如果对方提出的条件会破坏我和他之间的感情,我就会选择奋起反抗。相对的,只要是为了维护我们之间的关系,无论对方提出什么要求,我都能忍辱负重地答应下来,同时慎之又慎地应对。

但他却把我的脸推开,陷入了沉默。我马上就发现他的表情与平时完全不一样,能看出他正在想事情,他投向我的目光明显与"恋人的眼神"相去甚远,而是接近于餐饮店老板看到有乞丐从后门溜进店里,或是招聘会上面试官打量应聘者时会露出的眼神。

他果然在怀疑什么,我心里这样想着,但还是尽量露出开朗的表情,用带着一丝撒娇的语气问道:"你在想什么呢?"

他像是要将妄想从自己的大脑里全部赶走一样用力摇了摇头,随后开口说道:"你没看报纸吗?"

"我只看了昨天的晨报,然后就来这儿等你了,是出什么事了吗?"面对这突兀的提问,我不禁抬起头来反问道。

"那个叫穗积里子的白领小姐候选人……"

"穗积小姐她怎么了吗?"

他的话在我心中播下了一颗不安的种子。

"昨天晚上,警方发现了她的尸体。"

"欸!"

我的整个身体在他的臂弯里狠狠地哆嗦了一下。

"她被塞在了公寓的电冰箱里,报纸上说她明显是死于他杀。"

"如此看来,之前的小河内小姐跟川俣小姐也是……"

"是的,报纸上说警方已经将她们三位的死,以及最开始新洞京子遭遇的那场车祸,正式定性为谋杀与谋杀未遂,并设置了专门负责调查这一系列案件的特搜总部。"

听罢,我不仅呼吸变得急促了不少,还感觉到两颊肌肉僵硬,甚至连眼睫毛都一抽一抽地颤了起来。

"怎么了,至于这么吃惊吗?"他凝视着我的脸说道。

"嗯……很吓人啊。"

"吓人吗……我倒是感受过另一种意义上的恐惧。"

"你什么意思?"

"说了你不生气?"

"快说!"

"我曾经有过'会不会你就是凶手'的想法。"

"你说什么!"

"别生气,我只是稍微朝那个方向想了下而已,现在已经完全没有这种想法了。"

"你怎么能怀疑到我身上呢……"

小牧开始用平静的讲述回应我已充满苛责与抗议的眼神。

"我会产生这种想法,主要有两个原因。第一是我刚才去楼下娱乐室的时候,广播里刚好提到特搜总部现在的情况。说警方现在最关注的人物是在穗积里子身亡时去她家做过客的女性。广播中没说这位女性的名字,但说此人约二十岁,当天身穿白色紧身裙和白色高跟鞋,身材相貌出众,堪比影视明星。回到房间之后,我一眼就看到衣架上你的那件白色紧身裙,这不就跟广播里刚刚提到的对上了吗?再加上有人用咱们幽会的照片威胁你答应她的条件,你还一直瞒着我不肯说……就让我突然产生了'偷拍者提出的条件会不会跟警察正在调查的谋杀案有关'这种悲观的想法。"

"那穗积小姐是在哪天被人害死的呢?"

"跟另两位死者相近,都是二十三号晚上六点左右。"

小牧的回答让我哑口无言,煞白的脸和仿佛被冻僵的身躯让我完全无法掩饰自己刚刚受到了多么巨大的冲击。

"你真的一点儿头绪都没有吗?"他轻轻摇着目光呆滞、全身僵硬的我,问道。

"广播里提到的那个人……很可能就是我。"我费了好大的力气才从干渴的嘴里挤出这么一句话来,然而嗓子嘶哑,声音微弱。

他猛地撑起身体,坐在被子上,以一种说不清是惊讶还是恐惧的眼神盯着我。

"我确实在二十三号那天傍晚去过穗积小姐的公寓……但她当时并不在房间里啊。而且不知是谁,把房门给锁上了。我觉得,那个人就是真正的凶手。"

我努力尝试回想当时的情况，却看到他像在避讳什么一样坐得离我远一些，我这才意识到自己所处的立场有多么凶险。

"但就仅此而已啊，其他我什么都不知道了。我当时也不知道那个人就是凶手啊……我是清白的！"

我像是疯了一样向他身上扑去。他全力挺起胸膛，才总算勉强用左臂撑住身体，而没有被我扑倒。

"我要是凶手，现在怎么可能跟你在这里优哉游哉地泡温泉呢！何况我闲着没事杀人干什么！我只想跟你幸福地白头偕老而已，怎么可能做出这种相当于把咱们的未来往火里推的事情呢！求求你！相信我吧！其他人我统统不在乎，但唯独不想被你怀疑！"

说罢我凑到他身前，在两人的眼皮几乎触碰到的距离下凝视他的双眼。

"我当然相信你。"他用明显底气不足的声音告饶，"可就算我再怎么相信你也没用啊，警方眼下肯定正在想方设法追查你的行踪。"

"被他们找到之后我会怎样呢？"

"应该会被审问吧。"

"他们会把我当成凶手吗？"

"在查明这一系列谋杀案背后的真相前，你将是嫌疑最大的那个人。"

我不再说话，不，应该是无话可说。

矗立在空地上的警视厅大楼出现在了我的脑海之中。就算身为一名女性，也必须接受无情的调查以及个人根本无力对抗的社会制裁——就算逃到天涯海角，到头来还是会被缉拿归案，从此告别自由的生活。没人能帮蒙受不白之冤的我脱离苦海，我将被关进与世隔绝的监狱度过余生,还有可能在泣血哀号时被名为"法律"的巨大齿轮送入通往地狱的"死亡"之门。

而我与他的未来,自然也将消失得无影无踪。

想到这里,一阵恶寒掠过我的后背。我头一次体会到了被追踪者独有的孤独、恐怖以及绝望,更深刻地意识到今后的人生将会多么艰难。

"我该怎么办呢?"我以近乎虚脱的语气问道。

"先冷静下来!"

他说了我一句。不知是因为晚上太冷还是此时我心力交瘁,总之我浑身上下抖得厉害。他先是抱着我缓缓躺下,随后用被子蒙住了我的头。

"别怕,我相信警方一定可以证明你的清白。"他一边像哄小孩一样轻轻拍打我的后背,一边轻声说道。

然而我和他心里都很清楚,就算在这里把乐观的展望和宽慰重复上一百万遍,现实也并不一定会照着我们所希望的那样发展。我们之间的对话变得越发简短,不久后便陷入彻底的沉默,只剩下手臂还在拼尽全力将彼此的身体紧紧贴在一起。

那是一个无比悲哀的拥抱。

2

漫长的一夜终于过去，第一缕晨光穿透雨后的乳白色浓雾照进屋内时，整宿都没合过眼的我冷静下来了。虽然可能只是心态上从极度恐慌过渡到了顺其自然，但好歹可以动脑去思考接下来需要担心的事情了。

如果警方在调查中认为我与这一系列案件有关联，或者查到了我跟小牧之间的关系，到时候我该如何应对呢？

万一在接受调查时，被警方逼到只得挑明与小牧之间的关系才能自证清白的境地，岂不是等于站在左右两边都是万丈深渊的山脊之上……

但我没有犹豫，而是很快就暗中下定了决心。

我绝不会把他的事说出来。

就算最后被冤枉成凶手锒铛入狱，我也愿意坦然接受。在如今这个世道，我这种类似武士之妻的思考方式，估计会被不少人笑话吧。但现实就是一旦我们的关系被公之于众，身有残疾的他将立刻陷入万劫不复之地。到时候冷漠的世人只会逞口舌之快对他大肆批判，并不会向他提供任何实际的帮助。既然没有其他人可以指望，那就只能按我自己可以想到的最佳方案走下去了。

"无论事情变成什么样,我都不会向任何人提及你的,所以你可千万不能轻举妄动。"我轻声对呆呆地望着天花板的他说道。

"你不用管我。"他用毫无起伏的声音回应。

"那怎么行。"

"别忘了你现在可是泥菩萨过江,自身难保啊。"

"没这回事,只要能证明我是清白的,咱们的未来就还有希望。就算情况有变,导致我无法为你提供任何帮助,那当然也是把咱们的关系隐瞒下去,才对孤身一人留在小牧家的你更为有利啊。"

"你!"

"答应我,不要让我后悔。"

看来我的话打动了小牧,他迫不及待地将我拉到身旁,用饱含哀愁的炽热眼神深情地注视着我。

"静子!"

突然从他口中迸发出的这两个字,化作一道火热的闪电,贯穿了我的身体。

"我真的好开心,这是你头一次这样叫我呀。"

这突如其来的感动让我觉得胸口和眼角都仿佛被紧紧勒住了一般。随后我们再一次竭尽全力与对方紧紧相拥。

"静子,你是属于我的。就算要与成千上万人为敌,我也绝不会把你交给任何人!"

"亲爱的……"

"静子,你放心,无论那帮警察怎么折腾,我都一定会设法把你救出来。我可不在乎对手是警察、社会,还是杀人凶手,只要有人妄图将你从我身边夺走,我就敢赌上这条命向他们发起挑战!"

"光是有你这句话，我就心满意足了……"

说着说着我哭了，泪水随着身体的每一次颤抖而涌出，回过神来才发现他也没比我好到哪儿去。我们的脸紧紧地贴在一起，灼热而苦涩的泪水已汇成一道，刺激着我和他的嘴唇。

"常言道，人只有在置身于断崖绝壁前才会说出真心话来。你明明身处险境，却还能如此为我着想，我这辈子都不会忘记你刚才说过的那些话，所以无论要面对什么样的敌人，我都有义务站出来保护你。"

这话听起来是多么有力，真不敢相信说出这番话的他曾是一个那样懦弱而优柔寡断的男人。这种被人爱着的感觉带给我仿佛被温暖又柔软的褥子包裹着一般的幸福，又像是置身于甜蜜的蜂蜜浴之中，令我无比陶醉。

对彼此的爱让我们变得更加坚强，不知恐惧为何物。优哉游哉地去泡了两次温泉并吃完早餐之后，我们就像一对普通的情侣那样开开心心地离开了旅馆，将写着"硫化氢温泉水温40℃～65℃泷之家旅馆"字样的大招牌远远地甩在了身后。

天还阴着，但雨彻底停了，我们眺望着汤之湖，慢吞吞地溜达着。

可以下午再去日光站搭电车，离开之前要好好享受一下汤之湖、战场原以及中禅寺湖的自然风光。

我们站在雨后泥泞的湖畔看向湖面。四周一片寂静，仿佛天地间除了山川与湖泊，就只剩下我们两个。

背对神秘湖畔并肩而立的高大独臂男人与身穿粉红色衬衫的女人——这画面都可以直接剪进电影里了，想到这里我不禁偷笑。此时我的余光瞥到了站在约二十米开外的两个男人。其实从他们跟在我们后面从泷之家旅馆里出来的时候，我就觉察到了。

奇怪的家伙。

我回头看了他们一眼，然后打算挽着小牧的左臂再朝湖边走几步。这时那两个男人突然飞快地朝着我们这边跑来。

"站住！别冲动！"

看起来很年轻的那个男人高声喊道，近中年的那位则迅速拦在我们和湖水之间。看他们两位的架势，就像在设法截断我们两人的去路一般。

我条件反射一般紧紧贴在小牧身旁，小牧则用阴郁的眼神缓缓打量起这两位入侵者来。

"你刚刚叫我们别冲动，是什么意思？"小牧用独臂将我紧紧搂住，昂首向来者发问。

你真的变坚强了呢。

我好想现在就把这句话说给他听。只是依偎在他身边，就能让我以一种不可思议的泰然面对突然现身的这两位不速之客。

"啊，两位刚刚……并不是打算投湖自杀啊？"年轻男人看起来似乎有些失望，苦笑着说道。

"这叫什么话，我们闲着没事自杀干什么？难道每对来到湖边的男女都是为了投湖殉情不成？"小牧立刻开口反驳。

"抱歉，冒犯了，实际上我们认为你们两位有投湖自杀的可能性，这么急着冲出来，也是为了保护你们。"

年轻男人刚口气冷漠地陈述完自己的想法，站在他身后的那个中年男人就发出了听起来没什么恶意的笑声。

"哎呀呀，你们没事就好。话说回来，两位应该是杉静子小姐与小牧先生吧？"

"欸！"

我大吃一惊，赶忙再次打量他们。

他们是警察……不，是刑警！

小牧似乎跟我想到一块儿去了，虽然他脸上是一副心里没底的表情，眼神却依然发狠，盯着面前的陌生人，堪称悲怆的敌意正在他的侧脸上熊熊燃烧着。

该来的总是要来的，那就没必要表现得太过慌张，于是我尝试着用平静的口吻说道："两位是警察吗？"

"我是警视厅的仓田，这位是岸田井刑警。"

年轻的刑警介绍完自己和同事之后，两位同时向我们出示了证件。

"你们的工作效率还真是惊人啊，居然这么快就找到这种地方来了。"

"毕竟是吃这碗饭的啊。"中年男人微笑着回答道。

"你们打算怎么处置我呢？"

"其实我们还没走过正式的手续，如果可能的话，能请你主动跟我们回东京协助调查吗？"自称仓田的刑警说道。

"知道了。"我点头表示同意，随后转头看向小牧。

"我想尽快把这件烦心事解决掉，就先回东京吧。"

他只是痴痴地看着我，并未给出回应。

"跟你们走可以，但我有条件。"我对两位刑警说道。

"什么条件？"

"我与小牧先生的关系是我们的隐私，跟你们正在调查的案件并无关联，为了不给其他人添麻烦，可以请你们忘记曾在日光见到我们两人在一起的事情吗？"

"好的，我们答应你。"

"那咱们走吧……"

说罢我主动迈出了脚步。无论是为了掩饰即将面对严酷试炼的恐惧，还是避免自己当场崩溃、表现狼狈，我都必须在他们面前强装出一副问心无愧的样子来。

我和小牧被两位刑警夹在中间，四个人排成一排从湖边离开，朝马路走去。

"千万照顾好自己。"小牧在我耳边轻声说道。

"不要紧的。"

我紧紧咬住下唇。

"我会把你救出来的。"

可能是不经意间听见了我们的对话吧，其中一位刑警立刻警觉地瞥了我们一眼。我刚觉察到他那冰冷的眼神，下个瞬间就因为脚底在泥泞的地面上打滑而跟跄了一下。虽然小牧及时用手臂从后面撑住了我，但我手中的白色手提包还是飞了出去，掉落在了马路上。

我还没回过神来，就看到手提包的袋口已在落地的同时打开了，里面装着的杂物散落一地。

我们快步赶过去，蹲下去捡散落在地上的东西。然而那位名叫岸田井的刑警突然喊道："仓田先生你看！"

他正指着一面反着光的椭圆形小镜子。

"这是小河内惠美的镜子吧，就是原本装在尸体旁那个织锦缎小袋子里面的，对吧？"

"没错，有金色挂穗，与岛根先生的描述完全一致。"

两位刑警又小声交流了两句，然后像是商量好了一样向我投来充满怀疑的眼神，一直蹲在地上捡东西的我赶忙站起来。

"你们这是什么意思！"

"关于这面镜子……"

"我实在搞不懂,我就从没见过这面镜子!"

"但它确实是从你的手提包里掉出来的啊,这是已经被杀害的小河内惠美的镜子,但被凶手拿走了。"

"绝、绝对没有这样的事情!"

"还是等到了特搜总部再细说吧。"

我感觉像是被名为"绝望"的重锤在头上狠狠地砸了一下,顿时眼前一片模糊。已经百口莫辩的我,像在无意中闯进了有无数毒蛇盘踞的洞窟,只觉得不寒而栗。

咕嘎——

野鸟的怪叫声回荡在湖面上。

崩溃（独臂男子之章）

1

从国电的窗口向外望去，会让人有种盛夏时节湛蓝的天空与银灰色的积雨云正跟车厢一起朝前方飞驰的感觉。

尽管风不断从开着的窗户吹进来，却没给乘客们带来半点凉爽，反倒让早已被汗水浸湿的衣服更加严丝合缝地粘在大家身上。

所有乘客都在酷暑的压迫之下喘着粗气，嘴巴微微张开，双眼半眯着，任凭无力而迟钝的视线在空中游移。手上则抓着毛巾或手帕，频繁地擦拭额头、鼻梁和领口附近。

只有几位戴着太阳镜的男人和裙摆短到几乎可以看到大腿的女人看起来稍微精神一些。

仓田警部补一边忍受着旁边身着工装的男人散发的汗臭味，一边抻着脖子看向车厢的前端。

果然还在……

警部补不禁轻轻啧了一声。这个男人那份异于常人的执着似乎在无形之中加剧了盛夏酷暑所造成的焦躁。

这个男人却理所当然般远远地盯着仓田警部补不放，阴郁的双眼周围有明显的黑眼圈，但眼神却如同烈焰般炽热。只剩一条手臂的残缺身体无疑为这个偏执男人的行动又增添了几分阴郁。

从前天，也就是将杉静子从奥日光带回东京的八月二十八日开始，这名独臂男人就片刻都没从仓田警部补的身边离开过。昨天早上他来到特搜总部申请探视杉静子，但仓田警部补以"没有这个必要"为由拒绝了他。然后他就像一个影子似的跟在仓田警部补身边，就像因为被迫与爱犬分离而向家人抗议的少年一样，默默地紧跟在仓田警部补身后。

今天早上当然也不例外，仓田警部补刚从设置在神乐坂警署的特搜总部出来，站在神乐坂路口处的柏青哥店门前的独臂男人就立刻像追踪猎物的猎犬一样跟在他身边。

为了验证杉静子的供词，仓田警部补这一天先后造访了杉静子在青山一丁目的住处、涩谷的电影院、明治神宫外苑入口处的荞麦面店，以及位于日本桥的双叶电机总公司。这期间他曾数次尝试将死死跟在身后的独臂男人甩掉，但皆以失败告终，小牧在跟踪上似乎有令身为专业人士的仓田警部补都束手无策的惊人天赋。

现在仓田警部补要前往日南贸易在品川的仓库，独臂男人的双眼依旧像在监视他一般，在车厢内迸射出执着的寒光。

简直像跳蚤一样……

那一幕仿佛直击灵魂，给人留下的印象实在太过深刻，因此仓田警部补一刻都不曾忘记——在空气清新的奥日光汤之湖边，挺身而出保护杉静子的独臂男人双眼燃烧着昂扬的斗志，同时透出露骨的敌意。

杉静子不是凶手！

他的眼神中传达出这样的信念。

其实如果从个人情感的角度出发，就连仓田警部补也不想将杉静子视为凶手。即便抛开个人品位和理性不谈,光看她所展现出的人情味、温柔善良、顾及家庭、和蔼可亲,以及发育良好的身材曲线和弱不禁风的气质所展现出来的女性魅力,都给人一种与犯罪无缘的感觉。仅凭直觉,仓田警部补从杉静子身上嗅不到一丝"有罪"的负面气息。

然而在处理刑事案件时是不能被直觉或私情左右的。既然现阶段搜集到的证据都指向杉静子,那身为刑警的自己自然只能基于这些进行调查。

即便用最简单的排除法,也能得出杉静子具有重大嫌疑的结论来。

5-4=1,而这个"1"就是杉静子。五位来自东京的白领小姐候选人中有三位永远失去了竞选资格,而剩余两人中的新洞京子,如果不是上苍庇护,肯定也已经因为车祸而无缘决赛了。只要随便哪条手臂或大腿来个骨折,即便没有生命危险,她也休想准时出现在决赛的舞台上。

就算将新洞京子所遭遇的车祸视为一次彻彻底底的意外,她在因伤被送进都立秋叶原医院的外科住院大楼之后就没离开过那栋建筑。想偷偷溜出医院看似简单,实际操作起来却极其困难。除了医生的定期查房以外,还有送三餐的、测体温的,护士也会每隔一个小时来看一次。而且新洞京子住的是双人病房,她无论如何都逃不过同屋病友的眼睛。以上这些因素叠加在一起,让新洞京子拥有了完美的不在场证明,所以警方不得不将她从嫌疑人名单中排除。

这样一来,特搜总部的注意力就全部集中到了杉静子身上,更何况她身上具备了成为嫌疑人所需要的所有条件。

到底还是觉得无法释怀的仓田警部补再次睁开了双眼。

品川站到了,先一步下车的警部补的视野中掠过独臂男子的身影。独臂男子从临近的另一扇车门下了车,也来到了站台上。警部补爬上楼梯,从靠近京滨快速列车线路那一侧的检票口出了站,沿着在人行道上投下浓重阴影的京滨快速列车高架线路走。等脚下的路稍微有些坡度之后朝左一转,就到了自东海道线和国电正上方横穿而过的跨线天桥。

差不多走到天桥中央时,仓田警部补停下了脚步,随后手扶铁护栏,站在了天桥边。像中了邪一样紧跟而来的独臂男人很快也在相距差不多五米的地方站住,走到了护栏边。

两个男人头顶着盛夏的烈日,冷漠地彼此看着。

"你找我有什么事吗?"结果是仓田警部补先开了口。

然而小牧并没有做出回应,只是原本就阴郁的脸上飞快地闪过一丝阴影。

"既然没事,就请不要再跟着我了。你这样做会妨碍我调查。"

"那我就有事找你……"小牧低头看着天桥下面的铁轨说道。

"如果是想打听跟案件有关的事,我只能说无可奉告。等到警方需要你协助调查的时候再说吧。"

仓田警部补丢下这句话,转过身去迈开脚步。然而才走了不到五步,他的肩膀就被一股异常强大的力量死死抓住了。

警部补用力挣扎,尝试摆脱抓着他的左手,同时扭过头来瞪着小牧,喊道:"你这是在妨碍警员执行公务!"

"我不在乎!快说,你们到底把静子她怎么样了!"

仓田警部补很快就发现,虽然咄咄逼人的小牧语气十分强硬,眼神中却不带一丝怒气,可见他其实还是比较冷静的。

"我们还在对她进行询问。"

既然对方比较冷静,那就不能再像之前那样无视他了,于是仓田警部补第一次做出了回应。

"可是静子她一直没回家……"

"特搜总部并没有限制她的人身自由，虽然她有重大嫌疑。不过她很在意新闻媒体，想必是怕家门口有记者蹲守，住旅馆去了吧。这几天她都是接受完询问之后就离开特搜总部了，不过会将晚上留宿的地方告知搜查主任……我看她会如此小心谨慎，应该全都是为了你吧？"

得知杉静子还处在被警方传唤的阶段，小牧似乎安心了一些，抬起头看向视野开阔的远处。若干条铁轨像白线一般向远方延伸，奔驰其上的列车随着与站台距离的逐渐拉近个头变得越来越大，最终伴随着刺耳的刹车声，像被整个吸进天桥桥洞里一样消失在两人的脚下。

"可是，静子她已经没必要再为这件事操心了……"等列车彻底停稳之后，小牧小声说道，"刑警，能帮我给静子传个话吗？"

再次面向仓田警部补的小牧，眼睛里已经没有了之前的敌意。

"条件允许的话，当然可以。"

"请你告诉她'我已经下定决心跟他们一刀两断了，自日光回到东京后我就再也没回过一趟那个家，所以你没必要再为了保护我而委屈自己了'，这样就可以了。"

"这么说来，双叶电机总公司那边……"

"我这个上门女婿都离家出走了，哪还有脸去岳父开的公司上班呢。"

小牧无奈地歪了歪嘴，露出特有的自嘲表情。

"可你的身体……这样也太勉强了。"仓田警部补的语气中明显多了几分同情。

"静子受了那么大的委屈……我怎么能像条老狗似的继续待在那个家里混吃等死呢……"

"那你这几天的饮食起居都是怎么解决的？"

"带在身上的钱早就都花在日光的住宿费上了。他们家在经济上基本不给我自主权。昨晚我是在饭田桥的车站里过的夜，至于吃的嘛……我好歹经历过战后的大萧条，两三天不吃饭也没什么问题。"

"你这几天一顿饭都没吃过？"

仓田警部补顿时被惊得目瞪口呆。

尽管不清楚具体情况，但这个独臂男人的境遇恐怕正如他那双带有浓重黑眼圈的眼睛所反映出来的那样，好不到哪儿去。而他与杉静子之间苦涩却忠贞的感情，肯定是那种听了就想予以声援的真爱——想到这里，仓田警部补发觉心底已生出对小牧的怜悯与亲近之情。

稍微用心地观察一下，就能发现他身上的白衬衫已经脏兮兮的了，麻布长裤像工作服一样皱皱巴巴。之前拎在手上的麻布上衣和大号皮包则不知所踪，也许是卖掉了吧。

深深的黑眼圈和仿佛昆虫触角般支棱着的胡茬都极其扎眼，皮肤也像中风的病人一样粗糙暗沉，一副标准得不能再标准的落魄者模样。

他已经不顾自己的死活了，可见他的念头有多么非比寻常。无论有怎样的打算，人类都会在准备好退路后才付诸行动。会先确保最低限度的生活所需，再拿出破釜沉舟的意志面对挑战。然而小牧在面对可能活活饿死在路边的危机时，却毫不犹豫地选择站到身后就是万丈深渊的悬崖边。

如此彻底的舍身精神，即便放到亲子和夫妻之间都很难见到。而这位身有残疾的男人,却能为了营救静子而毅然决然地选择挺身而出。在当下这个时代,大家往往会把这种愿意为了爱牺牲一切的人称为"不计较得失的傻瓜",最近的人们已经忘了,这世上最能打动人心的,恰恰就是这种纯粹到近乎愚蠢的爱。仓田警部补眉头紧锁,站在天桥上吹着热风,默默地这样想着。

无论小牧还是静子,都在现实的逆境中一心一意地深爱着彼此,可见他们两人都坚信对方就是自己命中注定的唯一真爱。

就连我都想帮他们一把了。

这个想法在仓田警部补的脑海中逐渐清晰起来。

"咱们去吃点东西怎么样?"警部补朝小牧走近,开口说道。

"你说什么……"

小牧疑惑地看向仓田警部补,明显已经很长时间没打理过的头发被风吹得凌乱。

"我可是连早饭都还没吃呢,走吧。"

在警部补脸上笑容的催促下,小牧才总算离开了天桥的护栏边。

二人走进正对着宽敞马路的荞麦面店,仓田警部补给表示来一碗荞麦面就好的小牧点了一份炸虾盖饭,又给自己点了一份南蛮鸡肉荞麦面。

"静子已经被定为嫌疑人了吗?"小牧果然刚一开口就直奔主题。

"小牧先生,即便在私下聊天的场合,我也绝不会向你透露任何与调查相关的细节。"仓田警部补直视着坐在桌子对面的小牧,回应道,"坐在你对面的我,只是一名食客而已。因此我才能暂时摆脱职业、任务及立场的束缚与你对话,希望你也可以像我一样，不要越界。"

小牧听罢点了点头，移开视线，这是他现在仅会的表达谢意的方式了。

"她是目前与案件联系最为紧密的知情人，自然也最有可能成为警方眼中的嫌疑人。"

"理由呢？"

"首先，杉静子曾在穗积里子身亡的时间段造访她的公寓。尽管她表示抵达那里时穗积里子并不在屋内，而且房门还在她下楼去找公寓管理员的时间里被什么人给锁上了，但这毕竟只是她的一面之词，在获得确切的证据之前，特搜总部肯定不会接受这个说法。"

"静子她没有说谎。"

"警方办案是不受主观臆断左右的，我们的判断只以事实为基础。"

炸虾盖饭先被送上桌，警部补帮小牧拿掉碗盖，掰开方便筷子，继续说道："八月二十三日当天，杉静子曾接到一通来自穗积里子的电话，对方似乎是约她晚上来家里玩，里子还在通话中明确表示让她下班后直接去自己家里。所以，杉静子在傍晚五点下班后，直接从公司出发去了里子的公寓……"

其实杉静子在这之前就去里子的公寓玩过两次，她说里子二十三日打来电话，说刚甩掉的前男友送了一个超大的冰箱来恶心自己，让静子务必过去亲眼见识一下。想看个热闹的静子于傍晚六点左右抵达里子的公寓，她敲了门，却没有任何反应，又敲了两三次之后门居然自己开了。静子寻思着里子可能临时出去了，就进了屋。飘着香水味道的房间里空无一人，她看到桌上有拉面，便用手试了试面碗的温度，发现还是温的。这时静子想到可以向公寓管理员打听一下里子是不是出去了，就直接转身下楼询问。但对方也不清楚，她只好重新返回二楼，奇怪的是等她再回到里子的房间时，却发现门已经锁上了。觉察到自己刚才不慎把手提包留在房间里的静子只得再次去找管理员，请他用备用钥匙打开里子房间的门，并在拿回自己的手提包之后离开了公寓。

"以上就是她本人的供述，但眼下没办法确定这套说辞的真伪。其次是杉静子小姐离开穗积里子小姐的公寓之后的行动轨迹。既然凶手是在同一天晚上、短时间内对穗积里子、小河内惠美和川俣优美子三位受害者痛下杀手，她就必须给出足以令所有人信服的不在场证明，才能洗脱身上的嫌疑。第一位受害者穗积里子这里可以直接跳过，毕竟她曾经到过案发现场这点已经得到充分证实。那么在这之后接连遇害的小河内惠美和川俣优美子又是什么情况呢？在我们看来，杉静子小姐的不在场证明太过含混不清。现在回头想想，今天能被你跟踪其实也帮我省去了一些解释的功夫。我今天之所以选择这样的路线，是为了验证杉静子二十三号晚上的行动轨迹。"

"你们为什么觉得静子的不在场证明太过含混不清呢？"

"如果她能给出像一直待在家里，或者跟你在一起这种直截了当的回答，我们自然会痛快地接纳。但杉静子小姐说，她二十三日晚回到家时已经是夜里十一点多了。"仓田警部补边说边往嘴里扒了两口荞麦面，吃得太快被面条烫得呼哧了好久。

"静子对你们说她都去过哪里了吗？"小牧放下手中的筷子，盖饭冒出的热气模糊了他的脸，他神色不安地望着警部补，问道。

"她说她去了位于涩谷的电影院。"仓田警部补边用手帕擦着脸上的汗边回答道，"电影院这个地方，可是隔三岔五就会被苦于没有不在场证明的罪犯们利用。这种地方很难查证，涩谷的大型影院就更别说了，要想确认某个人在某天的某段时间在不在影厅，根本就是异想天开。不过她说看完电影之后，回家的路上去过位于明治神宫外苑入口处的一家荞麦面店，这个说法倒是从店主口中得到了证实。可这远远不足以构成她当晚的不在场证明。因为我们已经知道凶手对川俣优美子痛下杀手大概是在晚上十点左右，那么从时间上看，杉静子完全有可能在行凶之后，于十点四十分出现在明治神宫外苑入口处的荞麦面店。"

"静子身上还有其他你们觉得可疑的地方吗？"

"目前存在两大疑点。第一大疑点你应该也有印象才对，就是在汤之湖边的马路上，从杉静子的手提包里掉出来的那面镜子。那面镜子是穗积里子的东西，悲剧发生的前一天晚上，她跟同事打麻将的时候不小心将其落在了小河内惠美的隔间里。也就是说，那面造型独特的镜子本应在小河内惠美住的隔间才对，但我们检查了现场，却只在小河内惠美的尸体附近发现了用来装镜子的织锦缎小袋子，而袋中的镜子却不知所踪。而且还有小河内惠美的同事明确表示，案发当天下午，还看到小河内惠美拿着那面镜子。但它事后不翼而飞了，这意味着凶手是唯一能主动或被动将它带离现场的人。我们由此做出判断，杉静子应该在小河内惠美身亡前后去过案发现场。

"但杉静子一口咬定，她不知道那面镜子是谁的东西，更不清楚它是怎么跑到自己的手提包里的。

"——但无论她怎么强调自己并不知情，都无法撼动如此确凿的物证。除非能逻辑清晰地推导出镜子进入她手提包的过程，否则这一证物会对杉静子很不利。"

"请问，另一大疑点是……"

"是信。"

"信？"

"这是复印出来的备份。"

仓田警部补从随身携带的记事本里抽出一张纸，缓缓展开，放在桌面上没被水弄湿的地方。

"乍一看这只是一封很普通的粉丝来信，但如果三位已经身亡的白领小姐候选人生前都曾收到过，无论内容还是笔迹都完全一致，其中的寓意就很值得玩味了。尽管眼下还不清楚这封信究竟有什么含义，又是出于什么样的目的寄给三位受害者的，但可以肯定的是，这绝不是开玩笑或者搞恶作剧，毕竟她们无一例外都在收到信之后离奇身亡。笔迹鉴定的结果证实这三封信确实都出自杉静子之手，然而无论我们如何询问，杉静子都拒绝回答任何有关这封信的提问。"

仓田警部补轻叹了一声，陷入了沉默。

杉静子拒绝回答，这意味着她肯定在刻意隐瞒什么。可这种拒不配合的行为，只会使她陷入更加危险的境地之中。

想到这里，警部补突然意识到身为刑警的自己居然在同情嫌疑人，这样的感情再发展下去就会使他陷入自我厌恶。他顿时感到心里好像有东西糊成一团，像刚吃过油炸食品一样很不清爽。

这时，看完信之后的小牧却抬起头来，兴奋地说道："不对！这封信并不是静子写的！"

"哦？"仓田警部补冷静地应道，"可是鉴识科已经验证过了，这毫无疑问就是杉静子本人的笔迹啊。"

"这确实是她的笔迹，动笔写下这封信的人应该是静子。"

"那——"

"但就算笔迹一致,也不能说信就肯定是出自本人之手吧?"

"欸?"

"我的意思是,静子可能并不是自愿写下这封信的,社会上有些人不是靠替别人代笔为生的吗?"

仓田警部补很快就明白了小牧想表达的意思,短暂的沉默之后他问道:"你的意思是,是某人让杉静子代笔写下了这封信?"

"正是。"说罢小牧立刻胸有成竹般地补充道,"与其说是代笔,倒不如说是在某人的逼迫下,静子不得不就范。"

"那她在接受调查的时候为什么不直接跟我们说呢?"

"这是因为静子被人要挟了。"

"要挟?"

要挟二字,对身为刑警的仓田警部补造成了一种直达大脑的强烈冲击。

"这、这究竟是怎么回事?"小牧的爆炸性发言,让仓田警部补不得不赶忙追问。

"其实静子她跟我……也罢,事到如今也没必要再隐瞒下去了,索性就对你开诚布公吧。我们之前在旅馆幽会时,被偷拍了……"

小牧从与静子开始秘密交往讲起,直到在奥日光的"泷之家"旅馆静子坦白对方如何通过电话进行要挟,全部经过他都一五一十地讲给了仓田警部补。

听完小牧没有任何掩饰的讲述,仓田警部补很快就明白了这对男女是如何如同命中注定般爱上彼此,又是怎样因为理想与现实的巨大差异而陷入情非得已的窘境之中,同时对那位

"以幽会现场的偷拍照片对杉静子进行威胁的女性"产生了浓厚的兴趣。但眼下,他心中最大的疑问还是小牧为何敢当场断言这封信是杉静子被迫写下的呢?

"关于她是被迫代笔一事,你能拿出什么具体的证据来吗?"

"能。"小牧点着头答道。

"具体说说。"

"请您与这几封信比对一下就清楚了。"

小牧说罢,从钱包里拿出五六封信,全都放到了桌上。说是信并不准确,更接近于捎话的纸条,不过在这些便利贴、草纸、从笔记本上撕下来的页面以及公司专用纸背面写的字,无一例外全都是杉静子的笔迹。

仓田警部补谨慎地将它们从桌面上拿起,小心翼翼地一张张看起来。相对于阅读他人情书的尴尬,更多的是他觉得自己亵渎了一位女性的真情,由此生出负罪感。

但将这几张纸都仔细看过一遍后,他依旧没能找出被迫代笔的根据。仓田警部补抬起头来重新看向小牧,表示"我还是不太明白"。

"在进行说明之前我想先问一下,这份粉丝信的复印件是和原件一模一样的,没有进行过任何修改对吗?"

小牧将静子写的"情书"与粉丝信的复印件并排摆放在一起。

"是直接用复印机复印出来的,肯定一字不差。"

"好的,那么请看这里。"

仓田警部补探出头来,眯起眼睛看向复印件上小牧手指着的地方。

"我也不清楚为什么会这样,但静子她有个奇怪的习惯,就是会把句末的'吧'写成'巴'。又不是战前的人，静子明明接受的是战后的教育，会有这样的错真的很诡异，所以我每次看到这个'巴'，都会笑出声来。您看她写给我的这些信，出现在句末的都是'巴'字，但这封粉丝信中，三处都准确无误地写成了'吧'……"

"唔……"

听到这里仓田警部补不禁轻哼了一声，事实果然如小牧所讲的那样。

"大家都会有这种无意识犯下的小毛病，除非有其他人从旁提醒，否则本人是很难发现、很难改过来的。就连她最后给我的那封信，也就是邀请我一起去日光的信里，也将句末的'吧'错写成了'巴'。可是，她为什么唯独在这封粉丝信中，将位于句末的'吧'字全都写对了呢？"

小牧直视着仓田警部补的双眼提出疑问，他的眼神就如同那些敢于坦诚自身信念的人一样，不带哪怕一丝阴霾。

"所以应该是有人提前准备了一封粉丝信，然后逼着静子照抄，才把她会将句末的'吧'写成'巴'的错误给矫正了过来。刑警您总不会认为，静子她是早就策划好了一切，并从一年前就开始在给我的信里故意将句末的'吧'字写成'巴'的吧？"

可能是对一直沉默不语的仓田警部补有些不满吧，小牧的语气听起来尖锐了不少，惹得荞麦面店的女服务员抻长了脖子看这边的情况。

"静子曾对我强调，说对方提出的条件都是'没什么大不了的事情'，并且不肯告诉我具体都是些什么事。现在光凭代写粉丝信这一点，就能明显看出确实是有人在设计陷害静子！而那个在电话中威胁她的人，就是制造这一系列惨剧的罪魁祸首，我说的不对吗？"

"我明白了。"

漫长的沉默过后，仓田警部补终于沉重地点了点头。面前这个一心想帮恋人洗清冤屈的独臂男人刚刚的那段讲述，听起来怎么都不像是诡辩，而是真情流露。尽管有可能与特搜总部制订的调查方针相悖，仓田警部补还是决心帮助小牧，从杉静子可能是被冤枉的角度出发寻找线索，追查幕后真凶。

"刑警先生，接下来您打算去哪儿？"看到仓田警部补起身准备离开，小牧赶紧问道。

"去小河内惠美的……不，去案发现场。"警部补一边跟女服务员结账一边回答道。

"我可以跟你一起去吗？"

"就算我说不行，你也照样会跟过来吧。"

仓田警部补冲小牧露出一个意味深长的微笑，急匆匆地走出了荞麦面店。

听到对方的回答，喜形于色的小牧立刻按住那条空荡荡的袖管，像兔子一样追了上去，虽然刚冲出门就被外面火辣辣的阳光晃得头昏眼花。

2

小河内惠美曾经暂住的那个小隔间已经被拆除，那片空间已重新归入仓库办事处。

办公室里除了一位看起来应该是小河内惠美的继任者的女性员工以外，还增加了一位感觉像是警卫的中年男人，两人都无所事事地坐在办公桌前。

之前就认识的岛根勇吉当然也在，仓田警部补把他叫到沙发上攀谈。至于那个新来的女职员，别看她好像一副正在认真查阅账簿的样子，实际上一直频繁地偷瞄与刑警一起来的独臂男人。

这个衣着邋遢，看着像是已经失魂落魄的男人给人一种奇怪的印象，你一眼就能看出他肯定不是刑警的搭档，但也不像是被捕的犯人，因此作为旁观者怎么都想不通，他为什么会跟刑警一起出现在这个曾经的案发现场。

仓田警部补本想着这次一定要攻破凶手故意搭建起来的伪装之墙，然而到现在为止还是没有任何新发现，也没获得什么能让人突然醒悟的灵感。在他看来，这处犯罪现场仍旧只是一座闷热的建筑物罢了。

听仓田警部补大致讲述了一遍案发时的情况后，小牧轻声嘟囔过一句"凶手采用的脱身手法应该并不困难，一定是咱们把问题想得太复杂了"，说完他就没再说话，沉思了近一个小时。

小牧当然并不具备专业的刑侦知识与分析能力，他只有为了解救心爱之人，无论如何都要破解谜团的决心。而他那强大的意志力就如同"穷鼠噬猫"这个成语所比喻的那样，帮助他从"虚无"之中硬生生找出了一种"可能性"。

经过一个多小时的沉思之后，小牧突然冲出办事处，把后面的仓库仔细巡视了一遍，带着满身的尘土回来了。

"刑警先生，我感觉好像有些眉目了。"小牧似乎不在乎脸上已经脏成什么样子，刚回到办事处，就径直站到仓田警部补面前这么说道。

"你说什么！"警部补顿时懵了，然而绝不是出于好面子或者挫败感，而是觉得太不可思议而表现出的惊讶。

"我来实际演示一遍吧。"

小牧并没有细讲，而是直接朝办公桌走去。他的神情不带一丝自豪与炫耀，倒是与起早贪黑辛勤耕耘的农夫有几分相似。

只见他拿起办公桌上的电风扇，说道："假设这就是位于小河内惠美头部一侧的煤气炉。"说着将电风扇对准一本厚厚的账簿，"一旦电风扇启动，风就会把煤气炉的明火吹灭。"

小牧看向警部补，似乎在征求意见，警部补深深点头表示赞同。

"此时喝醉的小河内惠美已经席地而睡，凶手开始小心翼翼地关闭可供空气流通的每一扇门窗。接下来我将尝试着为大家重现……凶手在关好门窗之后所采取的行动。"

说完，小牧打开从办事处通往仓库的那扇门，并消失在仓库中。过了不到两分钟，他又原路回到了办事处，然后从屋内把门锁上。

"这样一来，只要再将卷帘门放下，就构成了完美的密室。"

小牧说着按下了电风扇的开关，紧接着又走向墙边，按下了卷帘门的开关。

随后小牧丢下如同雕像般呆站在原地的四个人，经位于办事处正面的玻璃门走到屋外，并顺手把门关好，从大家的视野中消失了。

小牧说要再现凶手的手法，导致办事处内形成了一种诡异的氛围。尽管屋内热得让人喘不过气来，但自己也许下一秒就会死于非命的错觉还是让留在屋里的四个人感到一股寒意。以至于他们始终没人开口说哪怕半句话。

这时一阵吱吱嘎嘎的机械运作声打破了这份沉重的寂静，位于正门外的金属卷帘门开始缓缓降下。

"啊！"

女职员被身后突然开始转的电风扇吓得发出惊呼，随后赶忙用手捂住了嘴。

卷帘门落下后，煤气炉的明火被电风扇吹灭，而凶手已经逃出了办事处。被留在密室内的小河内惠美则注定难逃煤气中毒的结局。

肯定错不了……

仓田警部补内心无限感慨，凶手所用的花招如此单纯，自己为什么就是没能识破呢？不过稍微回顾一下之前参与过的案子，这种真相浮出水面后才恍然大悟的情况其实经常发生。就像那些嘴上说"随便谁都能发现新大陆"，却没法把哥伦布手中的熟鸡蛋立起来的人们一样，哪怕只是在最开始的调查方向上选择有误，也有可能导致办案人员对那些再明显不过的疑点视而不见。

仓田警部补走向墙边，将卷帘门的开关拨向写有"开启"字样的一侧，卷帘门缓缓上升。随着屋里渐渐恢复明亮，连口大气都不敢喘的女职员的脸上终于露出了如释重负的表情。

"你怎么看？"小牧从正门回来了，不安地问道。

"非常完美。"仓田警部补无比自信地断言。

凶手是在看到小河内惠美已经倒地睡去之后，将所有的窗户关上，然后开门进入仓库，关掉了仓库后门边的电闸，切断了整栋建筑的电力。然后凶手借助手电或者火柴的照明回到办事处，将隔间的木门从内侧锁上，按下电风扇的开关，并把卷帘门的开关扳到"关闭"一侧。然而这时整栋建筑都没电，所以无论电风扇还是卷帘门，都不会有任何反应。之后凶手从正面的玻璃门走出办事处，由外侧将门关上，再穿过贴着旁边建筑的小巷来到仓库的背后，经后门进到仓库内，将电闸合上。电力恢复，电风扇开始工作，卷帘门徐徐降下。

马路对面的药店老板看到了卷帘门降下，却没看到半个人影。凶手当时应该就躲在小巷里，窥伺着药店老板转过身，或是与别人交谈的机会，趁机从现场逃离。

屋里的灯亮着，电风扇吹着，卷帘门关得严严实实，看到这样的场景，人们会先入为主地认为它们是在有人按下开关之后才启动的。电这种能源与日常生活息息相关，我们每天都在打开开关、使用电器，导致很难跳出"必须先打开开关才会有电"的思维定式。也正因如此，才会在过去这么长时间之后，总算意识到在断电情况下打开开关，再恢复电力，效果与正常情况下打开开关启动电器没有任何差别。

"这不跟电熨斗的开关坏掉了，就直接拔下插头来控制冷热是一个道理吗？"

与此同时，八月二十四日案发当天，品川署搜查系长离开现场时的那句无心之言再一次出现在仓田警部补的脑海中——"这台石英钟刚好慢了五分钟呢"。

当时搜查系长是比对了自己的手表和办事处墙上的石英钟才说出的这句话。岛根勇吉还回了一句："有这事？我印象中它好像不慢啊……"

应该走得很准的石英钟，为什么莫名其妙慢了五分钟？现在想想，当时的自己真是迟钝到家，竟然面对如此明显的疑点也没有及时看出端倪。

一阵低吟在仓田警部补的心底响起——除了机械故障以外，只有停电才会使石英钟停止。这仅仅持续了五分钟的停电，极有可能就是某人切断了这栋建筑物的电源。

两人返回品川站，搭乘国电前往大森。从车站里出来后，仓田警部补感觉鞋里的双脚因为酷热和疲劳而像灼烧一般难受，再加上心里还有几分想要犒劳小牧的想法，便狠下心来在路边叫了辆出租车。

"你能发现电闸这一盲点，在我个人看来真是非常值得赞赏，佩服。"

为了享受从车窗吹进来的风，仓田警部补尽可能地将上半身靠向车门，同时嘴上这样说道。身为警部补的他认可了身边这位独臂男人的才华，不过这绝不意味着他会因此失去自信，而是对警方在调查中陷入思维定式，忽略了的盲点轻易就被没那么多乱七八糟想法的外行人看出来这一点心生感慨罢了。

"只是运气而已。"脸上不带半点笑意的小牧回应道，"无论电风扇还是卷帘门，都是必须在有电的情况下才能工作的电器。

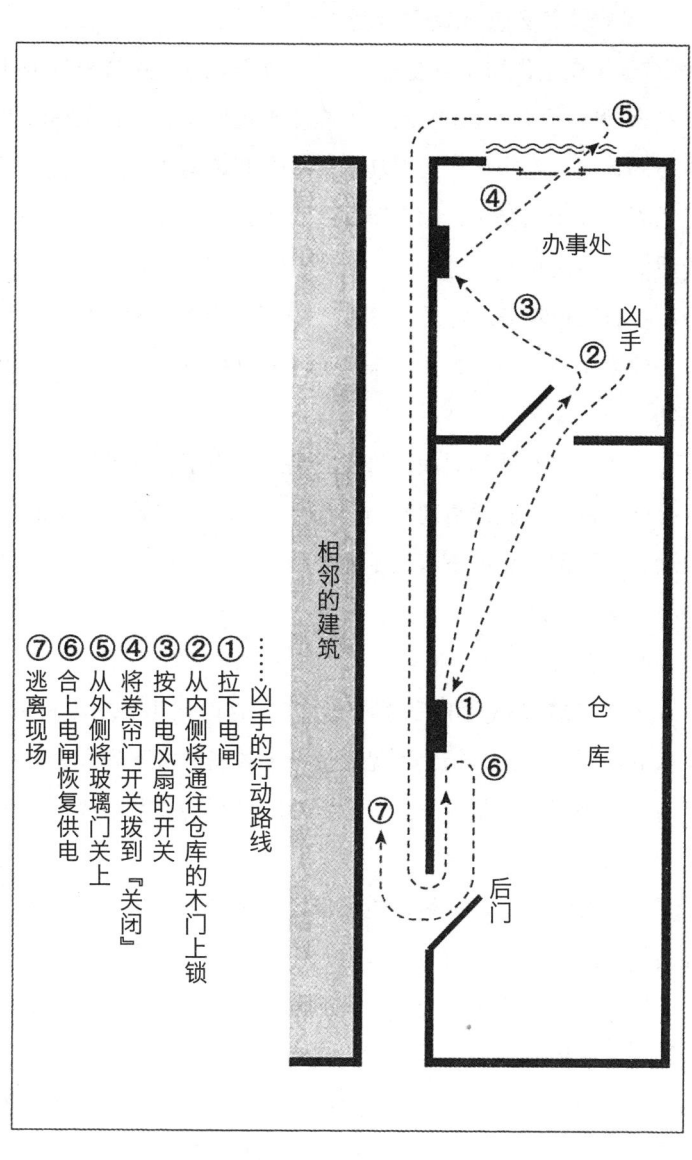

那么要想操控它们，就只有开关和总闸这两个地方可供选择。"

"那你是怎么想到总闸的呢？"

"刑警先生你描述调查过程时，我听到药店老板说他目击到了卷帘门降下，但并未看到有人在屋内操作开关。我觉得哪里不对劲，这种卷帘门，要拨动开关才会开始运作，跟药店老板说的看到卷帘门降下，却没看到有人在拨动开关后返回隔间是矛盾的。由此我便想到这个'拨动开关的人'很可能并不存在，那凶手就应该是提前将开关拨到'关闭'，再在仓库的其他地方设法使卷帘门降下。如此一来，选项就只剩下位于仓库后方的电闸了……仅此而已。"

小牧似乎有些不耐烦，语速飞快地说完了，随后像是在追踪什么似的，一脸严肃地看向正前方。对于已经破釜沉舟的小牧而言，刚刚发生的事情也不能在他的意识中停留，他面前只剩下"前进"这一条路了。

两人在桥上下了出租车。

倦怠笼罩着盛夏午后的河边小巷。这时候男人正在班上，女人和小孩在午睡，街上不见人影。不过虽然听不到人说话的声音，却不时有音量很大的流行歌曲和刺耳的婴儿啼哭声从长屋里传来。

他们穿过小船厂作坊，绕过川俣优美子家的房子，来到了面对大海的堤岸上。

这里与城区完全不同，洁净的海风迎面吹来，似乎连张嘴说话都有些费劲。

"不好意思，如果你身上有香烟，可不可以……"可能是实在忍不住了吧，小牧终于张开微微颤抖的干涩嘴唇说道。

"你看看我，一忙起来把这事都给忘了。"

仓田警部补也才意识到自己已经很长时间没抽过烟了。

两个人眺望着大海抽起了香烟，烟雾刚被呼出体外，就在海风的吹拂下迅速消散在他们身后。

"总之，根据我们的调查，凶手是不可能在二十三日晚上十点前后于这一带犯案的。"

为小牧讲完川俣优美子离奇身亡的详细经过之后，仓田警部补说出了这一结论。

"当晚附近的居民大多在外面乘凉、聊天，假如有陌生人现身，势必会瞬间成为众人视线的焦点。同时也没发现有人租船，或未经租船店老板同意擅自划着小船出海。再就是当时恰好有一对情侣在这里看海，他们明确表示海面上没有人。所以我提出的凶手乘船在海上，用钩绳拉塌吊架导致川俣优美子身亡的假设，当场就被特搜组的同事们否定了。"

说到这里仓田警部补不禁苦笑了一下。

旁边的小牧则一直面无表情地凝视着大海，阳光打在平静的海面上，闪耀着好似刀光的波光。平缓的海浪拍打着两人脚下的堤岸，重复着发出单调的声音。这让小牧想起与静子在横滨的山下公园，走在海边小路时的缠绵。

"也就是说，案发当晚十点左右，凶手并未出现在这附近吗？"

"没错，但导致川俣优美子身亡的吊棚是在十点左右崩塌的。"

"那就说明吊棚崩塌并非凶手本人直接造成的？"

"应该是这样。吊棚塌了，但那时凶手不在现场，因此无法将吊棚崩塌与此人联系起来。但吊棚崩塌明显不是自然现象，而是人为所致。凶手一定是用了什么巧妙的技巧……"

"那只可能是凶手提前布置好某种可以使吊棚在固定时间段崩塌的装置了吧？"

"这个推论很难成立,因为现场并未发现布置过定时装置的残留或痕迹,那么凶手又是如何使吊棚在十点左右准时崩塌的呢?"

"肯定是利用了什么。"

"比如某种定时器之类的?"

"很遗憾,那种案发后会在现场留下明显痕迹的东西恐怕不行。"

"不能在现场留下任何痕迹,也就意味着凶手使用的手法必须极其简单,可问题是世上真的存在如此方便快捷、事后还能消失得无影无踪的定时装置吗?"

"可凶手就是这么得逞的。除了自然现象以外,只可能是凶手在晚上十点之前就提前布置好了某种类似陷阱的装置。"

"结果还是回到了之前的推论啊,也就是凶手布下了某种定时装置。而且既然房间内没有任何痕迹,那凶手肯定是利用了唯一的与外部空间相通的地方,也就是窗户。"

"可那扇窗外是一望无际的大海啊。"

对话戛然而止,两人仿佛身处通风口被彻底堵死的密室中一般,继续说下去只会白白消耗有限的氧气。

水平线上方的云朵逐渐被染成粉红色,阳光也渐渐的不那么毒了,深蓝色的天空看着甚至让人感到一丝清凉。远处的海面上有几艘船,看似静止不动,船头却隐约掀起白色的浪花。

一言不发的两人就这么神情恍惚地眺望着傍晚的大海,短暂地放弃了思考。

仓田警部补抬起手看了一眼表。

"五点半了,我得回特搜总部把今天的成果汇报上去,你接下来有什么打算?"

"我想在这里再待一会儿。"

也许是一直积攒着的疲劳感突然袭来,坐在地上的小牧看起来连站起身都很勉强。

"我可以跟静子一起去住旅馆,或者去静子租的房子对付一下,但在那之前,我必须先找到能够证明她的清白的方法。"

"说的也是……就算咱们成功破解了小河内惠美身亡之谜,也不足以洗清杉静子身上的嫌疑。"

仓田警部补突然觉得心里很不是滋味,但也只能低头看着独臂男人,继续说道:"那我先走了……"

他还没走出几步,就好像突然想起什么事一样折返回来,将一张千元纸钞塞进小牧的胸前口袋里,并赶在小牧开口前说:"这是借给你的。"说罢再次转身离去,这次没再回头。

孤身一人的独臂男子重新看向海面。尽管傍晚的大海已经不能再用湛蓝形容,但仍能让他的心情平静下来。可能是因为拍打着堤岸的海浪、船只发出的汽笛声、海风的气味,以及广阔的空间都毫无保留地接纳了他的孤独,也可能是小牧以它们为媒介,感觉到自己的一切都融入到了静子的灵魂。毕竟他与静子的每一次幽会,那些每分每秒都无比珍贵的幽会,大都发生在能看到大海的旅馆,或是横滨的码头这类地方。

然而此时此刻,静子她却不在我身边……

他只能怅然若失地孤身一人对着大海。

也不知道静子现在是正坐在特搜总部的木椅子上接受刑警的连番询问,还是总算结束了一整天的折磨,一边躲避记者的镜头,一边急匆匆地赶往某家旅馆。

只要一想到静子虽因长时间受审而身心俱疲,却仍旧对明天满怀希望的样子,无法控制的焦躁与思念就会迅速占领小牧的心。

一旦静子被夺走，我还剩下些什么呢……

恐怕只剩缺少右臂，眼看着就要腐烂的人形肉块吧——小牧不禁这样想道。

孤零零置身于暮色之中的小牧更加深刻地意识到，静子对他而言究竟有多么重要。一旦失去了她，所有的色彩、声音和气味就都会从他的世界中消失，而他将化为一条孤独的老狗，在黑暗中徘徊，慢慢迈向死亡。

小牧从裤兜里摸出一个信封，把静子让他保存的那两张偷拍照片和底片从信封里倒出来，摆在膝盖上。照片上是漫步在山下公园里的他们，以及在旅馆的双人床上缠绵的他们——当时的情景在他的脑海中重现，仿佛就发生在昨天。

真想捧着这两张照片看上几个小时啊，要是能永远沉醉在那令脑髓都麻痹的爱意之中该多好。

然而，正盯着两张照片看个没够的小牧突然皱起了眉头。

有一个完全出乎他意料的发现。

先别急……

他压抑住内心的激动情绪，通过刚刚的发现联想到了某项实验。

抬头远眺，那些仿佛玩具一般排列在岸边的球形储油罐已被落日的余晖染成了深红色。

有了，先去趟照相馆再说。

小牧站起身来，对实验的期待让他的步伐格外轻盈，但没走多远他就意识到自己并不知道附近哪里有照相馆，于是决定先去商业街碰碰运气。

过了桥，小牧在一条自主干道斜着延伸出去的小路的转角处发现了一家装修老土、看起来就给人感觉生意不会太好的照相馆。他片刻都没犹豫,直接推开门走进了店内。

一个上半身穿着运动背心的男人慢吞吞地从弥漫着烤鱼香气的内室走了出来。

"可以借我用一下剪刀吗?"

小牧毕恭毕敬地说出请求。照相馆老板未发一言,从狭长的柜台下拿出一把剪刀,把它放到了小牧面前。

小牧拿出底片,灵活地用一只手剪下了右侧的一小部分。

"可以麻烦您帮我洗一张出来吗?"

"欸?"

老板那张扑克脸上写满了惊讶,因为小牧打算让他冲印的,竟然是一个那么小的东西。

"我想放大到普通相片尺寸。"

"可是,这……"

"我亟须这张照片,两个小时可以弄出来吧?"

"嗯……"

目瞪口呆的照相馆老板小心翼翼地用指尖把这张最宽的地方也只有三毫米左右的半圆形底片拿了起来,看着小牧说:"行,两个小时后来取吧。"

小牧无比急切,这张小小的照片说不定能成为解救静子的关键证据。而且这是偷拍者直接用来要挟静子的东西,对小牧而言它就是无价之宝。

小牧去吃了一份荞麦凉面,然后走进一家咖啡店。不过他需要的并非咖啡或者音乐,而是片刻的休憩。幸运的是店里客人不太多,而且放的是古典音乐,在这里小睡片刻真是再合适不过了。他找到一个空位,刚坐在富有弹性的沙发上,就安然地闭上了眼睛。

这可真是意外收获啊。

处在半梦半醒间的小牧迷迷糊糊地想着。

因为思念静子而不舍地将照片和底片反复看了好多遍之后，小牧突然有了一个小小的发现。也不知是单纯的粗心大意，还是要挟的人太过心急的缘故，静子收到的这两张底片不是用剪刀从整卷胶卷上剪下来的，而是像直接用手硬撕下来的。这使得右边相邻的那张底片也有非常小的一部分被连带着撕了下来。但这毕竟是对方的无心之举，所以只有最边上的一点点半圆形碎片，上面有什么很难看出来。运气差一些的话，有可能只是无意义的背景。

但它既然连着横滨幽会的偷拍照，想必这小小的半圆形底片也拍到了偷拍者或者要挟者关注的什么东西。无论拍到了什么，只要洗出来的照片能证明自己的推理成立，就可以通过揭穿要挟者的真实身份来洗清静子身上的冤屈。

小牧在做完这个充满希望的三段论推理之梦以后，从昏睡中醒了过来。虽然离跟老板约好的时间还有一会儿，但他实在等不及，于是直接起身再次前往照相馆。

老板自然是不敢怠慢这位小店开业以来第一个提出如此诡异的要求，而且周身上下释放出仿佛海底遇难亡灵般诡异气场的客人，于是快马加鞭完成了冲印照片的工作。小牧刚一走进店门，老板就直接把印着店名的信封递到了他的面前，似乎已经等候多时。

小牧付完钱，离开照相馆，散着步寻找光线足够明亮的地方。他很快就发现通往大森站的左边岔道的角落里亮着一盏水银灯，在那明亮灯光的照耀下，连生长在水沟旁的杂草都能看得一清二楚。

他很快便站到水银灯的正下方,用嘴把照片从信封里叼了出来。底片大小的照片上呈现出一幅半圆形的图像,小牧瞪大了双眼,屏气凝神地仔细观察画面中那轮廓不清的物体。

虽说已经放大过了,但也只有一个小碎片,信息量很有限,乍一看根本无法辨别这究竟拍的是什么东西。但观察了一段时间之后,小牧可以通过想象描绘出在完整照片中,与这块碎片相邻的都是些什么东西了。

位于碎片上方的应该是某种针叶树,但拍到的部分实在太少,而且上方还被某种白色的东西遮住了,所以很难看出究竟是哪种树。再就是这块半圆形碎片中最宽的部分,拍到了一个人,不过只有把被拍的人竖着分成四等份后最左边的那一点点。脸自然看不到,就连水平向右伸出的白皙手臂也刚好与门柱重叠在了一起,只能勉强看到服装的线条。再往下拍到的应该是裙子的一部分、向旁边踏出的右脚的一部分,以及穿在脚上的木屐的一部分,而画面的最下方似乎是水泥台阶。

小牧仔细观察放大冲洗出来的底片碎片之后,得出了以下三点推论。

其一,出现在照片中的人毫无疑问是一位女性。从无袖连衣裙加木屐的穿搭方式来看,这应该是一张抓拍照,或是拍摄者随意拍下的日常生活照。

其二,照片中的女性处于画面中最左边的位置,因此这应该是一张多人并排的合照。

其三,这张照片应该是在某户种有针叶树的民居的门前拍摄的。而且这位身着连衣裙的女性裸露在外的胳膊紧实、白皙,应该还很年轻。

但能够满足这三条推论的照片怕不是要以万为单位计算,因此想只凭这些推论就挖出要挟者的真实身份，根本是痴人说梦。

不知所措的小牧呆呆地站在水银灯下，路过的行人们看到这个穿着邋遢、举止怪异的独臂男人，都不约而同地选择绕道而行。

但是……总觉得哪里不对。

小牧就像卷入旋涡后因失去方向而陷入迷惘的水流一般，思绪在脑海中兜着圈子寻找出口。就像有时候明明没有刻意去回想，却会突然间浮现在脑海之中的儿时记忆一样，他总隐约有种自己似乎在什么时候、与某个人一起到过照片中拍下的那个地方的感觉。

啊！

在思绪终于不再兜兜转转，有了个定论的瞬间，小牧不禁惊讶地轻呼了一声。

针叶树后是花岗岩材质的石门，走上两级混凝土台阶，穿过花岗岩石门之后朝左一转头，就能看到枝干低垂着的雪松。

是那栋房子！

他再次盯着照片看，动用想象力对它进行放大之后，脑海中果然出现了"那栋房子"的门口。接着他又回想起女人所穿的白底黑条纹、条纹末端呈螺旋状弯曲的连衣裙时，小牧整个人彻底僵住了。仿佛有一根由难以名状的愤怒、震惊及恐惧所打造的钢柱，从天灵盖瞬间贯穿了他的整个身体。

回过神来后小牧拔腿就跑，一路狂奔到了大森站。尽管他明白这样做毫无意义，但还是必须做点什么来释放内心的无尽愤懑。

他在大井町站换乘大井町线，透过电车车窗可以看见一道道苍白的闪电划过漆黑的夜空。等他在自由之丘站下车的时候，如同瀑布一般的倾盆大雨已经在锤打干燥的地面了。他奋力扒开聚在地铁站出口屋檐下躲雨的人群，一头冲进那仿佛幕布般包裹着一切的滂沱大雨之中。

简直就像走在水里一样。尘土的气味刚从地面升腾而起，就瞬间被仿佛水浇在烧红的铁板上时发出的那股味道替代，小牧瞬间就被暴雨浇了个透。

来到"那栋房子"的门前，他只冷冷地瞥了一眼门柱上写着"小牧"二字的白色名牌，便毫不犹豫地走了进去。位于门内左侧的雪松正在暴雨的蹂躏下吱吱嘎嘎地剧烈摇晃着。小牧径直来到玄关前，他连碰都没碰门把手，而是用上全身的力气，狠狠地摁响了门铃。

有人趿拉着拖鞋小跑着靠近，随后玄关内的灯亮了起来。

"请问是哪位呀？"

从门里传来女佣和代的声音。小牧没有说话，左手继续死按着门铃不放。

"来了、来了！"

和代的身影伴随着慌张的声音映在了玄关的大门上。

门终于从屋内打开。和代突然发出一声像是抽了风般的惨叫，她兴许是把长相本就阴郁，又在经历了几天的颠沛流离之后变得眼眶凹陷、两颊消瘦、胡茬凌乱，身上的衣服还湿了个透，两眼之中却燃烧着熊熊怒火的小牧给看成前来索命的死神了吧。

过了片刻，和代才缓缓移开遮着眼睛的手，一脸惊恐，却又仿佛被什么东西强行吸住一样战战兢兢地看向小牧。

"是谁让你干的？"小牧强压着内心的愤怒，语气平静地问道。和代却吓得打了个寒战。

"是谁让你干的？"声调和内容都与刚才完全相同的话再次从小牧的口中冒了出来。

"我不明白……你在说什么。"和代终于颤抖着做出了回答。

"我记得你有一台照相机和闪光灯……现在你应该明白我在说什么了吧？"

"我还是不明白！"

和代慌乱地摇着头，脸已经煞白。

"别装傻了，不然那个一路跟踪我到横滨，又用照相机偷拍的人是谁？"

"这种事我怎么知道。"

"是谁让你这么干的？"

"我不明白你在说什么！"

"快说！"

"我不明白你在说什么！"

下一秒钟，巴掌扇在和代的脸上发出啪的一声脆响，她整个人则一个踉跄倒向玄关的墙边。无法用语言形容的惨叫声几乎在同时响彻小牧家的宅邸。

一阵凌乱的脚步声响起，小牧的岳父岳母双双出现在了玄关。刚看到小牧的时候，他们明显也跟和代一样被吓得不轻。但这些年来始终把小牧当狗一样呼来唤去的自信，让他的岳母迅速从惊恐之中缓了过来，并像往常那样冲小牧吼道："你这个废物！事到如今居然还有脸回来！"

放在以前，单单这一声吼都能让小牧立刻跪下向她赔礼道歉。但此时小牧却没有表现出丝毫要屈服或者放弃的意思，而只是冷漠地瞥了她一眼而已。与过往截然不同的反应明显令他的岳母有些不知所措，但那份持续数年的优越感，依旧让她打心底里瞧不起这个独臂的男人。

"老婆在住院，你却跑去其他城市找朋友厮混……还在外头一待就是三四天！身为一头混吃等死的猪还敢这样胡来，可真有你的啊！"

看来岳母这是铁了心要用污言秽语逼小牧服软。

"今后不许你再进我家的门！公司你也不用来了！咱们之间已经恩断义绝！"岳父也在旁边附和着喊道。

面对二老的口头攻势，小牧并没有回嘴。而是仅仅报以一个带着几分自嘲的微笑。

此刻的小牧，正在为自己之前做过的那些蠢事感到深深的懊悔。直到最近他才意识到不再寄人篱下意味着什么。要知道这可是他入赘小牧家以来，第一次发现自己不止可以与岳父岳母平等地对话，甚至还能开口反驳他们啊。

"你倒是说点什么啊！"

岳母跺着脚冲小牧大吼，却被小牧无视。他一步迈进玄关内，直奔紧贴着墙壁缩成一团的和代而去。接着他一把抓住和代的肩膀，把蜷缩着的对方从地上硬拽了起来。

"是谁让你干的？"

小牧第四次重复这个问题。

可能是家中的二老在场让和代多了几分底气吧，她竟然直接把脸扭向一边，一言不发。

小牧松开了和代的肩膀，随后一把扯住她身上那件白底黑色条纹的连衣裙，低声问道："你最近穿着这件连衣裙，跟另外三四个人在大门前拍过一张合照对不对？"

话音刚落，和代的脸就转回来了。于是小牧趁热打铁，继续说道："你再不说实话，就要换警察来问了。"

"警察？"和代与二老异口同声地惊呼道。

"说！是谁让你干的！"小牧第一次提高了音量。

"我不明白你说什么……"和代无力地回答道。

小牧毫不留情地举起左手，听着让人感到畅快淋漓的脆响声接连炸响在和代的脸上。这一幕让岳父岳母惊得动弹不得，他们像看到一直对自己百依百顺的狗突然露出獠牙一般，陷入无尽的恐惧之中。

"是小姐……"似乎已经有些恍惚的和代轻声说道。

"……波江吗？"

"……是的。"

微微点头之后，和代无力地垂下了头。

波江！

小牧的眼中顿时燃起了诅咒的烈焰，下一个瞬间，他转过头朝着岳母所在的方向大吼道："浑蛋！"

他这一声怒吼，把岳母吓得直接后退了几步。

这一声凝结了六年里被骂了几百次"浑蛋"所累积的愤懑，发泄出来之后，小牧就转过身消失在了屋外的倾盆大雨中，似乎已经与这座宅邸诀别。

3

仓田警部补隐约感觉到有人在摇自己的肩膀,他渐渐从睡梦中苏醒过来,发现阳光已经透过乳白色的窗帘照进来,给昏暗的特搜总部带来了光明。

他睁开眼睛,看到一名身穿制服的刑警正一脸尴尬地站在自己面前。仓田警部补早已习惯在特搜总部过夜,昨天晚上的会议一直持续到凌晨两点才结束,躺下时都三点多了。说实话,现在他真的非常困。

"有个人说无论如何都必须见您一面。"身穿制服的刑警小声说道。

"谁啊?"

"是个没有右臂的男人,看起来像个流浪汉。"

警部补立刻意识到来人是小牧,说他是流浪汉也未免太过分了些。于是他苦笑着爬了起来,看了看周围,只见屋子里到处都是四仰八叉倒在地上呼呼大睡的同事。

"现在几点?"

"六点半。"

仓田警部补边想着怎么才睡了三个多小时啊,边拽过衬衫,披上之后走出了总部办公室。

小牧就缩着身子站在神乐坂警署前，身影躲在都营电车站旁电线杆的影子里。本就很邋遢的衣服又在昨晚被暴雨打湿，看起来显得比之前更加落魄，也难怪刚才那位刑警会把他当成流浪汉。

"啊……"

看到仓田警部补，小牧仿佛得到救赎一般迅速走了过来。

"静子她怎么样了？"小牧一字不差地说出了仓田警部补早就预料到的话。

"我把你的话转告给她之后，她像是下定了某种决心，随后就向我们交代，有人曾要挟她抄写三封粉丝信。我认为这条新线索应该对她比较有利。"警部补微笑着做出了回答。

随后两人一起朝天桥的方向走去。雨后清晨，雾气在渐渐散去，街上还没什么人，路面上有不少被昨晚的暴雨打碎的纸屑，星星点点的，十分醒目。

"她说要挟者先送来了粉丝信的范文，随后向她下达指示，'抄写三份，然后和范文一起夹在周刊杂志里，放到新桥站的失物招领处'。我昨天晚上亲自跑了一趟新桥站的失物招领处，那里的负责人说八月十九日确实收到过一本杂志。据负责人回忆，杉静子把一本周刊杂志送来之后差不多过了半个小时，又来了一位年轻女性，说自己丢了一本里面夹有信封的周刊杂志，于是负责人便把之前收到的周刊杂志交给了她。虽然这并不足以构成实质性的线索，但万幸的是，对方用来要挟杉静子的照片和底片都在你手上，我本来今天就准备请你来总部协助调查的。"

两人走过天桥之后右转，来到了路边的小公园，低头就能看到从下方隧道穿过的国电轨道。

"其实我已经查明要挟者的身份了。"小牧面色有些沉重地说道。

"小牧先生，可不能拿这种事情开玩笑啊。"仓田警部补盯着小牧的侧脸说道。

"我没开玩笑。"

"是吗，那是谁呢？"

"就是……我的妻子。"

"你说什么？"

"我今天来警署，就是为了告诉你这件事。你们可以立刻过去一趟吗？"

"去哪儿？"

"医院，秋叶原医院。"

"秋叶原医院！"

"是的，我妻子正在那里住院。我记得今天是她动手术的日子，再不尽快赶过去，恐怕之后会被院方拒之门外。"

原来之前会在秋叶原医院的玄关与这位独臂男子擦身而过，是因为他刚刚探望过在那里住院的妻子啊——这下仓田警部补总算释怀了。但他也意识到，同为白领小姐候选人之一的新洞京子也在秋叶原医院接受治疗，这个看似巧合的联系之中会不会隐藏着什么关键的线索呢？

"请问你夫人住哪间病房？"

"外科住院大楼的五号病房。"

"她是不是有一位年轻的女性病友？"

"你怎么知道？我听说她也是白领小姐的有力候选人之一。"

仓田警部补迅速在脑海中描绘出了一幅人物关系图，随后说道："事关重大，咱们可不能擅自行动。你先把整个事情的来龙去脉给我详细讲一遍，我会在特搜总部开会的时候跟大家说

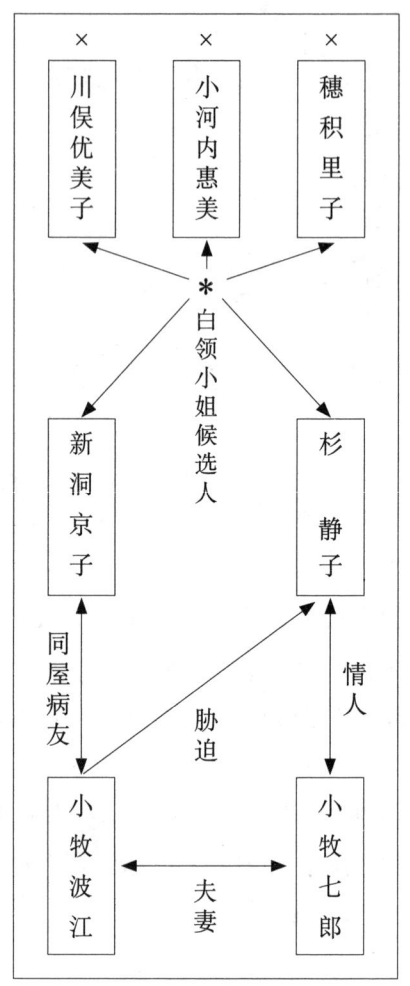

明。要怎么行动，之后再定。"

小牧听罢便把照片和底片都交了出来，随后开始讲述他查明妻子原来就是要挟者的整个经过。仓田警部补将他的讲述与杉静子昨天的供词整合了一番，在记事本上这样写道：

在三名已故白领小姐候选人的遗物中均发现了一封内容完全相同的慕名信，而要挟同为白领小姐候选人的杉静子写下它们的，是与东京区另一位白领小姐候选人新洞京子住同一间病房的病友。如此一来，涉案人员之间错综复杂的关系终于清晰了。

八月十日　小牧与静子幽会时，被要挟者派出的手下（女佣和代）偷拍。

八月十一日　静子在单位接到要挟电话。

八月十三日　新洞京子遭遇车祸，后被送进秋叶原医院。

八月十四日　小牧波江也住进秋叶原医院，与新洞京子成为同屋病友。

八月十八日　静子再次接到要挟电话，对方在电话中下达了具体的指示，随后静子收到了邮寄来的慕名信范文。

八月十九日　静子遵照要挟者的指示，将夹着慕名信的杂志送到了新桥站的失物招领处，随后要挟者得到了自己想要的东西。

八月二十三日　三位白领小姐候选人先后身亡。

"新洞京子住院的第二天，你的妻子住进了同一间病房。也就是说，她们两个很可能从那天开始就勾结到一起了。"

仓田警部补先看了看手中的记事本，然后看着小牧的脸说道。

"所以是我妻子与新洞京子共同策划了这一系列命案吗？"

"如果要挟者与凶手是同一人，应该就八九不离十了。每一起命案的作案手法，都是凶手利用自己对受害者性格、习惯、嗜好及生活状态的深入了解而设计的。现场全部精心布置为密室,且未直接用到任何凶器,而是巧妙地利用了小河内惠美的嗜酒如命、川俣优美子的近视眼和位置绝佳的吊棚,以及穗积里子对高档家用电器的狂热追求,以此夺去她们的生命。可是,你的妻子是如何做到对三位白领小姐候选人如此知根知底的呢?依我看,除非是有同为候选人的新洞京子相助,否则单凭她自己,绝对想不出如此周密的杀人计划。要挟杉静子也是如此,住院之前打出的第一通电话估计只是吓唬吓唬静子而已,实际上那时她并没有想到该如何利用手上的偷拍照。看看记事本上的时间点就能明白,住院后她与新洞京子越发亲密,接着,在入院六天后她打出的第二通胁迫电话中,就仿佛突然开了窍一样,对静子提出了十分具体的要求。"

"如果真是这样,就更应该尽快派人前往秋叶原医院盯住她们。我昨晚一直在小牧家门前盯梢,看他们会不会派人赶往医院通知波江她要挟静子的事情已败露,但等到东横线末班车的时间都没见有人出现……那就应该是今天早上,我估计和代很可能已经从小牧家出发了。另外今天是波江动手术的日子,所以我岳母应该也会前往医院才对。"

"这方面你不用担心,那家医院八点开门,咱们的时间还很充裕。"

仓田警部补说完从长椅上站了起来,两人沿着来时的路返回。天空已经放晴,被雨淋过的民宅屋脊在朝阳的照耀下反射出柔和的光。

"但就算波江她与新洞京子联手了,身为住院患者的她们也离不开医院啊。而且波江的身体连独自下地行走都十分困难,她们又是如何害死那三个人的呢?"小牧边走边问道。

"这也是一大难点,她们俩的不在场证明太完美了。"

仓田警部补十分清楚，即便这两个人的不在场证明都是刻意伪造出来的，从现在的情况来看，也很难将其推翻。

"她们可能还有其他的帮手？"

"理论上来说应该是这样。但这并非单纯的暗杀行动，而是要将三位受害者的死全部伪装成事故和意外身亡，我觉得她们不太可能委托其他人去执行如此精密的杀人计划。"

"你的意思是，她们有一个专门负责下手的共犯？"

"你觉得那个叫和代的女佣嫌疑大不大？"

"看她昨天晚上的反应，她做的应该只是偷拍而已。应该只想着帮女主人教训一下丈夫的情人，远没到会引起警方注意的程度。而且我开口提到了警察二字，她表现出来的只是单纯的惊讶，我认为她很可能连波江让静子抄写的那三封慕名信具体是什么内容都不清楚。"

"你说的这位女佣，已经服侍小牧家很长时间了吧？"

"其实也就四年，但她对波江十分忠诚，每次波江侮辱我，她肯定会马上附和，把我骂得一无是处。"

"既然如此，她也有可能代替身体不便的主人，对受害者下毒手吧？"

"我觉得她不至于听命于波江到那个程度。她更在乎自己，而且也没蠢到会为了效忠主人而甘愿参与犯罪的地步。她很狡猾，知道根据报酬高低决定自己该出多少力气，所以，她的任务应该只是暗中跟踪我、用相机偷拍、前往横滨邮寄慕名信范文、替波江拨打要挟电话，以及前往新桥站失物招领处取回夹着静子手写慕名信的杂志。"

"那么行凶者又会是谁呢……"

此案涉及五位白领小姐候选人，其中三人已经身亡，剩余两人中，一个在案发前就因车祸住进了医院，没离开过病房。而仅剩的最后一人杉静子也并非凶手的话……凶手又是谁呢？

按步骤展开后，这道杀人方程式的难度也在不断上升，两人陷入进退维谷的尴尬局面。

穿过饭田桥站前方的大道，在刚刚过天桥的地方有一家大众食堂刚刚开门，味噌汤的气味飘来，两人的视线落在了写有"套餐六十日元"的立牌上。

"你先去店里等我一会儿。"仓田警部补嘱咐小牧道，"我马上回来，咱们一起吃个早饭。"

说罢仓田警部补就大步流星地直奔神乐坂警署而去。

小牧走进大众食堂，一眼就看到了摆放在展示柜里面的树脂食品样品，有米饭、味噌汤、纳豆、萝卜泥和腌茄子等。他等了不到五分钟，仓田警部补就带着岸田井刑警一起回来了。

"来三份套餐加三瓶牛奶。"

在椅子上坐定之后，岸田井刑警点了餐。

"放心吧，我们已经派人去秋叶原医院那边盯着了。"仓田警部补对小牧说道。

"那静子的处境会有所改变吗？"小牧迫不及待地问道。

"现在还很难说。"

"毕竟目前掌握的这些信息还并不足以证明她的清白。"

"杉静子先后在穗积里子与小河内惠美的死亡现场出现过，所以除非咱们查明真正的凶手是谁，否则她的立场不会有太大的改变。"

"是因为那面从她包里掉出来的小镜子……吗？"

"没错。"

"其实，关于那面镜子……"

小牧正吊起眉梢看着仓田警部补说着，服务员恰巧把牛奶送来了。岸田井刑警依次揭掉瓶口的纸盖，将其中两瓶放到搭档与小牧面前。

小牧接着说道："昨晚我搭乘东横线末班电车离开涩谷之后，去了大和田町的一家百元旅店过夜。反正怎么都睡不着，我就琢磨了一整宿那面镜子的事情。我坚信静子绝对不是凶手，所以推理是以此为前提进行的。我认为那面镜子会出现在静子的包里，有两种可能性：其一是有人故意陷害她；其二是凑巧掉了进去。但无论现实中发生的是哪一种情况，都属于小概率事件。毕竟手提包这种东西，通常都是时刻带在身边的。想到这里我突然意识到，案发过程中，手提包完全脱离静子的视线，从而让真凶能将镜子神不知鬼不觉地塞进她包里的机会就只有那么一次。"

小牧说到这里稍作停顿，拿起牛奶来喝了一口。两位刑警则一言不发，只等着他继续说下去。

"那就是静子前往穗积里子住的公寓的时候。当时她发现穗积里子不在，便把手提包放在桌上，转身下楼去找管理员询问，结果再回来的时候发现房门锁了。也就是说，在她下楼询问的这段时间里，手提包被留在了穗积里子的房间里。如果某人是这时将镜子塞进了静子的手提包呢？镜子这种东西，很容易沉到包内各种杂物的最下面，除非特意翻找或者把里面的东西全倒出来，否则静子肯定觉察不到包里被塞了一样东西进来。那么这面本应在小河内惠美手上的镜子又是被什么人弄到穗积里子的房间的呢？既然镜子与手提包的交汇点是穗积里子的房间，镜子就肯定是被某人从小河内惠美的住处带到穗积里子的房间的。我想出了一个极其单纯的可能，既然小河内惠美在事发当天的傍晚曾外出过一次，那么这个将镜子偷偷塞进静子手提包里的人，有没有可能就是持有镜子的小河内惠美本人呢？"

"精彩！"岸田井刑警突然叫道，"真是精彩的推理啊，小牧先生！"

"可是这样一来，小河内惠美就变成杀害穗积里子的凶手了。"小牧说着，似乎很苦恼地皱起了眉头。

"也不是没有可能啊。"岸田井刑警说着深深地点了点头，"其实在听你阐述观点时，我也有一个推论。"

"可小河内惠美不是受害者吗？"

"案件中确实也会出现受害者同时也是行凶者的情况。听听我的想法吧。小河内惠美于傍晚五点半左右造访了穗积里子的公寓，她使用某些手段让里子服下了安眠药。随后里子叫的拉面外卖送到了，吃着吃着里子开始犯困，行动也越发迟缓。于是惠美看准时机，将里子骗到电冰箱前，并一把把她推进去关了起来。而这时正巧杉静子来访，被敲门声吓得够呛的惠美赶忙躲进了洗手间。接下来静子发现屋里没人，就把手提包留在桌子上，下楼去找公寓管理员了。静子前脚刚出门，惠美后脚就从藏身的卫生间里出来，顺手摸出镜子查看刚刚杀了人的自己脸色和发型上有没有什么不对劲的地方。这时她才反应过来自己手上拿着的，正是刚刚杀死的里子的镜子。这不仅很瘆人，而且万一警察展开调查，持有死者的东西肯定会对自己不利。好在这本就是里子的东西，只要物归原主就完事大吉了，于是惠美就把手上的镜子塞进了放在桌上的手提包里。内心无比慌乱的她根本无暇细想这究竟是不是里子的包，恐怕她做梦都想不到，那个包的主人居然是杉静子吧。随后惠美溜出房间，锁上门，把钥匙丢进位于门下方的报箱之后离开了现场。又过了一会儿，杉静子才从管理员那里回来……"

岸田井刑警瞪大眼睛盯着虚空，一口气陈述完了自己的观点。

"那前往品川仓库造访小河内惠美的又是谁呢？"小牧心急火燎地问道。

"如果是……川俣优美子的话呢？"

话刚出口，岸田井刑警就仿佛被自己的话吓到了一般咬住了嘴唇。

"这、这不可能！"

小牧的声音已近乎惨叫。

"不，很有可能。"

仔细将自己的思绪整理成语言之后，岸田井刑警继续说道："时间上对得上。川俣优美子是二十三日晚上快九点半时到的家，如果她设法灌醉小河内惠美，布置完煤气中毒密室之后，九点左右打车从品川仓库离开，就能在九点半回到海边的家……"

"那又是谁杀了川俣优美子呢？她身亡的时候已经十点左右了，总不能是已化为尸体的小河内惠美或者穗积里子动的手吧？"

这下可把岸田井刑警给问住了，他只得用狂揉脸颊的方式来掩饰内心的尴尬。

自三人落座后，一直像旁观者般沉默不语，只顾反复仰头往肚子里灌牛奶的仓田警部补此时终于把已经喝空的牛奶瓶放回到桌上，并抬起头来开口说道："是穗积里子。"

"你说什么？……"同时看向仓田警部补的岸田井刑警和小牧异口同声地说道。

"如果真有操纵她们互相残杀的幕后黑手存在，她们三个就很有可能像岸田井刑警刚才说的那样，在身为受害者的同时也是行凶者。这三名受害者存在若干共同点，首先是她们收到了内容完全一样的慕名信，其次是掉在穗积里子房间地上的安眠药，与散落在川俣优美子枕边的是同一种。这两大共同点足以证明她们是同一位主谋者安排的交叉谋杀惨剧中的角色。"

仓田警部补难掩心中的兴奋，手颤抖着拿出钢笔，画下一幅图（见右图）。

"请看，她们在并不清楚自己也将有杀身之祸的情况下对目标痛下杀手，随后依次死于非命。而制订出这一系列计划的幕后黑手，只要拿好完美的不在场证明，远远地看着她们互相残杀，就能不费吹灰之力达到目的。"

"可从时间上来看，穗积里子是不可能杀害川俣优美子的啊。川俣优美子身亡时穗积里子早已经是一具尸体了。"

听到搭档的这句话，警部补不禁苦笑了一下，随后说道："是这么个时间顺序没错，但是那天只有穗积里子进过川俣优美子的房间，所以她肯定设置了某种装置。"

```
穗积里子
  │ ↖
  │   ↖ 弄塌吊棚使其被重物砸击身亡（晚上十点左右）
  │     ↖
  ↓       川俣优美子
关进冰箱内使其窒息身亡（下午六点左右）
  ↓
  小河内惠美
     ↗
   ↗ 把对方灌醉后使其在密室中被害（晚上九点左右）
```

"这么说……你已经知道她用的是什么方法了吗？"

"也是刚刚才弄明白。你还记得新洞京子的履历吧？她曾以非正式雇员的身份在气象厅的海洋课工作过一段时间。"

"在气象厅工作过……这跟定时装置有什么关系吗？"

"别那么着急好不好。给气象厅打个电话应该就会有所收获，虽然还没到上班时间，但现在属于特殊情况……"

说罢仓田警部补便起身去借店里的电话，过了一会儿他才回来，已经兴奋得脸色发红。

他对桌边的两位说道："咱们再去堤岸边看看吧。"

到头来，送上桌的套餐三人都一口没动，就算有食欲也已经被他们抛到脑后了。这个可以说是前所未见的奇葩三人组——由两位刑警和嫌疑人的情夫组成——正快马加鞭赶往川俣优美子的家。

敲门叫醒租船店的老板之后，三人坐上了一条租来的小船。仓田警部补熟练地摇着橹，驾驶小船沿堤岸缓缓前行。走了约二十米后，船在河口左转，驶入大海。又走了没一会儿，三人所乘的小船就来到了被拴在木质船墩上的老旧拖网船旁。拖网船此刻就停靠在川俣优美子二楼房间的那扇窗户下，稍微靠右一点点的位置。

仓田警部补脱掉鞋袜、挽起裤腿，大步跨到拖网船上。舱底的积水随着船身晃动，栖息在船上的海蟑螂们顿时四散奔逃。警部补将整艘船查看了一番，发现座板上结结实实地拴着一条细麻绳，便靠了过去。

"就是它……"

说完仓田警部补就抓住这根麻绳往船上拽，麻绳的其余部分因为浸泡过海水而变成了深褐色，仿佛湿了的蛇一般被从海里拉了出来。岸田井刑警与小牧全程死死地盯着海面。三人周围的气氛与风平浪静的大海格格不入,甚至能从打捞绳索的纯体力劳动中感受到一丝令人窒息的杀气。

"哦哦……"

三人同时发出了说不清是叹息还是欢呼的声音。一个被绳索紧紧拴着的红褐色物体伴随着细碎的飞沫出现在了海面上。

"这是什么东西?"岸田井刑警从小船上探过头来问道。

"一大块废铁,很重,相当于坠子。"

仓田警部补边回应搭档边猛然发力,将绳索还留在海里的最后一截给拉了上来。只见其末端赫然拴着一个已经锈成了褐色的金属钩。

仓田警部补顾不上海水和污泥,直接把金属钩拿到眼前观察了一番,随后兴奋地说道:"果然是这样!"

"这就是凶手用的花招吗?"小牧一脸惊讶地问道。

"没错,这就是你说的'定时装置'。"

"可这个装置是靠什么来启动的呢?"

"大自然。"

"大自然?"

"是自然现象的力量启动了它。这条绳索长约十三米,穗积里子用它拴好钩子跟铁块后,一起装进大号手提包之类的东西,然后于二十三日下午三点左右造访了川俣优美子的家。当时优美子不在家,于是她来到二楼的房间,目的当然只有一个,那就是将包里的钩子挂到吊架上面。确认钩子挂好了之后,她将拴有铁块的另一端丢出窗外,随后便离开了川俣优美子的家。接着她前往租船店租了一艘小船,然后像咱们刚才做的那样划船来到这个位置,一边留意四周的情况,装出在划船游玩的样子，一边动手把之前从窗口丢下来的绳索拴在拖网船的座板上，并特意留出了一些富余。完成这项工作之后，穗积里子便若无其事地将船划回租船店，结账之后离去——如此一来，她的定时装置就设定完毕了。"

"但这是发生在下午三点的事情啊，究竟是怎么在晚上十点——"

"所以说是定时装置啊。"仓田警部补的声音盖过了小牧的声音，说完还从口袋里抽出一张纸来。

"我刚才不是给气象厅打了个电话吗，虽然负责人因为还不到上班时间没来单位，但好歹还是请接电话的人帮忙查明了一些事情。首先是东京湾涨潮与退潮时的水位差，大潮时平均差为二点四米。而且距离海岸越近，这个数字也会相应地变得更大。咱们常在报纸上看到的是在胜哄桥一带测得的数据而已。我请对方帮忙查看二十三日当天的涨退潮时间，以及这两个时间点的水位，那边很快就给出了详尽的数据。我在这里就只挑与定时装置有关的说了，涨潮时间为下午三点三十七分，水位为一点七四米。退潮时间为晚上十点，水位为零点六一米。这就意味着二十三日当天，涨退潮之间的水位差有差不多一米。"

听到这里，连小牧也渐渐明白这所谓的定时装置究竟是怎么回事了。

涨潮时间几乎刚好与穗积里子进入川俣优美子二楼房间的时间重合，落潮时间则与吊棚崩塌的时间一致。

"她有办法提前知道涨潮与退潮的时间以及水位吗？"

警部补点点头，算是对小牧的问题给出了肯定的回答。

"只要事先找气象厅的海洋课查询，你甚至可以知道未来某个特定日期的潮汐相关数据。新洞京子利用她在海洋课工作时掌握的知识布下了定时装置，我们在调查时却并未留意自然现象这个点。而她只要利用涨退潮之间的水位差，对绳索的长度进行调整即可。趁着涨潮时将绳索拴到拖网船的座板上，同时留出适当的富余，如此一来钩绳就暂时不会对吊架产生影响。等到退潮时水位逐渐下降，漂浮在海面上的拖网船也跟着一起下沉，钩绳自然被逐渐拉紧，拖网船的重量便全部施加在了它正钩着的吊架上。随着吊棚不堪重负而崩塌，钩子在废铁的拖拽之下从吊架上滑落，并最终与绳索一起沉入海里……于是就变成了现在咱们所看到的这样。"

说完，仓田警部补略显颓丧地蹲在了拖网船的舱底。

小牧茫然地望向水平线，岸田井刑警则目眩般地眯起双眼，抬起头仰望蓝天。

他们似乎都在放空大脑。

这起离奇的三角杀人案，给人以类似刚刚读完来自遥远国度的传说之后，那种空虚又滑稽、恐怖又梦幻，甚至想立刻放弃现实中的一切的强烈倦怠感。

小河内惠美害杀了穗积里子，穗积里子杀害了川俣优美子，川俣优美子杀害了小河内惠美。而将如此精密的剧本设计出来并付诸实施的，居然是正躺在医院病床上的车祸伤者新洞京子，以及半身不遂的瘫痪病人小牧波江——

目睹了这场爆发在五个女人之间的阴谋算计和互相残杀之后，三位仿佛得知自己曾经苦苦追寻的绝世美女如今已变成毫无风采的丑八怪一般，顿时被一种无法用语言形容的疲劳所吞没。

岸田井刑警从衣服兜里摸出已经空空如也的新生牌香烟，揉成一团之后丢向大海。纸团落水后迅速浮了起来，随着小船船身的左右摆动在海面上起起伏伏。

仓田警部补一言不发地把自己的烟盒丢了过来，岸田井刑警伸手接住，与小牧依次从中抽出一根叼在嘴上。无论天空、大海，还是掠过的风，此刻都静谧无声。

溶于雾中（终局之章）

1

新洞京子看着窗外水渠反射在雪白天花板上的摇曳光晕，陷入愉快的梦境之中。

她体会着冠军在就要抵达终点前的小憩中才能体会到的如释重负。既然晋级决赛的十位参赛者中最被社会各界看好的四人已全部丧失参赛资格，那白领小姐的桂冠自然非她新洞京子莫属。如今她的脑海中正轮番思考着届时该做好怎样的心理准备，接受采访时该挑哪些重点讲讲，以及面对摄影机镜头时该摆出什么样的姿势。

昨天的晚报上刊登了一篇以《名为选美的赌博》为标题的社论，新洞京子忽然回想起文中所写的内容，不禁轻轻地冷笑了一声。

当今日本充斥着大到全国皆知，小到无人问津的各种选美大赛。众多对自身容貌身材充满自信的女性，为了得到丰厚的奖金和所谓"选美女王"的头衔，不惜暴露出女性最丑陋的一面，也要与其他参赛者拼个你死我活。她们却从未想过，究竟有多少女性，为了给自己贴上选美女王的标签，从此走上悲惨的人生道路，或是在昙花一现之后迅速被大众所遗忘。这些梦想着成为灰姑娘，执着于选美女王头衔的女性，其实与追求一夜暴富的赌徒十分相似。如果真的出现了为争夺选美女王宝座而危及参赛者生命安全的明争暗斗，势必将演变为重大社会问题，全社会都要就究竟该不该举办选美大赛而展开讨论。

新洞京子很清楚，这篇评论文章就是在影射刚刚发生的白领小姐候选人离奇身亡事件。

然而，她却在心中高声呐喊，只要成为灰姑娘就行了！

等真的成了白领小姐，还有谁敢如此露骨地攻击她呢？面对拥有巨额财富和响亮名声的美女，谁会不选择乖乖臣服呢？没错，我确实进行了一场豪赌，但我赌赢了——这不正是我毕生追求的目标吗！想到这儿，新洞京子不禁昂然地挺起了胸膛。

奖品多到房间里都堆不下，存款的数字不断膨胀，周围全是羡慕、畏惧与迷恋的眼神。活动多到参加不过来，更有接不过来的海外邀请和争相送上门来的代言合同。

这一切都将在后天——九月二日的最终决赛之后，化为现实！

新洞京子要花费很大的精力，才能勉强压抑住内心的狂喜。

就在这时，一群男人在脸色煞白的护士长的带领下，陆陆续续走进了新洞京子的病房。一、二、三、四、五，总共五个人——他们若无其事地走到窗边，一字排开，几乎把整面窗户都遮住了。

有两个我见过，是警察……新洞京子顿时全身战栗，目光停在了光晕已经消失的白色天花板上，偌大的病房中似乎只能听到她的心跳声。

"新洞京子小姐，你原本是计划今天下午出院的对吧？"一名站在病床边的中年男子问道。

"是的。"新洞京子看着天花板回答，但她却没能掩饰住声音中的颤抖。

"已经可以走动了，那自然最好。我们已经征得主治医师的同意了，这是逮捕令。"

"你们凭什么抓我？"

"谋杀。"

"我可是个住院患者呀，半步都没离开过医院的我怎么可能杀人呢？"

"以教唆他人的形式剥夺其他人的生命，也是杀人。"

"我可是受害者啊！还差点因为方向盘被人动了手脚而没命呢！"

"这可不好说，想洗脱身上的嫌疑，当然是将自己塑造成一名受害者最有效。只要你有那份心思，动手伪造一场车祸应该并不算什么难事吧。"

"我没骗你们，那场车祸肯定是有人在我的方向盘上动了手脚！"

"我没工夫跟你争辩，剩下的事等到了特搜总部再说吧。"

"不要！我不会离开这里的！"

新洞京子边狡辩边死死抓住了病床的铁栏杆，她已经彻底崩溃了。

池田搜查主任见状，只好苦笑着转向护士长说道："外科主任医师说过小牧波江小姐的手术并不紧急，所以就算延期进行也并无大碍，没错吧？"

护士长用眼神对搜查主任的问话表示了肯定，几乎同一时间，被白色帘子隔在病房另一侧的病床上传来了似乎被极力压低音量的咳嗽声。

新洞京子突然用手指着那道白色的帘子大声尖叫起来。

"是她！所有这一切都是她策划的！刑警先生，是她害死了那些人！是这条毒虫骗我下水的！还一口咬定，说什么绝对不会被人识破！我、我只是把自己知道的关于另外几个候选人的事情告诉了她而已！"

话音刚落，白色的帘子就唰的一声被拽开了。出现在众人视线中的是一个脸色蜡黄，正侧躺在病床上的女人。小牧波江竭尽全力扬起她那扭曲着的脖颈，下巴冲着新洞京子，龇着龅牙，像是要咬人一样怒吼道："你胡说！你明明就巴不得她们死！还说什么我骗你下水？明明就是咱们两个商量着来的好吗！而且行凶的具体手法是对她们知根知底的你想出来的，我说的不对吗！"

"闭嘴！"

"你才闭嘴！你个狐狸精！"

"杀人犯！"

"你快去死吧！"

万里挑一的美女和半身不遂的丑女在隔着最多两米远的两张病床上歇斯底里地对骂，这仿佛噩梦一般的恐怖画面让见过无数大场面的特搜总部的刑警们都目瞪口呆。

然而，当吵得面红耳赤的她们看到正垂着脑袋站在病房门口的和代，还有仿佛刚刚从地狱中挣脱出来般憔悴的独臂男人时，小牧波江顿时倒吸一口凉气不再叫骂，新洞京子也陷入了无限绝望的沉默之中。

她颓然垂下的手刚好碰到了半导体收音机的开关，一条新闻从喇叭中传出。

——即便这一系列事件与犯罪无关，这次活动也早已没有了一场选美大赛所应有的热闹氛围，社会上关于"即便只是为了告慰三名死者的在天之灵，主办方也应该有所表示"的呼声越发强烈，因此在得到有关单位，以及协办方的谅解后，First Lady总公司已经决定终止本次白领丽人选美大赛。

主办方代表在今天正午举行的新闻发布会上向媒体公布了终止活动的具体原因，我们目前了解到——

新洞京子关掉了收音机，瞪着已经失去光泽的大眼睛呆呆地盯着天花板。

"你真是做了一件傻事啊。"搜查主任低声说道，"主办方说他们原本是打算选你为冠军的，因为你在最后一轮海选的总得分名列第一。如果你没做出这种傻事，等到后天结果发表，白领小姐的桂冠就属于你了……"

"原来，我早就是第一名了吗——"新洞京子喃喃自语道，虽然没什么可后悔和遗憾的，但她却有种自己正由内而外逐渐崩溃的感觉。

她似乎听到了响彻整个礼堂的掌声与欢呼声。眼前更是浮现出自己穿着泳装站在舞台的中央、头戴黄金冠冕、身披华美长袍，正对着无数镜头微笑的画面。

这下全都结束了……

泪水像要将这一切从她的视网膜上拭去一般，无声地划落，最终落在耳旁。

暴风雨般的欢呼声、喷上半空的彩带、从头顶飘落的亮片……原本置身于其中的自己转而融入重重迷雾之中。一切都渐渐地远离京子的身体而去。

2

对新洞京子的供述进行整理后，可一窥本案的大致脉络。

问："你与小牧波江是什么关系？"

答："大约两年前，我因急性阑尾炎住进目黑区的中央医院接受治疗，恰巧和波江被安排到同一间病房，她当时正准备接受第一次整形手术，于是我们做了一个星期的病友。虽然出院之后我们就没再联系了，但那个星期我们相处得非常愉快。所以，在秋叶原医院再次成为同房病友时，我们很快就找回了当初那种无话不谈的感觉。因此，我跟她之间应该算是朋友关系吧。"

问："你们是刚再会就开始合谋犯罪了吗？"

答："我从最后一轮海选中晋级之后，就将川俣优美子、小河内惠美和穗积里子这三个人视为劲敌，并萌生了想要将她们除掉的想法。因此，我着手对她们三人的生活环境、性格、房间的布局乃至兴趣爱好都做了详尽的调查。随着调查的深入，我逐渐有了利用奥提兹提到过的电冰箱干掉穗积里子，以及布置密室用煤气泄漏干掉小河内惠美的想法。

"至于川俣优美子，是在我去她家玩的时候，从她本人半开玩笑的一句'要是睡觉的时候吊棚塌了我铁定没命'中获得了灵感，结合在气象厅工作时掌握的知识，制订出了具体的计划，并对她家的周边情况进行了实地调查。接下来也不知是幸运还是不幸，我因为遭遇车祸而住进了医院，如此一来我将无法亲自实施暗杀计划，但次日波江出现了，就住我旁边的病床，于是我与她合谋，制订出了后来付诸实施的遥控三角杀人计划。"

问："波江是主动表示她要参与到犯罪活动之中吗？"

答："我们是聊着聊着不知不觉间变成了合谋，不过波江与我不一样，她应该只恨杉静子一个人。她说她已经掌握了丈夫与杉静子私通的证据，还说就算丈夫像猪一样没用，也只能属于她一个人。这就好比一件平时穿不到的衣服，即便自己不穿，看到别人擅自拿走穿在身上也会让人无名火起。所以她无论如何都想报复那两个人，而且不能是普通的小打小闹，而是必须把他们逼上绝路才算解恨。她还向我坦白她曾派出有几分小机灵的心腹，也就是女佣和代跟踪丈夫，拍到了那两个人幽会的照片，她还打电话对杉静子进行过威胁——接着我们便开始着手制订杀人计划。我们想尽量将她们的死伪造成意外，而且就算事后警方认为是他杀展开调查，我们俩也能利用'住院'这一不在场证明洗脱嫌疑。只要那三个候选人全都死掉，警方的注意力自然会集中到唯一的幸存者杉静子身上。为了把脏水切实地泼到她身上，我们利用幽会现场的底片和照片相要挟，逼迫杉静子抄写了三封慕名信。

"如此一来，既能确保我成为白领小姐，又能帮助波江完成复仇的一箭双雕式完美犯罪便大功告成了。"

问："那三名受害者很快就接受了要去杀害他人的计划吗？"

答："她们三个对于白领小姐头衔的执着程度完全不在我之下，我不过稍加劝诱，她们就被轻易地说服了。八月十九日到八月二十一日的三天内,她们三个先后在得知我们的缜密计划后表示愿意入伙。有人来医院探病,我就拿出一封慕名信交给她,谎称这是某位热心粉丝求我这样做的,然后趁机说些其他候选人的坏话。女人这种生物就是如此不可思议,明明面对着与她们是竞争关系的我,但在我说出'谁谁谁才是你夺冠道路上最大的敌人'这句话后,她们就当场对我提到的那个人燃起了强烈的恨意。我会先把她们的情绪调动起来,再适时抛出为她们量身订制的杀人计划。她们三人起初都表现得无比震惊,但我不断说着'放心吧,绝对不会被发现','一滴血都见不到就完事了',她们很快就表现出动摇,并最终下定决心以身犯险。女人就是这样子,一旦下定决心,就会变得无比坚强。她们全都变得斗志昂扬,但对其他人也已经下决心要取自己性命的事情一无所知。"

问:"你对穗积里子下达了怎样指示?"

答:"第一,我让她提前向气象厅查询八月二十三日当天的涨退潮数据,并准备好富余长度与水位差相一致的钩绳,在下午三点前往川俣优美子家拜访。第二,如果川俣优美子不在家,就在征得她家人的同意之后前往她二楼的房间,届时将钩绳挂到吊架上,并把绳索抛出窗外。第三,离开川俣家,乘小船前往川俣家下方的堤岸,将绳索栓到拖网船上。第四,尽快返回公寓,待在房间里不要出门。第五,邀请杉静子在下班之后来自己家里玩,以制造不在场证明。"

问:"你对小河内惠美下达了怎样的指示?"

答:"第一,下午五点半之前赶到穗积里子的公寓。第二,留意是否有客人来访,然后尽快找机会让她服下准备好的安眠药,等药效发作后,以讲解功能为由将其引诱至电冰箱前,找机会将她推进冰箱里面并关上门。第三，离开前千万不要忘记给冰箱通上电，以及将钥匙丢进报箱。第四，立刻返回品川仓库。"

问："你对川俣优美子下达了怎样的指示？"

答："第一，当天中午过后外出。第二，晚上七点之前赶到品川仓库造访小河内惠美。第三，带上度数较高的烈酒与可以制作火锅的食材作为见面礼，并在尽可能短的时间内让小河内惠美喝下大量的酒，将她灌醉。出发前可以带上安眠药，万一没能将其灌醉也可以用药物使她失去意识。第四，整理现场，尽量不留下曾有人造访的痕迹，然后按照事先计划好的那样将现场布置成密室。要藏好自己，尽量挑仓库外的马路上有人经过的时机合上电闸使卷帘门关闭。第五，最晚也要赶在九点半之前回到家，并在服用完安眠药之后立刻就寝。"

问："她们三人都是当场就接受了你的安排吗？"

答："虽然这些计划能帮她们消灭竞争对手，但她们也要承担自己可能沦为受害者的风险，而且指示中确实存在一些容易招人怀疑的地方。然而，在我说出'之所以这样做，是为了让你免遭警方的怀疑'这句瞎话之后，她们马上就不再质疑了。"

问："你就从没想过这个愚蠢的计划可能会使选美大赛被迫终止吗？"

答："我自信地认为就算实施过程中出现些许误差或突发状况，最终结果也一定会朝着我所期望的方向发展。即便发生最坏的情况，警方也肯定不会查到我头上。而且竟然发生了杉静子造访穗积里子的公寓时，惠美灵机一动将镜子塞进了她的手提包这种事，波江得知后别提有多高兴了……"

问："你遭遇的车祸是你自己制造的吗？"

答:"这件事我怎么都想不通,那场车祸真的不是我自己弄出来的。也许是那三个人中的某一个事先在我的车上动了手脚吧。"

3

停泊在港口内的船只纷纷亮起了灯光。万吨级客船自然是五光十色，货船则是略显灰暗的褐色，此刻它们都飘摇在浓雾之中。

一个独臂男人和一个身穿粉红色衬衫的女人——也就是小牧和我——正坐在岸边的长椅上，眺望着令人不禁泛起阵阵乡愁的横滨码头。

海浪冲刷着堤岸，不断发出单调的声音，远处京滨地区忽明忽暗的无数灯光，在我们两个的眼中映出了无尽的哀愁。

尽管失去了衣食无忧的安稳生活，但从此不必再暗中幽会，也不需要再忌惮他人的目光，可以光明正大地彼此相拥的我们，绝对是这世界上最幸福的两个人。

"静子……你幸福吗？"小牧一边抚弄着被海风吹散在我的后颈的发梢，一边在我耳边轻声问道。

"嗯……"

我微笑着回应了他。但这并非完全发自内心的笑容，几乎可以说是在强颜欢笑。因为我的心底还藏着一个秘密，它锐利且沉重到使我无法融入这份期盼已久的幸福之中。

那是名为"我其实也是罪犯之一"的悔恨与恐惧，它绝不会轻易消散。

放下电话后我思考了很久,判断出电话中声音的主人应该是新洞京子。于是,八月十二日夜里,我在她那辆二手王子轿车的方向盘上动了手脚。所以,我是一名犯下了故意杀人未遂罪的罪犯!

"你在想什么呢?"他轻轻地把脸凑了过来。

"我希望时间可以定格在这个瞬间。"我边说边紧紧地依偎进他的怀中。向他坦白这个只有神明才知道的秘密只会为我们带来不幸,因此我暗中下定决心,无论如何都要让这个秘密烂在自己的肚子里。

五位白领小姐候选人无一例外都是罪犯……

人性是何等的丑陋啊,我仰望着星空在心中默默自嘲。这时正巧有船在浓雾中拉响了汽笛,我们如同失去了祖国的难民般依偎在长椅上,望着远处的码头发呆。越发浓郁的雾气朝岸边涌来,大海、船上的灯火,身在长椅上的我们,都仿佛溶在了这迷雾之中。

后记

迄今为止我写的几乎都是所谓正统推理小说，但我其实很想创作出犯罪手法上更加出人意料，而且题材与登场人物都能让读者在合上书之后略有感伤的推理小说。

在我个人看来，这部《溶于雾中》算是在某种程度上朝这个目标近了一步。如果您能在这部作品中同时领略到凶手在策划完美犯罪时的冷酷无情、警方在调查真相时的全力以赴，还有身处灯火点点、汽笛声声的港口的一对男女的宿命，那无疑将是我无上的荣幸。

在完成这本书的过程中，东都书房的原田裕老师为我提供了许多帮助，可以说多亏了这位老师的指引，一心扑在写作上的我才能从这片"迷雾"之中走出来。

四月五日　雨后
（一九六〇年四月　东都书房刊）

"KIRI NI TOKERU" by SAHO SASAZAWA
Copyright © 2020 Sahoko Sasazawa
All Rights Reserved.
Original Japanese edition published by SHODENSHA Publishing Co., Ltd.
This Simplified Chinese Language Edition is published by arrangement with
SHODENSHA Publishing Co., Ltd.
through East West Culture & Media Co., Ltd., Tokyo

著作权合同登记图字：01-2023-0697

图书在版编目（CIP）数据

溶于雾中／（日）笹泽左保著；飞翔译．——北京：新星出版社，2023.3（2023.4重印）
ISBN 978-7-5133-5117-1

Ⅰ．①溶… Ⅱ．①笹… ②飞… Ⅲ．①侦探小说－日本－现代 Ⅳ．① I313.45

中国版本图书馆 CIP 数据核字（2022）第 241374 号

溶于雾中

［日］笹泽左保 著；飞翔 译

责任编辑：赵笑笑
责任校对：刘 义
责任印制：李珊珊
装帧设计：张一一

出版发行：新星出版社
出 版 人：马汝军
社　　址：北京市西城区车公庄大街丙3号楼　　100044
网　　址：www.newstarpress.com
电　　话：010-88310888
传　　真：010-65270449
法律顾问：北京市岳成律师事务所

读者服务：010-88310811　　service@newstarpress.com
邮购地址：北京市西城区车公庄大街丙3号楼　　100044

印　　刷：北京美图印务有限公司
开　　本：910mm×1230mm　　1/32
印　　张：9.375
字　　数：144千字
版　　次：2023年3月第一版　　2023年4月第二次印刷
书　　号：ISBN 978-7-5133-5117-1
定　　价：49.00元

版权专有，侵权必究；如有质量问题，请与印刷厂联系调换。